PRIS AU DÉPOURVU

MILLIARDAIRES MALGRÉ EUX

J.S. SCOTT

ISBN: 979-8-434702-48-5 (Print)
ISBN: 978-1-951102-82-1 (E-Book)

DÉDICACES

Ce livre est dédié à mon mari, Sri, qui m'apporte tant chaque jour qui passe. Il travaille dans les coulisses. Il s'occupe presque tout le temps de cuisiner, et se charge de la majeure partie des détails techniques pour mes livres. Il dirige l'équipe et s'assure que les trucs n'ayant pas trait à l'écriture sont faits quand j'ai un délai à respecter. Peu d'hommes décideraient de travailler avec leur femme pour les aider dans leur carrière. Pour moi, il est un héros inconnu, et il est essentiel au succès de mes livres. Merci pour tout ce que tu fais, Sri. Que deviendrais-je sans toi ?

Avec tout mon amour,
Jan.

SOMMAIRE

Skye

IL Y A NEUF ANS…

— Je t'aime, murmurai-je à Aiden Sinclair.

Il me serrait contre lui avec force pour une autre étreinte d'au revoir qui me brisait le cœur.

Les mots que je venais de prononcer me surprirent sûrement plus qu'Aiden.

Après tout, je lui avais donné ma virginité durant cet été que nous avions passé ensemble, il devait donc savoir qu'il me faisait éprouver des choses que je n'avais encore jamais ressenties.

Il était cette part de moi-même qui m'avait toujours manqué. Je n'en avais simplement pas conscience, jusqu'à ce qu'il se mette à me regarder comme si j'étais à *lui*, comme si nous étions faits pour être *ensemble*.

Je n'étais pas du genre romantique. Loin de là. Même si je n'avais *que* dix-huit ans, j'avais dû grandir vite, et ma vie était loin d'être un conte de fées. La seule exception était le temps que j'avais passé avec Aiden, lors de cet été magique qui touchait désormais à sa fin.

Je dénouai mes bras de son cou avec réticence quand il s'écarta. Mais je fus récompensée quand je vis le visage que j'aimais, plus que je n'avais jamais aimé personne.

Il m'étudia de ses beaux yeux bleus tout en disant d'une voix rauque :

— Tu vas me manquer, mon cœur. Mais je serai de retour dans un peu plus de huit semaines. Ça va aller ?

L'espace d'un instant, je fus déçue qu'il ne m'ait pas répondu qu'il m'aimait aussi. Mais c'était peut-être trop tôt, pour lui.

J'avais vraiment envie d'entendre ces mots maintenant, mais nous ne sortions ensemble que depuis deux mois.

— Bien sûr, répondis-je avec un petit sourire. Tu as peur que je ne t'attende pas ? Si c'est le cas, je dois te dire que je ne pourrais plus jamais m'intéresser à un autre homme, après t'avoir connu.

Aiden et moi plaisantions souvent comme ça. Au début de l'été, nous étions amis. Sa sœur, Jade, ma meilleure amie, était partie tôt pour l'université, juste après qu'on avait obtenu notre diplôme du lycée. Eh oui, j'avais déjà croisé Aiden, mais j'étais à peu près sûre qu'il avait eu pitié de moi après le départ de sa sœur et traîné avec moi parce que Jade me manquait. Cette attraction insensée entre nous était déjà là au début de l'été, mais il ne l'avait reconnue que récemment.

— Sois prudente, demanda-t-il.

Je hochai la tête. Aiden connaissait mon passé. Ce n'était pas un secret, à Citrus Beach : ma mère était une excentrique, une manière sympa de dire qu'elle était parfois folle à enfermer.

— Tout ira bien, le rassurai-je.

Aiden était du genre surprotecteur, mais c'était assez cool, parce que personne ne s'était encore jamais inquiété pour moi ou ma sécurité. C'était… réconfortant. Il me faisait me sentir en sécurité.

— Je commence les cours dans quelques jours.

Contrairement à la petite sœur d'Aiden, je n'avais *pas* reçu de bourse incroyable dans une fac prestigieuse, et m'étais donc contentée de suivre des cours dans notre université locale. Mais ça me convenait. Je n'étais pas aussi géniale que Jade, et je n'aspirais pas à une carrière au sommet pour mon avenir. Je voulais juste un boulot que j'aimais et qui me permettrait de m'éloigner de ma cinglée de mère. Et je savais que j'avais besoin d'une éducation ou d'un métier pour vraiment réussir à lui échapper, ainsi qu'à la folie de notre maison. La vie n'était pas donnée, en Californie du Sud, je n'avais donc d'autre choix que de me trouver un bon job qui payait bien.

— J'aimerais bien que ta mère te paie pour toutes ces heures que tu fais dans son restaurant, grommela Aiden.

Je me tournai et m'appuyai contre son corps dur. Nous étions en train de nous dire au revoir dans le parc local, où nous nous étions réservé un banc entier. Comme il était très tôt dans la matinée, il n'y avait pas beaucoup de monde. Je ne voyais personne d'autre dans le coin.

Il enroula les bras autour de moi par-derrière et je laissai échapper un soupir satisfait, la tête posée sur son torse. J'aurais aimé qu'il ne doive pas partir pour une pêche commerciale de huit semaines dans le quart d'heure qui suivait. Mais je savais qu'il faisait ça pour sa famille. Il devait encore soutenir un petit frère et ses sœurs.

Je n'avais jamais rencontré un homme travaillant aussi dur qu'Aiden le faisait pour sa famille. C'était en partie la raison pour laquelle j'avais à ce point craqué pour lui.

— Dans la tête de ma mère, elle me *paie*, finis-je par répondre. Elle me nourrit et elle me laisse vivre dans sa maison.

— N'importe quoi, maugréa-t-il. Tu es sa fille, bon sang, pas son esclave.

— Je n'ai plus que quelques années à le supporter, lui expliquai-je patiemment. Quand j'aurais terminé mes cours d'infirmière, je pourrais me débrouiller toute seule. Ce n'est pas un problème, Aiden. Vraiment pas.

J'avais dû gérer ma mère toute ma vie. Je pouvais supporter quelques années de plus. Je devrais juste me concentrer sur le futur, au lieu de m'attarder sur mon désir de fuir cette ville de dingue. Ce n'était pas comme si j'avais le choix.

Oui, je travaillais dans le café délabré de ma mère depuis des années, mais étant donné que je n'étais pas une employée, techniquement, je n'avais aucune expérience professionnelle. Ce dont j'avais besoin, c'était d'une *éducation*. Même si *j'arrivais* à me trouver un job de serveuse qui payait, je ne pourrais pas vivre avec un tel salaire ni aller dans une école pour obtenir un emploi qui me permettrait de quitter la maison de ma mère pour de bon.

Tant que je vivais chez ma mère, je serais obligée de continuer à être sa main-d'œuvre gratuite.

Mais la fin plus heureuse justifiait les moyens, si je pouvais enfin être libre.

— Bébé, si je n'avais pas été aussi pauvre...

— Arrête, l'interrompis-je. Je ne suis *pas* ta responsabilité, Aiden.

Dieu savait qu'il en avait déjà bien assez comme ça. Lui et ses deux frères aînés, Noah et Seth, avaient maintenu leur famille à bout de bras et élevé leurs trois frères et sœurs plus jeunes. À mes yeux, c'était un héros, qui avait mis ses propres besoins de côté pour sa famille, et ce depuis des années. Je n'avais pas envie qu'il s'en veuille. Jamais. Il n'avait aucune raison d'avoir honte d'être pauvre. Il devrait être fier d'avoir maintenu la famille Sinclair aussi soudée, malgré le peu d'argent qu'ils avaient.

Aiden et moi avions grandi tous les deux dans une famille pauvre. C'était peut-être pour cette raison qu'on se comprenait si bien.

— J'ai *envie* que tu sois ma responsabilité, mon cœur. Je veux que tu sois mienne, dit-il d'un ton bas et dangereux qui me faisait toujours fondre. Je sais que tu es sûrement trop jeune pour moi, mais j'ai arrêté de me battre contre ça.

Nous avions six ans d'écart, mais nous ne nous en étions jamais vraiment rendu compte. J'étais sûre que nous étions tous les deux de vieilles âmes, qui nous comportions comme des adultes depuis aussi longtemps qu'on se souvienne.

— Je suis à toi, lui assurai-je. Mais ça ne veut pas dire que tu dois *t'occuper* de moi. Mon *cœur* est à toi.

Je me retournai et posai ma paume contre sa mâchoire mal rasée, m'efforçant de lui faire comprendre que je ne voulais pas être un fardeau, pour lui. Il avait déjà tant sacrifié. Je voulais juste être *avec lui.*

Le dilemme que je lisais dans ses yeux sublimes me serra le cœur.

— Il y a plutôt intérêt à ce que ton cœur soit à moi, parce que je refuse de te laisser partir, finit-il par grommeler, avant de baisser la tête pour s'emparer de ma bouche.

La sensation de ses lèvres magnifiques, chaudes et soyeuses sur les miennes embrasa tout mon corps. Comme d'habitude, cela commença par une étincelle électrique entre mes cuisses, qui se transforma en flammes rugissantes en l'espace de quelques secondes.

J'avais envie de revendiquer cet homme sur le champ.

Je voulais m'assurer qu'il reste toujours avec moi.

Je voulais tellement plus qu'une romance d'été intense.

Mais je savais que je devrais attendre. La famille d'Aiden passerait en premier jusqu'à ce qu'ils soient tous adultes et éduqués. Mais je l'aimais pour sa loyauté envers sa famille et sa détermination à soutenir tous ses frères et sœurs jusqu'à ce qu'ils soient indépendants. Alors j'étais plus que prête à réfréner mes instincts jusqu'à ce qu'il soit libéré de ces obligations. Aiden en valait la peine.

Je n'irais nulle part.

Et j'avais toujours envie de tant de choses pour mon avenir.

Je refermai les mains en poings dans ses cheveux sombres, épais et si drus pendant qu'il me mordillait les lèvres, avant de s'emparer à nouveau de ma bouche.

Mon cœur battait la chamade quand il s'écarta enfin et me sourit.

— Huit semaines, ça paraît une éternité à cet instant, bébé.

Seigneur, j'adorais l'expression vilaine et malicieuse sur son visage.

Je hochai la tête.

— Tu vas tellement me manquer, avouai-je.

Il posa son front contre le mien.

— Tu vas me manquer aussi, mon cœur. Prends bien soin de toi.

Il se leva et m'attira sur mes pieds.

— Je dois y aller. Pense à moi pendant que je serai parti. Dieu sait que je penserai à toi. J'ai envie de te donner quelque chose avant de partir.

Je lui lançai un regard curieux.

— Quoi ? Je croyais que tu m'avais déjà tout donné hier soir, plaisantai-je.

Il me lança un regard d'avertissement tout en fouillant dans la poche de son jean.

— Ne me le rappelle pas, ou je te redonnerai tout ça encore une fois aussi.

Comme si ça me dérangerait s'il m'attirait dans un endroit privé et qu'on se disait une dernière fois au revoir avec nos corps. Pour être honnête, j'en mourais d'envie. Mais je savais qu'il devait arriver à l'heure à San Diego.

— Je veux que tu aies ça, dit-il tout en faisant glisser quelque chose par-dessus ma tête. Ma mère n'avait pas beaucoup de bijoux, mais on a tous hérité de quelque chose à sa mort. C'est juste une pierre œil de tigre rouge. Mais je voudrais te la donner.

Nos regards se croisèrent et mon cœur rata un battement alors que je réalisais qu'il m'offrait quelque chose qui avait appartenu à sa mère, morte il y a des années.

Quelque chose qui était précieux, à ses yeux.

Je pleurais rarement, mais des larmes me montèrent aux yeux et une goutte s'en échappa pour rouler sur ma joue. Je serrai la petite pierre qui pendait à mon cou, accrochée à une chaîne délicate.

— Je n'ai jamais eu de bijou, avouai-je, le cœur dans la gorge.

— Il te va bien, dit-il avec un clin d'œil.

Je me jetai dans ses bras et plaquai mon corps contre le sien, toutes les émotions tumultueuses que je ressentais à deux doigts de déborder.

Je ne voulais pas qu'il parte.

J'avais envie qu'on reste l'un contre l'autre, et de continuer à explorer les émotions intenses qu'Aiden suscitait toujours en moi.

Je voulais aussi continuer de me sentir aussi chérie et en sécurité que je l'avais été pendant la majeure partie de l'été.

Mais je finis par le lâcher, parce que je savais qu'il le fallait.

— Vas-y, insistai-je, même si mon cœur lui hurlait de rester. Merci pour le cadeau. Je le conserverai précieusement.

Il m'embrassa une dernière fois, puis déposa un baiser sur mon front.

— On se revoit bientôt, mon cœur.

— Sois prudent, lui lançai-je alors qu'il se retournait et se dirigeait vers son pick-up.

— Toujours, répondit-il d'une voix forte. Trop de choses m'attendent à la maison.

Je balayai les larmes qui s'étaient mises à couler plus fort alors que je regardai sa silhouette disparaître.

La maison. Il sera bientôt de retour à la maison. Huit semaines, ce n'est pas si long, hein ?

Je m'écroulai sur le banc, les jambes tremblantes, et me rendis compte que je serrais la pierre que m'avait donnée Aiden à m'en blanchir les jointures.

Il m'avait confié quelque chose d'important pour lui. Cela suffisait à me persuader qu'il reviendrait.

Je fourrai le petit œil de tigre rouge sous mon tee-shirt, avant de me relever. Je devais rentrer chez moi, ou ma mère allait me tuer.

Je ne lui avais jamais parlé de ma relation avec Aiden, parce que je savais qu'elle n'approuverait jamais. Elle n'avait jamais aimé la famille Sinclair, même si Jade était ma meilleure amie depuis des années.

C'était drôle comme l'opinion de ma mère ne m'importait presque plus, maintenant.

Je connaissais Aiden.

Nos âmes étaient liées. Je le sentais.

Je l'aimais.

Et c'était tout ce qui comptait.

Je me mis à courir vers ma maison, un sourire idiot sur les lèvres, parce que je sentais la pierre qu'il m'avait donnée contre ma peau alors que je rentrais chez moi.

CHAPITRE 1

Skye

Mon cœur se serra quand je réalisai qu'il ne restait qu'un siège disponible à la table à manger.

Ça m'apprendra à arriver en retard. Merde ! Merde ! Merde !

Toutes les chaises étaient prises sauf celle à côté de lui.

Aiden Sinclair.

L'homme que j'essayais d'éviter depuis que j'étais revenue vivre à Citrus Beach, en Californie, avec ma fille Maya.

Il était l'épine dans mon pied.

Il était la seule chose que je détestais dans le fait d'être rentrée dans ma ville natale après être partie pendant presque une décennie.

Il était dangereux.

Et je refusais de l'oublier ne serait-ce qu'un instant.

Je poussai un soupir résigné et parcourus des yeux l'énorme table – comme si j'allais soudain découvrir une autre place vide.

Arrête de rêver. Je n'avais jamais eu un très bon timing, ni beaucoup de chance, alors pourquoi est-ce que ça changerait maintenant ?

— Viens t'asseoir à côté d'Aiden, Skye, lança ma meilleure amie, Jade.

Elle était assise à côté d'Eli Stone, son fiancé milliardaire.

Jade et Eli étaient la raison de ma présence ici. La *seule* raison. Leur cérémonie de mariage était pour dans deux semaines, ceci était un rassemblement improvisé entre toutes les personnes impliquées dans la planification des festivités ou prenant part à la fête de mariage. La maison d'Eli à Citrus Beach était l'endroit le plus logique où se retrouver, car elle était plus grande que celle de Jade.

À dire vrai, presque tout le monde ici était un Sinclair, mis à part le fiancé de Jade, la mère d'Eli et la sœur jumelle de Jade, Brooke, vu qu'elle était mariée à Liam Sullivan... et moi, bien sûr.

J'étais *toujours* Skye Weston, même si j'avais été mariée et que j'avais divorcé. J'avais repris mon nom de jeune fille quand mon ex-mari avait été inculpé à la prison à vie.

Je parcourus à nouveau la table des yeux, stupéfaite qu'une seule famille puisse prendre autant de place. J'étais la fille unique d'une mère célibataire, la famille Sinclair était donc tout l'opposé de la mienne.

Je n'avais pas de frères et sœurs et j'avais été une enfant solitaire.

Aujourd'hui encore, ma fille était tout ce que j'avais.

Comment une famille de cette taille aurait-elle pu ne pas prendre toute la place ? Jade avait quatre frères et une sœur jumelle. Ses demi-frères, ses cousins et quelques autres membres de la famille n'étaient même pas encore arrivés de la Côte Est, et la grande salle à manger était pleine.

Je commençai à me frayer un chemin le long de la table avec réticence, après avoir adressé un faux sourire à Jade. Je n'avais pas envie qu'elle sache que m'asseoir à côté d'Aiden serait une vraie torture, pour moi.

— Désolée pour le retard, dis-je assez fort pour me faire entendre de ma meilleure amie. J'ai été retenue au restaurant.

Quand n'étais-je pas retenue par mon travail au Weston Café ? Je consacrais tout mon temps libre et tout mon argent à faire en sorte que le petit restaurant que j'avais hérité de ma mère à son décès devienne rentable.

La seule chose *plus importante* que mon travail, c'était ma fille, Maya.

Je finis par m'asseoir et souris à Seth, un autre grand frère de Jade, qui était assis à ma gauche.

J'évitai de regarder à droite, déterminée à ignorer Aiden.

— Comment tu vas, Skye ? s'enquit poliment Seth.

— Bien, mentis-je.

J'irais beaucoup mieux si je n'étais pas obligée de m'asseoir à côté d'Aiden.

Je détestais ma capacité à sentir la présence d'Aiden. Rien qu'une bouffée de son odeur masculine éveillait soudain tout mon corps, après n'avoir plus expérimenté le moindre désir pendant si longtemps.

Je ne dois pas montrer la moindre réaction. Je ne peux pas.

J'envisageai brièvement de demander à Seth s'il voulait bien qu'on échange nos places, mais je savais que ça aurait l'air puéril. La dernière chose dont j'avais envie, c'était qu'Aiden sache qu'il me dérangeait.

Il restait tout juste deux semaines avant le mariage de Jade et Eli, et ce ne serait pas le seul moment où Aiden et moi devrions être proches l'un de l'autre. Mais ce n'était que pour quatorze jours. J'avais assez bien réussi à rester loin de lui depuis son retour de Citrus Beach presque un an plus tôt… jusqu'à aujourd'hui.

— Tu as l'air épuisée, commenta Aiden d'un ton bourru. Mais tu sens le citron frais. D'où ça vient ?

Je me réprimandai en silence pour le frisson qui me parcourut le dos au son de la voix de baryton sexy d'Aiden. Avec réticence, je tournai la tête vers lui.

— La tarte au citron était au menu du jour, répondis-je d'un ton sec.

J'étais embarrassée de ne pas avoir eu le temps de rentrer chez moi pour me débarrasser de l'odeur de citron sur ma peau, ainsi que d'ôter le jean et le tee-shirt dans lesquels j'avais travaillé toute la journée. Mais j'étais déjà en retard.

— Ce n'était pas une critique, répondit-il d'une voix rauque. Tu sens bon. La tarte au citron est mon dessert préféré.

— Je sais, dis-je machinalement.

J'eus aussitôt envie de me donner des gifles pour m'être souvenue de ça.

Ma brève relation avec Aiden s'était terminée presque une décennie auparavant. N'aurais-je pas dû oublier tous ces détails mineurs ?

— Un jour, tu vas devoir m'expliquer pourquoi tu me détestes autant, dit Aiden à voix basse en se penchant tout près de mon oreille.

Je parcourus la table des yeux. Il y avait tant de conversations et se trouver à une table composée en majorité de Sinclair était assourdissant. Personne ne nous prêtait la moindre attention.

Pour être honnête, j'avais un million de raisons de détester Aiden.

— Tu sais parfaitement pourquoi, répliquai-je d'un ton sec. Ne parlons pas de ça maintenant, d'accord ?

Je devais me ressaisir. Retrouver le contrôle. Je ne pouvais pas laisser Aiden Sinclair ébranler le masque d'assurance que j'avais fait tant d'effort pour acquérir.

— Je suis obligé d'en parler, protesta-t-il d'un ton si calme que c'en est exaspérant. Ça fait plus de neuf ans, Skye. On a connu un amour d'été incroyable. OK, ça s'est mal terminé. Mais c'est fini depuis longtemps.

Des plats remplis de nourriture passaient de mains en mains autour de la table, mais je fis passer la plupart d'entre eux sans mettre grand-chose dans mon assiette. La proximité d'Aiden me donnait la nausée. Il me rendait nerveuse. Mais j'étais *obligée* de lui parler pour éviter de me montrer trop impolie.

Je refuse de décevoir Jade. Je ne peux pas.

Nous approchions du jour du mariage de ma meilleure amie. Jade était si heureuse. Je pouvais endurer toutes les épreuves pour éviter de causer une scène.

J'étais de retour à Citrus Beach depuis presque un an. Par chance, j'avais réussi à éviter de me retrouver trop près d'Aiden — la majeure partie du temps, en tout cas. Oui, nous nous étions croisés quelques fois, mais j'avais toujours réussi à m'en aller.

À cet instant, j'étais piégée. Soit je me résolvais à lui parler, soit je gâchais le dîner.

Le choix n'était pas difficile à prendre, parce que le bonheur de Jade était important pour moi.

— C'était il y a longtemps, c'est vrai, acquiesçai-je d'une voix qui paraissait hargneuse même à mes propres oreilles. Laissons tomber. On peut se montrer cordial l'un avec l'autre.

Menteuse. Je suis une telle menteuse.

La cordialité ne fonctionnait jamais très bien avec Aiden, même maintenant.

Il n'était pas le genre de type à se contenter de faire la conversation.

Je n'avais plus jamais eu de vraie discussion avec Aiden depuis de jour où il m'avait quittée à la fin de l'été, il y a plus de neuf ans pour une pêche commerciale de huit semaines. Ma colère aurait peut-être dû s'apaiser, mais ce n'était pas le cas. Et il m'était assez difficile de faire comme si ce qui s'était passé n'avait plus d'importance.

Il ne devrait pas être capable de m'ébranler à ce point, mais il y avait un tas de raisons pour ça.

— Tu devrais manger quelque chose, dit Aiden.

Il ajouta un tas de purée de pommes de terre dans mon assiette sans rien me demander, puis le recouvrit de sauce.

Je le fusillai du regard.

— Je n'en voulais pas autant.

Il haussa les épaules.

— C'est ton plat préféré. Et tu n'as presque rien dans ton assiette.

J'avais ouvert la bouche pour dire autre chose, mais je m'empressai de la refermer.

Comment pouvait-il se souvenir que je pouvais ne me nourrir que de purée de pommes de terre ?

— Je n'ai pas aussi faim, répondis-je.

En réalité, mon ventre gargouillait.

Je me mis à manger en espérant que cela calmerait mon estomac, mais ne pus m'empêcher d'observer Aiden du coin de l'œil alors qu'il dévorait la grosse pile de nourriture amassée dans son assiette.

Aiden Sinclair n'avait pas *toujours* été le milliardaire qu'il était aujourd'hui. En fait, la famille Sinclair de Californie avait toujours été très pauvre – comme nous l'étions, ma mère et moi, quand j'étais plus jeune.

Aiden et moi avions quelque chose en commun parce qu'aucun de nous n'avait jamais eu d'argent.

Mais bon Dieu, le moins qu'on pouvait dire, c'était que la situation financière d'Aiden avait changé, depuis la dernière fois qu'on s'était parlé il y a des années.

Il avait hérité d'une grosse richesse. Lui et tous ses frères et sœurs, y compris ma meilleure amie, Jade.

Moi, en revanche, je n'avais toujours… rien.

Aiden avait été pêcheur commercial pendant la majeure partie de sa vie d'adulte. Il avait passé de longues périodes en mer, à brûler tellement de calories qu'il arrivait à peine à en conserver assez pour maintenir sa carrure incroyablement musclée.

Apparemment, il était *encore* en train de se rattraper pour toutes ces calories perdues.

— Mange, dit-il avec un signe de tête vers mon assiette.

Cela ressemblait plus à un ordre qu'à une requête.

Je l'ignorai et tendis la main vers l'une des nombreuses bouteilles de vin posées sur la table. Je remplis mon verre presque à ras bord et en engloutis la moitié.

Je peux le faire. C'est juste un dîner. Je peux ignorer Aiden. Je ne suis pas obligée de réagir.

J'attaquai ma montagne de purée, bien consciente que plus vite je finirais, plus vite je pourrais m'en aller.

Malheureusement, Seth était en pleine conversation avec quelqu'un d'autre, je ne pouvais donc pas lui parler. Je décidai donc de m'occuper en avalant ma nourriture.

Aiden resta silencieux pendant qu'il vidait son assiette.

— Le café a bien meilleure allure, remarqua-t-il d'un ton désinvolte après avoir reposé sa fourchette sur son assiette vide.

Je repoussai mon assiette encore à moitié pleine. J'avais l'estomac plein.

— Merci, répondis-je d'un ton raide. Il avait besoin d'être rénové.

J'avais fait beaucoup d'effort pour améliorer l'esthétique du bâtiment. Il était assez démodé, alors je m'étais chargée de repeindre et de changer la décoration toute seule. Ma mère avait tout laissé tomber depuis des années, avant d'être emportée par sa soudaine crise cardiaque. Je ne savais pas à quel point la situation était catastrophique avant de déménager de San Diego à Citrus Beach pour reprendre le café à sa mort.

— Tu es obligée de tout faire toute seule ? Tu as vraiment l'air fatiguée, remarqua Aiden.

Toute son attention était concentrée sur moi. Je pris une grande inspiration.

— Ma mère ne m'a laissé aucun argent pour le faire. Alors oui, j'ai dû économiser autant que possible sur les réparations et les rénovations.

Je n'avais pas l'intention d'avouer à Aiden que j'avais à peine effleuré la surface. Le bâtiment du restaurant était vieux et avait besoin de bien plus qu'un coup de peinture.

— Tu n'étais pas mariée à un type riche ?

Mon ex-mari, Marco, *était* riche… jusqu'à ce que lui et toute sa famille de mafieux finissent en prison à perpétuité.

— On est divorcé, rétorquai-je. Et en général, les criminels ne peuvent pas conserver l'argent qu'ils ont volé à d'autres gens.

— Tu n'aurais peut-être pas dû t'enfuir avec lui au départ, dans ce cas. Tu étais trop jeune pour te marier. Tu n'avais que dix-huit ans, dit-il d'une voix dure.

— Je n'avais pas vraiment le choix. Tu le sais, lui rappelai-je d'un ton amer.

Toute la colère accumulée que j'éprouvais vis-à-vis d'Aiden se mit à bouillonner en moi, et je n'avais aucune idée de comment la réfréner.

Je l'avais évité pendant de nombreux mois, j'avais tenté d'ignorer tout mon ressentiment à l'idée qu'il n'ait jamais assumé ses responsabilités dans ce qui s'était passé il y avait toutes ces années.

— Tu avais beaucoup de choix, protesta-t-il. Tu projetais d'aller à la fac. Mais tu t'es défilée et tu t'es enfuie avec un type qui avait de l'argent pendant que j'étais absent pour le boulot. Bon sang, tu n'as même pas attendu que je revienne pour me dire au revoir.

— Tu sais *très bien* ce qui s'est passé.

J'entendis toute la tristesse que je ressentais teinter ma voix, et je détestai ça.

Je dois rester calme. Ne montrer aucune émotion.

Il referma sa grande main autour de mon avant-bras, me forçant à le regarder. Je fus stupéfaite de lire la surprise sur son visage.

Aiden avait toujours eu une beauté sauvage. Sa peau était toujours burinée, même quand il était plus jeune. Et en général, il avait une barbe de trois jours parce que ses poils noirs repoussaient plus vite qu'il n'arrivait à les raser. Ce type passait la majeure partie de son temps dehors, exposé aux éléments.

Mais avec ses cheveux sombres, ses yeux bleus sexy et son corps ciselé et musclé, cela lui allait bien.

Il avait un physique sublime.

Malheureusement, sa personnalité était loin d'être aussi incroyable que son apparence.

— Je n'ai aucune idée de ce qui s'est passé, répondit-il d'une voix rauque. Je suis rentré le lendemain de ton départ pour San Diego, avec un homme qui avait bien plus à t'offrir que moi. Il ne m'a pas fallu longtemps pour comprendre que tu ne voulais pas vivre dans la pauvreté avec un type comme moi.

Je n'en avais rien à faire, de sa situation financière. Je tenais à Aiden, à l'époque, riche ou pauvre. Ça m'énervait qu'il me fasse passer pour un genre de croqueuse de diamants.

Comment pouvait-il croire que je n'avais pas envie de lui, argent ou pas ? Comment ? Je lui avais dit que je l'aimais, même s'il ne me l'avait jamais dit en retour.

— Ma mère m'a obligée à épouser Marco, avouai-je.

Mon cœur cognait dans ma poitrine alors que je lui expliquais quelque chose qu'il savait déjà très bien.

— Je voulais que tu viennes à mon secours, mais tu ne l'as jamais fait.

Bon sang ! Je n'ai pas envie d'avoir cette conversation maintenant. Ça ne sert à rien.

Son regard scruta le mien.

— Comment a-t-elle pu te forcer à faire ça ?

Comme s'il ne savait pas que ma mère avait un moyen de pression.

— Si je ne l'avais pas épousé, je n'aurais plus eu aucun endroit où vivre.

— Tu aurais pu t'installer avec nous.

Je déglutis en décelant la sincérité dans sa voix.

Pourquoi est-ce qu'il fait comme s'il ne comprenait pas ce qui s'est passé ?

Le peu de nourriture que j'avais avalé se mit à tournoyer dans mon estomac alors que la réalité me frappait soudain comme un coup de poing au visage.

Est-ce qu'il ne sait vraiment pas ?

Je secouai lentement la tête.

— Je ne pouvais pas m'installer avec vous. Vous aviez déjà assez de bouches à nourrir.

Aiden, Seth et leur frère aîné, Noah, avaient tous travaillé dur pour élever Jade, Brooke et Owen. Et il n'y avait jamais eu assez d'argent. Mais je jurais devant Dieu que si j'avais su qu'il voulait que je reste, j'aurais fait tout mon possible pour apporter mon aide.

— J'aurais trouvé une solution, assura-t-il d'une voix gutturale.

Je dégageai mon bras de sa poigne, paniquée, et me levai.

— Je dois partir, dis-je.

Ma fille était avec une baby-sitter, mais ce n'était pas pour cette raison que j'avais soudain l'impression de ne plus pouvoir respirer. J'avais besoin de prendre l'air avant de m'évanouir.

J'étais bombardée de souvenirs, et aucun d'eux n'était bon.

J'avais besoin de temps et d'un endroit calme où me ressaisir. Je devais encaisser l'idée que ma réalité venait peut-être d'être complètement bouleversée.

Il ne sait pas. C'est pour ça qu'Aiden n'est jamais venu me parler. C'est pour ça que je n'ai plus jamais entendu parler de lui.

J'attrapai mon sac à main, luttant pour respirer. Mon cœur cognait si fort contre ma cage thoracique que j'arrivai à peine à rejoindre la porte pour sortir.

Il ne sait pas. Il ne sait pas.

S'il savait, il méritait un Oscar pour sa performance.

Ma respiration était saccadée et erratique quand je passai en courant la porte de la maison d'Eli, avant de m'affaisser contre elle, incrédule, après l'avoir refermée.

Tout ce que je n'avais pas compris jusqu'alors au sujet d'Aiden m'assaillit de plein fouet.

Il ne savait pas pourquoi j'étais en colère.

Il ne savait pas que je lui avais tout expliqué dans une lettre à cœur ouvert, et que je n'avais jamais obtenu de réponse.

Il ne savait pas que cela m'avait brisée, de partir avec un autre.

Aiden Sinclair ne *comprenait pas* pourquoi j'avais quitté Citrus Beach.

Il n'avait aucune idée que j'étais enceinte de *sa* fille à mon départ.

CHAPITRE 2

Aiden

— C'était quoi, ça, bon sang ? demanda Seth tout en se glissant sur la chaise que Skye venait de quitter de manière dramatique. Skye avait l'air furieuse.

Je haussai les épaules. Cela faisait presque un an que j'essayais de ne pas me demander ce qui pouvait bien se passer dans la jolie tête blonde de Skye Weston, sans jamais vraiment y parvenir.

— Je n'en ai pas la moindre idée.

Je détestais ça, mais elle était toujours aussi belle qu'à ses dix-huit ans. Ses grands yeux expressifs me donnaient toujours envie de gravir des montagnes pour lui offrir tout ce qu'elle voulait.

Bon sang, j'aurais dû me remettre de toutes ces émotions il y a des années, après qu'elle m'avait quitté pour un mec riche.

Le restant de ma famille avait été momentanément distrait par le départ abrupt de Skye, mais ils avaient désormais repris leurs conversations.

Je ne pouvais oublier son départ aussi facilement.

— Qu'est-ce qu'elle a dit ? insista Seth.

— Elle a l'air de croire que je devrais savoir pourquoi elle est partie. Comment pourrais-je le savoir ? Elle s'est barrée avec un type riche et m'a abandonné à ma pauvreté. Fin de l'histoire.

J'avais été assez bouleversé quand j'avais appris qu'elle était partie avec un homme riche, oubliant notre histoire sans la moindre difficulté.

D'accord, nous étions jeunes, mais Skye et moi nous étions rapprochés d'une manière que je n'avais jamais connue, et que je n'avais jamais retrouvée ensuite. Loin de là.

Quand elle était rentrée à Citrus Beach après la mort de sa mère, plusieurs années plus tard, j'étais *encore* en colère qu'elle m'ait larguée avec autant de désinvolture. Dieu savait que je ne l'avais jamais oubliée, mais j'étais prêt à enterrer la hache de guerre, après tout le temps qui avait coulé sous les ponts. Elle était l'amie de ma sœur Jade.

Mais j'avais été surpris d'apprendre que c'était *elle* qui ne voulait rien avoir à faire avec moi, comme si c'était *moi* qui avais fait quelque chose de mal.

— Elle avait peut-être laissé une lettre, ou un truc comme ça, suggéra Seth, l'air mal à l'aise.

La voix de mon frère était bien plus hésitante que d'habitude, et il avait l'air si coupable que je tournai la tête vers lui.

Seth et moi étions proches. Très proches. Nous avions grandi ensemble et n'avions qu'un an d'écart. Alors je connaissais ce regard.

Je me levai, l'attirant avec moi pour qu'on puisse en discuter dehors.

— Tu sais quelque chose, l'accusai-je quand nous arrivâmes sur le porche de derrière.

Je lâchai sa chemise et repris :

— Il aurait fallu que quelqu'un laisse entrer Skye dans la maison, pour qu'elle laisse une note. Tu l'as laissée entrer ? Est-ce qu'elle a laissé un message ou pas ? Dis-moi. Et ne me raconte pas de conneries.

— Quelle importance, Aiden ? C'est terminé. C'est terminé depuis des années, depuis que Skye a quitté Citrus Beach pour épouser un autre homme, répondit Seth tout en s'appuyant sur la rambarde du porche.

— C'est important, grognai-je.

Seth haussa les épaules.

— OK, j'ai *peut-être* pris la lettre qu'elle t'a laissée. Seigneur, Aiden. Tu étais bouleversé par son départ. La dernière chose dont tu avais besoin, c'était d'une lettre d'adieu. Je me suis dit que tu t'en remettrais plus vite si tu n'avais pas à lire ses excuses pitoyables. Elle t'a quitté pour un autre. Qu'y avait-il de plus à dire ?

Ma vision se brouilla de fureur et, pour la première fois de ma vie, j'eus très envie de faire mal à l'un de mes propres frères.

— Qu'est-ce qu'elle disait ?

— Je n'en ai aucune idée, admit-il. Je ne l'ai jamais ouverte. Elle ne m'était pas adressée. Je l'ai jetée dans la cheminée et je l'ai regardée brûler. À bien y réfléchir, je me dis que ce n'était peut-être pas la bonne chose à faire. Mais on travaillait tous comme des dingues pour survivre. Quand j'ai vu ta réaction au départ de Skye pour San Diego avec un autre, je n'ai pas voulu que quoi que ce soit te la rappelle. Alors j'ai pris la lettre avant que tu la voies.

Je me frottai la nuque dans un effort pour apaiser la tension que je ressentais. J'avais envie de donner un coup de poing à mon frère pour avoir pris cette lettre, mais je savais qu'il tentait de me protéger, à l'époque.

— Elle a dit quelque chose ?

Seth secoua la tête.

— Non. Juste qu'elle partait pour San Diego avec Marco. Et qu'elle voulait te laisser une lettre.

Marco Marino.

Un ami de la famille de la mère défunte de Skye.

Et un salopard que j'avais eu envie de tuer, quand j'avais découvert qu'il m'avait volé ma copine.

Marco était assez vieux pour être le père de Skye, je n'avais donc eu aucun mal à comprendre que son argent avait joué un grand rôle dans la décision de Skye de l'épouser. Je ne le connaissais pas personnellement, mais j'avais été très tenté d'aller le trouver à San Diego.

Je voulais récupérer Skye.

Mais j'avais fini par laisser tomber, parce qu'il était clair qu'elle ne voulait rien avoir à faire avec moi.

Et pouvais-je vraiment lui en vouloir ?

À l'époque, nous arrivions à peine à survivre. Noah, Seth et moi avions déjà du mal à joindre les deux bouts, et nous devions prendre soin de trois frères et sœurs plus jeunes. Mais ce que j'avais dit à Skye était vrai. Si j'avais su que sa mère cinglée et fanatique avait menacé de la mettre dehors, j'aurais trouvé un moyen de la garder avec moi.

Seth remuait d'un pied sur l'autre d'un air mal à l'aise quand il demanda :

— Comment aurait-elle pu expliquer qu'elle te quittait pour épouser un autre homme plein aux as ?

Je le fusillai du regard.

— Je suppose que je ne le saurai jamais, vu que tu as décidé de te débarrasser de ses justifications.

— Je suis désolé, d'accord ? J'étais en colère qu'elle t'ait larguée. Et je ne voyais pas l'intérêt de te laisser lire les raisons pour lesquelles elle t'avait quitté pour un autre homme, qui avait assez d'argent pour l'entretenir.

— Tu crois que c'est pour ça qu'elle est partie ? demandai-je en croisant les bras. Parce que je ne pouvais pas prendre soin d'elle ?

— Pour quoi d'autre ? Marino n'avait rien pour lui mis à part son argent. Et même ça s'est avéré être de l'argent sale qu'il s'était fait en travaillant dans le crime organisé.

Mon frère avait raison. Marco avait été mis en prison avec le reste de sa famille de mafieux puis, Skye avait divorcé et était rentrée à Citrus Beach pour reprendre le Weston Café. Il purgeait une peine de prison à perpétuité.

— Tu crois qu'elle savait ? demandai-je à Seth. Tu crois qu'elle savait qu'il était dans la mafia ?

— J'en doute, répondit-il. Elle serait en prison aussi, sinon.

Je me passai une main dans les cheveux, frustré.

— Pourquoi a-t-elle fait ça, putain ?

J'avais passé des années à me convaincre que Skye était prête à se servir de n'importe qui pour obtenir ce qu'elle voulait. Maintenant, je ne savais plus quoi penser. C'était bien plus facile quand je ne savais pas qu'elle m'avait laissé une lettre d'adieu. Je pouvais la reléguer au rang de femme pour qui l'argent était plus important que tout le reste.

Même si je ne l'avais jamais oubliée.

Je me souvenais encore de ce que c'était, d'être le premier homme de sa vie, et je n'oublierais jamais la sensation de son corps étroit et virginal m'accueillant en elle. J'étais tombé fol amoureux d'elle très vite, cet été-là, même si j'étais déjà un homme alors qu'elle était à peine adulte.

C'était peut-être pour ça que je m'étais senti aussi furieux à l'idée qu'un autre homme la touche. Elle était à moi. Rien qu'à moi. Et je ne voulais pas qu'un autre salopard la regarde, encore moins qu'il la touche.

— Elle avait à peine dix-huit ans, Aiden, me fait remarquer Seth. Et on savait tous que sa mère était une cinglée. Elle avait peut-être besoin de fuir.

Tu avais déjà assez de bouches à nourrir.

C'était ce qu'elle avait dit. Avait-elle seulement songé à rester avec moi ?

— Elle a dit que sa mère l'avait forcée à épouser Marco, dis-je à Seth. Qu'elle n'avait pas eu le choix.

Seth me lança un regard sceptique.

— Elle avait le choix. Elle aurait pu trouver une solution, même si ça n'aurait pas été facile, c'est sûr. On n'est pas au Moyen

Âge. Elle croyait peut-être que c'était le seul moyen de sortir de la maison de fous à l'époque, mais ce n'était pas le cas.

— Sa mère était vraiment tarée, dis-je avec colère.

La mère de Skye s'était engagée pendant des années auprès de son église aux allures de secte de San Diego. Elle l'avait rejointe quand le père de Skye était mort d'un cancer. Sa fille n'avait que cinq ans.

— Je ne connaissais pas bien madame Weston, mais elle m'a affirmé plusieurs fois que j'irais en enfer, se remémora Seth amèrement.

— Je crois que pour elle, tout le monde irait en enfer mis à part les membres de son église.

— Comme Marino ? demanda Seth.

Marco Marino était l'un des membres fondateurs de cette secte religieuse loufoque. C'est comme ça que la mère de Skye l'avait rencontré, ainsi que la famille du crime censée être des membres respectables de l'organisation religieuse.

— J'aimerais bien avoir cette fichue lettre, dis-je d'un ton guttural.

Je *voulais* des explications.

Je *voulais* savoir pourquoi Skye était partie et à quoi elle pensait quand elle l'avait fait.

Je *voulais* découvrir si elle avait jamais éprouvé quoi que ce soit… pour moi.

C'était peut-être de l'histoire ancienne, mais Skye et moi n'avions jamais mis fin à notre relation. Elle était juste… partie.

— Si ça peut te réconforter, je regrette de m'être débarrassé de la lettre, Aiden. Vraiment. C'était un geste instinctif.

Je levai les yeux vers Seth. Il avait vraiment l'air désolé, et il était rare que je lise du regret sur le visage de mon frère.

Oui, je comprenais. J'aurais peut-être voulu le protéger aussi, si nos situations avaient été inversées. Les Sinclair se serraient les coudes. *Toujours*. Nous n'aurions jamais survécu sans ça. Nous nous étions comportés en parents les uns pour les autres – parfois assez maladroitement. Mais nous avions fait de notre mieux pour nous assurer que nos frères et sœurs ne souffrent pas.

— Tu as envie de me confier autre chose ? demandai-je d'un ton amer.

— Non. C'est le seul truc dégueulasse que je t'ai fait et qui me vienne à l'esprit là, tout de suite, répondit-il.

— Pourquoi ne m'avoir rien dit avant ?

— Je ne pensais pas que c'était important. Mais tu n'as jamais vraiment réussi à tourner la page après Skye, hein ? Pendant toutes ces années, je ne t'ai jamais vu dans une relation sérieuse avec aucune autre femme.

— Merde ! grommelai-je.

Oui, j'avais toujours voulu ne considérer Skye Weston que comme une petite partie de mon passé. Mais depuis qu'elle était revenue à Citrus Beach avec sa fille, je n'arrêtais pas de me demander ce qui avait bien pu se passer entre nous. Elle allait très bien, le jour de mon départ pour une pêche de deux mois. Nous planifiions tout ce que nous voulions faire ensemble à l'avenir, et elle avait commencé à me manquer dès la minute où j'étais parti. Son souvenir m'avait hanté pendant ces deux mois, et je comptais les jours jusqu'à mon retour dans ses bras.

Mais comment aurais-je pu me douter que Skye serait partie quand je rentrerai ?

— Je crois que je ne l'ai jamais oublié, finis-je par répondre à Seth.

— Alors, demande-lui pourquoi elle est partie, suggéra-t-il. Tu n'as pas besoin d'une lettre. Elle est ici.

Peut-être, mais Skye avait tendance à fuir, comme elle venait de le faire ce soir.

— J'ai essayé. Elle a l'air de croire qu'elle a une raison d'être en colère. C'est pour ça que je regrette de ne pas avoir pu lire sa lettre. Je n'ai aucune idée de la raison pour laquelle elle est aussi en colère. Je ne l'ai pas quittée. C'est elle qui est partie.

— Essaie encore. Fais-la venir quelque part où elle ne pourra pas s'enfuir. Je ne crois pas que tu pourras passer à autre chose tant que tu n'auras pas obtenu les réponses à tes questions. Je n'aurais pas dû détruire cette lettre. Je regrette que tu n'aies pas obtenu toutes tes réponses il y a des années.

Je hochai la tête.

— Je dois partir.

Seth sourit.

— Pendant combien de temps vas-tu rester énervé contre moi ?

Je lui aurais sûrement donné un coup de poing si mes frères et sœurs et moi n'avions pas appris très tôt que nous ne pouvions nous permettre de perdre un allié. Quand nous étions plus jeunes, nous avions pris l'habitude de ne jamais nous aliéner les uns des autres, même si nous étions furieux contre l'un de nos frères ou sœurs. Nous ne pouvions compter que les uns sur les autres. Et Seth et Noah se comportaient de manière protectrice avec moi parce que j'étais plus jeune qu'eux.

— Je ne suis pas près d'oublier ça, l'avertis-je. J'avais vingt-quatre ans. Tu avais à peine un an de plus que moi. Tu n'avais pas besoin de me protéger comme si j'étais un adolescent.

— Cet instinct ne disparaîtra jamais, et tu le sais. Jade a vingt-sept ans et j'ai encore envie de la secouer pour m'assurer qu'elle épouse le bon type.

— On est tous comme Eli, lui rappelai-je. Bon sang, il est notre plus gros investisseur et notre conseiller pour Sinclair Properties.

— Ça ne veut pas dire que je peux lui confier ma sœur les yeux fermés, grommela Seth.

Ce n'était pas comme si je ne comprenais pas exactement ce que ressentait mon frère. Nous avions passé notre vie à protéger Brooke, Jade et Owen. C'était dur, de lâcher prise.

— Elle est heureuse.

Seth hocha la tête.

— Et c'est la *seule raison* pour laquelle je n'ai rien contre le fait qu'elle épouse Eli Stone.

— Il ferait mieux de s'assurer qu'elle le reste, ajoutai-je.

On se comprenait tout à fait, Seth et moi… quand il s'agissait de nos frères et sœurs cadets.

— Alors, quoi ? Une semaine ? Deux ? Un mois ? Donne-moi une idée de quand tu seras prêt à oublier que j'ai fait un truc stupide, demanda Seth.

Je lui lançai un regard mauvais. On s'était tous fait des trucs idiots les uns aux autres à un moment où un autre. Mais on était des Sinclair. On se serrait les coudes.

— Je te le ferai savoir, maugréai-je.

Il croisa les bras d'un air buté.

— On fait des affaires ensemble. Ce serait sympa de savoir quand je pourrais recommencer à te parler sans prendre le risque de me faire arracher la tête.

Seth et moi avions installé notre entreprise de développement immobilier en centre-ville de Citrus Beach, dans un bâtiment désormais appelé le Sinclair Building. C'était plus facile que d'opérer depuis nos bureaux à la maison, comme l'entreprise était en pleine explosion. Eli passait ses week-ends et son temps libre à Citrus Beach et nous bénéficions de tous les conseils que pouvait nous offrir notre plus gros investisseur. Eli Stone avait joué un rôle déterminant pour aider l'entreprise immobilière à grandir si vite. Seth et moi étions plus qu'heureux de laisser Eli investir, surtout en sachant qu'il apportait aussi toutes ces ressources non financières avec lui.

— Je viendrai te voir lundi, répondis-je d'un ton lugubre.

Seth était mon meilleur ami. Je ne pourrais jamais oublier complètement qu'il m'avait trahi en prenant cette lettre. Mais *c'était* mon frère.

On était vendredi soir, j'aurais donc quelques jours pour me calmer.

Je sortis mes clefs de la poche de mon jean et m'éloignai sans jeter un regard de plus à Seth.

Je comptais bien profiter des prochains jours pour déterminer pourquoi Skye pensait être en droit d'être en colère contre moi.

Seth avait raison.

Je ne pourrais jamais considérer Skye comme un simple détail de mon passé tant que je ne connaîtrais pas la vérité.

CHAPITRE 3

Skye

Le lendemain matin, j'essayais encore de me faire à l'idée qu'Aiden n'était pas au courant qu'il était le père de Maya. C'était tellement plus facile de penser qu'il savait et qu'il n'en avait rien à faire ; et je n'avais jamais dit à aucun de ses frères ou sœurs qu'ils avaient une nièce.

Jade aurait dit quelque chose, si elle avait su que Maya était de sa famille.

— Maman, si j'avais fait quelque chose de mal, je devrais te le dire ? me demanda ma fille d'un ton très grave.

Je lui souris et la regardai dévorer son petit déjeuner à la petite table que nous avions revendiquée quand nous avions ouvert le café.

J'avais un tas d'employés pour m'aider le week-end, mais la plupart d'entre eux étant des étudiants de la fac, j'étais quand même là pour ouvrir et fermer le restaurant. Et comme j'amenais Maya avec moi, je lui donnais généralement son petit déjeuner ici le samedi et le dimanche.

Il était tôt, et seules quelques autres tables étaient occupées. Ça deviendrait plus animé plus tard, mais nous n'étions encore qu'au début du printemps. Il n'y avait pas encore beaucoup de touristes dans cette petite ville de la côte.

— Qu'est-ce que tu as fait de mal ? l'interrogeai-je en m'efforçant de ne pas rire devant l'expression sérieuse de ma fille.

Elle avait attiré mon attention en m'appelant « maman », ce qu'elle ne faisait plus que rarement à moins d'avoir des ennuis.

Difficile de croire que cette magnifique petite fille pouvait faire quoi que ce soit de mal. En général, c'était une enfant calme et réfléchie. Elle était également une lectrice et écrivaine de talent, qui lisait sans difficulté des livres destinés à des lycéens. Même si je ne lui laissais pas lire n'importe quoi. Elle avait beau être *douée*, Maya était encore une enfant, et elle ne pouvait comprendre certains sujets émotionnels complexes, même si elle était capable de les lire d'un bout à l'autre.

Elle était brillante, mais elle pensait encore comme une petite fille de huit ans.

Ma fille ressemblait tellement à son père que mon cœur se serra dans ma poitrine. C'était un miracle que personne n'ait encore paru le remarquer. Ses cheveux noirs et ses yeux bleus étaient des copies conformes de ceux d'Aiden.

— Je voulais vraiment retrouver mon vrai père, dit-elle d'un ton hésitant.

Mon cœur rata un battement alors que je regardai son expression attristée. Maya avait toujours su que Marco n'était pas son père biologique. Je m'étais fait un devoir de le lui dire dès qu'elle avait été assez âgée pour comprendre, étant donné que mon ex-mari traitait ma fille comme si elle n'existait pas. Mais je ne m'attendais pas à ce qu'elle se montre aussi curieuse au sujet de son père biologique.

— Je ne savais pas que tu voulais le trouver, répondis-je.

Elle hocha lentement la tête.

— C'est ce que je voulais. Mais je ne voulais pas que tu sois triste.

Je n'étais pas surprise qu'elle ait déchiffré mes émotions. Mais j'étais surprise d'avoir montré la *moindre* réaction. J'avais appris à enterrer la majeure partie de ces émotions.

— Alors qu'est-ce que tu as fait ? Dis-moi.

— J'ai fait un test ADN. J'ai une tante, ici, à Citrus Beach. Il y a eu une correspondance. Elle m'a écrit et m'a dit qu'elle vivait ici et que j'avais aussi un tas d'autres oncles et tantes. Mais je n'ai pas répondu, parce que j'ai dû annuler mon inscription. Je n'avais pas l'argent pour le renouveler.

Jade ? Elle a trouvé une correspondance avec Jade ?

C'était logique, puisque Jade était passée par le site des analyses ADN pour retrouver sa famille secrète sur la Côte Est, ce qui lui avait ensuite permis de recevoir sa part de l'énorme héritage auquel elle avait droit.

Mais...

— Comment as-tu fait faire les analyses ? Il faut avoir dix-huit ans, non ? demandai-je à Maya avec nervosité.

Elle reposa sa fourchette sur son assiette vide et tendit la main vers son lait avant de répondre.

— C'est justement ce que j'ai fait de mal, répondit-elle. Je me suis servie de ma carte de crédit pour payer le test ADN. Et j'ai menti sur mon âge.

Ma fille n'avait pas *vraiment* une carte de crédit. Elle possédait une carte prépayée que je m'assurais qu'elle ait toujours dans son sac à dos. Maya était assez intelligente pour comprendre qu'elle ne devait s'en servir qu'en cas d'urgence.

Maintenant qu'elle avait presque terminé le CE2, elle avait bien conscience qu'elle ne devait pas s'en servir à moins que ce soit nécessaire.

— C'est pour les urgences, lui rappelai-je. Tu le sais.

Elle hocha la tête.

— Je sais. C'était mal. Mais je voulais vraiment savoir qui était mon père.

Je haussai un sourcil.

— Tu n'aurais pas pu simplement me le demander ?

Ses yeux s'emplirent de larmes, ce qui me brisa presque le cœur. Jusqu'ici, l'enfance de Maya n'avait pas vraiment été heureuse, et c'était entièrement ma faute, pour avoir épousé quelqu'un comme Marco.

— Je voulais le faire, mais je ne crois pas que tu l'aimes beaucoup, qui que ce soit. Comme je l'ai dit, tu as toujours l'air triste quand je mentionne mon vrai père. Et je ne veux plus que tu sois triste. Tu l'as déjà été beaucoup. Et on est assez heureuses, maintenant.

Mes larmes menacèrent de couler, mais je clignai des paupières pour les repousser, à cause de cet instinct ancré au plus profond de moi de rester stoïque. Même si j'avais tenté de protéger Maya du scandale provoqué par l'incarcération de Marco et sa famille, sans parler du long procès qui avait précédé, elle avait été exposée à l'humiliation et au stress que j'avais tenté de lui cacher de toutes mes forces.

La famille Marino était réputée à San Diego. Et elle n'avait pas été préservée des rumeurs.

J'avais été soulagée le jour où j'avais enfin pu quitter la ville et revenir à Citrus Beach, où la plupart des gens ne lui poseraient aucune question sur sa belle-famille.

Elle m'avait dit que son année de CE2 à Citrus Beach était la meilleure qu'elle ait jamais vécu.

Et j'espérais qu'elle pourrait avoir enfin une vie normale.

Mais de toute évidence, elle m'avait caché ses interrogations.

— On est *très heureuses*, maintenant, lui assurai-je. Mais je suis déçue que tu te sois servie de ta carte. Même si je comprends pourquoi tu as fait ça. Ne recommence plus, d'accord ?

Elle reposa son verre vide et secoua la tête.

— Jamais. C'est promis.

Maya avait déjà surmonté assez d'épreuves. Je n'allais pas la punir d'avoir été curieuse. Surtout sachant que je ne m'étais pas montrée très communicative au départ.

Mais comment pouvais-je lui dire que son père vivait ici, en ville, mais qu'il n'avait jamais vraiment cherché à communiquer avec elle ?

C'était un poids trop lourd à porter pour une petite fille de huit ans, mais j'étais *obligée* de rentrer à Citrus Beach. Je devais tenter ma chance avec le café pour offrir une vie convenable à Maya. Je n'avais pas réussi à aller à la fac, et faire décoller le restaurant était ma seule manière de gagner décemment ma vie.

— Je suis désolée que ça ait été aussi difficile pour toi, lui dis-je en toute sincérité.

Elle haussa les épaules.

— Je vais bien. Je t'ai, toi. Je n'ai pas vraiment besoin d'un père.

Elle n'en avait peut-être pas besoin, mais elle avait le droit de savoir qui c'était. Je ne voulais pas qu'elle soit déçue, voilà tout.

Je dois dire la vérité à Aiden.

S'il ne savait pas déjà que Maya était sa fille, alors il avait le droit de savoir, lui aussi.

Et s'il n'avait vraiment jamais reçu ma lettre lui expliquant que j'étais enceinte et que je ne savais pas quoi faire.

Quand j'avais appris à ma mère que j'étais enceinte du bébé d'Aiden Sinclair, elle m'avait quasiment reniée. La seule alternative qu'elle m'avait donnée était d'épouser un membre de son église, un type assez vieux pour être mon père.

C'était soit ça, soit me retrouver enceinte *et* sans abri.

J'étais peut-être jeune et stupide, mais j'avais aimé Maya dès l'instant où j'avais découvert son existence. Je voulais qu'elle soit en sécurité.

J'étais partie avec Marco, mais je n'avais jamais abandonné l'espoir qu'Aiden vienne me chercher.

Quand j'avais compris qu'il ne le ferait jamais, ça m'avait détruite.

Ma fille était devenue ma seule raison de vivre, quand j'avais compris qu'Aiden ne viendrait jamais.

— Je te parlerai de lui bientôt, d'accord ? dis-je à ma fille. Je dois faire certaines choses, d'abord.

Maya hocha la tête.

— Tu crois qu'il vit ici aussi ? Si j'ai une tante ici, tu crois qu'ils vivent dans la même ville ? J'ai vu une autre personne avec une correspondance sur le site, mais il n'était qu'à moitié mon oncle. Je ne lui ai pas écrit.

Evan ? C'était forcément Evan Sinclair, le frère aîné de la famille Sinclair de la Côte Est et le demi-frère de Jade.

Je laissai échapper un soupir, soulagée que Maya ne l'ait pas contacté. Jade adorait son demi-frère, mais je l'avais toujours trouvé un peu intimidant. Les Sinclair de la Côte Est étaient riches comme Crésus depuis la naissance, contrairement à Jade et ses frères et sœur. Mais le test ADN de Jade leur avait fait découvrir une deuxième famille, quand le site avait trouvé une correspondance avec l'ADN d'Evan. Ils s'étaient du même coup retrouvés avec la fortune qui leur revenait en tant que proches de la riche famille Sinclair originaire de Boston. Même si le père de Jade était probablement un bigame tyrannique, au moins, il était très riche.

Je devais au moins accorder à Evan qu'il s'était montré juste en distribuant une partie de sa richesse à ses demi-frères et sœurs de Californie – dès qu'il avait appris leur existence.

Je pris ma tasse et avalai une grosse gorgée de café avant de demander :

— Comment es-tu arrivée sur ce site, d'ailleurs ? Tu aurais dû être bloquée.

Ma fille avait sa propre tablette, mais elle ne pouvait accéder qu'à un nombre limité de sites.

— J'ai dû plus ou moins emprunter ton ordinateur, répondit Maya d'un air penaud.

— Plus ou moins ? répétai-je d'un ton désapprobateur.

Elle baissa les yeux sur son assiette vide.

— OK, je *l'ai* emprunté. Plusieurs fois. Lena s'endort parfois sur le canapé quand tu travailles tard.

Lena était l'une des baby-sitters étudiantes de Maya.

Au lieu de me mettre en colère, je ressentis une pointe de culpabilité à l'idée que ma fille doive passer autant de temps avec des baby-sitters.

— Tu as l'interdiction d'utiliser mon ordinateur, ma puce, l'avertis-je.

— Maman, je suis trop vieille pour que tu m'appelles comme ça. J'ai déjà annulé mon inscription. Je n'utiliserai plus ton ordinateur. J'ai déjà promis de ne plus le faire.

Je la croyais. Maya était une enfant curieuse, mais jamais elle ne me désobéirait délibérément. En fait, elle avait été une enfant facile à élever, jusqu'ici. Elle était aimable, prévenante et aimante, le genre d'enfant que toutes les mères auraient envie d'avoir.

— Peu importe l'âge que tu auras, tu seras toujours ma puce, répondis-je avec tendresse. Eh oui, ton père vit *bien* ici.

Ses yeux s'illuminèrent et j'eus envie de me donner des gifles. Je n'aurais peut-être dû rien dire tant que je n'avais pas parlé à Aiden.

Mais maintenant que j'étais motivée à lui parler de Maya, j'espérais qu'il aurait envie de la connaître.

J'avais toujours su que je devrais au moins dire à Jade qu'elle avait une nièce. Elle était ma meilleure amie. Mais je n'avais jamais trouvé comment lui dire ça sans révéler qu'Aiden se fichait d'avoir un enfant.

Mais ce n'est peut-être pas vrai. Peut-être qu'il ne l'a jamais su.

J'étais presque certaine que c'était le cas. Et c'est une pensée effrayante.

Et s'il voulait récupérer sa fille ? Et s'il tentait de me la prendre ?

Je n'arrivais même pas à envisager que Maya aille où que ce soit à part chez moi, et repoussai donc cette voix négative de ma tête.

— Je vais pouvoir le rencontrer ? demanda Maya avec espoir.

— On verra. Je dois d'abord lui parler.

Je ne voulais pas lui dire que son père ne savait peut-être même pas qu'il avait une fille.

Ou que sa mère était tellement blessée par son père qu'elle lui avait peut-être caché son existence sans le savoir pendant plus de neuf longues années.

CHAPITRE 4
Skye

Plus tard dans la matinée, je m'obligeai à aller sonner à la porte de la magnifique maison sur le front de mer d'Aiden avant de perdre courage.

Toutes les questions inévitables tournaient dans ma tête depuis que j'avais laissé Maya avec Jade pour longer la plage et aller parler à Aiden.

Et s'il ne me croyait pas ?

Et s'il n'avait pas envie de voir Maya même une fois qu'il saura ?

Et s'il voulait me prendre ma fille ?

Et si...

Et si...

Et si...

Maya méritait une chance d'avoir un père, si Aiden était prêt à endosser ce rôle, mais cela ne voulait pas dire que j'étais ravie de devoir lui annoncer la vérité.

Ma fille avait déjà traversé tant d'épreuves, et je voulais juste la protéger, j'allais donc à l'encontre de mon instinct en prenant le risque de la décevoir.

Je me souvenais très bien qu'Aiden m'avait dit un jour ne pas vraiment vouloir des enfants, vu qu'il avait déjà élevé ses frères et sœurs.

Je me demandais s'il pensait toujours la même chose, maintenant qu'il avait les ressources suffisantes pour élever tous les enfants qu'il voulait.

Je sursautai quand la porte s'ouvrit soudain et que je me retrouvai face à un Aiden renfrogné.

— Il faut qu'on parle, dis-je dans un souffle avant qu'il ait pu prononcer un mot. S'il te plaît.

Mon cœur rata un battement quand qu'il continua de m'étudier avec soin. Puis il ouvrit la porte plus grande pour me laisser entrer.

Le vestibule était magnifique, les plafonds voûtés donnant à l'espace de l'élégance et une certaine majesté.

C'était une belle maison sur la plage, mais je n'accordai pas beaucoup d'attention à l'apparence du manoir.

J'étais trop nerveuse, trop ébranlée de revoir Aiden.

Il avait l'air accessible, dans son jean et son tee-shirt, les cheveux encore humides comme s'il sortait de la douche.

— Entre, grommela-t-il tout en se dirigeant vers une grande cuisine. Tu veux du café ?

— Non merci, répondis-je en le suivant. J'en ai déjà bu bien assez au restaurant ce matin.

Je le regardai se préparer une tasse. Je n'étais pas surprise qu'Aiden ait l'air autant à l'aise à la cuisine. Après tout, il avait dû cuisiner pour ses frères et sœurs de nombreuses fois.

— Assieds-toi, dit-il avec un signe de tête vers la petite table de la cuisine.

Je m'assis, sans réfléchir au fait que j'étais en train d'obéir à ses ordres. Pour être honnête, j'avais besoin de poser mes fesses sur une chaise avant de m'effondrer.

Aiden tira une chaise et s'assit en face de moi.

— Je comptais venir te voir bientôt, alors je suis content que tu sois là, me dit-il, avant de boire une gorgée de café.

Je triturai mon sac à main posé sur la table, incapable de le regarder en face alors que je parlais.

— Tu ne sais vraiment pas pourquoi je suis partie il y a neuf ans ?

— Je n'en ai aucune idée, répondit-il d'un ton bourru. Mais après ton départ hier soir, Seth m'a dit que tu avais laissé une lettre à la maison. Tu veux bien me dire ce qu'il y avait dedans ?

Je levai enfin les yeux vers lui, surprise.

— Tu ne l'as pas lue ?

— Je n'ai jamais pu le faire, confessa-t-il. Seth l'a brûlée.

J'écoutai pendant qu'Aiden m'expliquait ce qu'il s'était passé avec son frère et la raison pour laquelle il n'avait finalement jamais su ce que j'avais pu lui dire dans cette missive.

— Tout ce que je savais, c'était que tu étais partie avec un mec riche, un homme qui avait bien plus à t'offrir que moi, conclut-il.

— Marco n'avait rien à m'offrir mis à part de l'argent, expliquai-je. Mais ce n'est pas pour ça que j'ai dû partir.

Il croisa ses bras musclés sur son torse et se renfonça sur sa chaise.

— Alors, explique-moi pourquoi tu devais partir, si ce n'était pas pour l'argent.

— Je te l'ai dit. Je n'avais aucun autre endroit où aller. Soit je partais avec Marco, soit je finissais à la rue.

— Je t'aurais aidée, Skye. Je pense que tu le savais.

Une grosse partie de moi *savait* qu'Aiden aurait remué ciel et terre rien que pour s'assurer que j'étais en sécurité. Mais je ne savais pas du tout ce qu'il aurait pensé du fait que j'étais enceinte. J'espérais qu'il ait envie de protéger son enfant aussi, raison pour laquelle j'avais écrit cette lettre.

— C'est terminé, dis-je, détestant la douleur qui teintait ces deux mots. On doit passer à autre chose.

À bien y réfléchir, j'aurais aimé avoir trouvé un moyen d'attendre le retour d'Aiden, mais je ne pouvais changer le passé.

J'étais stupide, jeune et terrifiée. Je regrettais le fait que Maya ait été privée d'une famille. Elle n'avait toujours eu que moi.

— Dans ce cas, passons à autre chose, acquiesça Aiden. Pourquoi es-tu ici en ce moment ? Tu veux renouer avec moi maintenant que j'ai de l'argent ?

La colère me submergea, mais je la repoussai. Je méritais sûrement cette pique, vu qu'il avait l'impression que je l'avais quitté pour de plus verts pâturages.

— Je n'attends rien de toi, mais je dois te parler de certaines choses que tu dois savoir, selon moi.

— Comme quoi ?

— Je voulais rester ici, expliquai-je. Quand ma mère a insisté pour que je parte à San Diego et que j'épouse Marco, je ne voulais pas le faire. On a eu une grosse dispute la veille de ton retour. On ne se parlait presque plus, après mon mariage.

— Et sa petite fille ? m'interrogea Aiden.

Je secouai tristement la tête.

— Elle n'en avait rien à faire, de Maya. Ma mère n'était pas vraiment la grand-mère idéale. Elle n'avait pas toute sa tête, Aiden. Tu sais qu'elle a toujours été folle, mais on lui a aussi lavé le cerveau dans cette église de tarés où elle allait à San Diego.

— Je suis sûr qu'elle pensait que tu serais mieux avec lui qu'avec moi, fit remarquer Aiden.

— Les parents de Marco étaient des membres fondateurs de cette église. C'est tout ce qui l'intéressait. Elle pensait que j'aurais de la chance de l'avoir. Elle n'a jamais compris qu'elle faisait partie d'une secte. D'accord, ils ne vivaient pas en communauté, mais ce groupe religieux n'en avait pas moins une emprise sur elle.

— Comment tu as rencontré ton ex-mari, d'ailleurs ? demanda-t-il d'une voix rauque. Je me souviens que tu n'es plus jamais allée à cette église, dès que tu as été assez âgée pour dire à ta mère que tu ne voulais pas y aller.

— J'y suis encore allée quelques fois avec ma mère, quand j'avais dix-sept ans. Je voulais lui faire plaisir. Mais ça n'a duré que très peu de temps. Je n'aimais pas cet endroit. Il me fichait les jetons. Et Marco aussi. Il m'a vue là-bas et a décidé qu'il voulait que je devienne sa femme. Je crois qu'il m'a voulue encore plus à partir du moment où j'ai refusé tout net de l'épouser. Je n'étais même pas encore sortie du lycée quand il a demandé à ma mère si je pouvais devenir sa femme.

— Alors tu as dit non ?

Je hochai la tête.

— Et j'ai refusé d'aller au moindre événement là-bas, après ça.

— Alors, pourquoi avoir cédé plus tard ? demanda-t-il d'une voix furieuse.

Je haussai les épaules.

— Les circonstances avaient changé. J'étais désespérée, Aiden.

— Et ta mère avait raison ? insista-t-il. Tu avais de la chance de l'avoir ? Tu étais heureuse ?

— Non, répondis-je, la voix à peine plus qu'un murmure. La seule part de bonheur de mon mariage, c'était ma fille. Maya était tout, pour moi. Elle l'est toujours.

— Qu'est-ce que tu disais dans ta lettre, bon sang ? Qu'est-ce que tu voulais me dire ? Tu voulais que je vienne te chercher ?

— Oui, admis-je. Je te demandais de venir me retrouver si tu m'aimais vraiment. De m'éviter d'avoir à épouser un homme que je n'aimais pas.

— Mais tu n'as jamais eu de nouvelles de moi parce que je n'ai jamais lu cette lettre, conclut-il. J'ai cru que tu voulais être avec quelqu'un d'autre parce qu'il avait plus d'argent que moi.

— Je n'ai jamais voulu que tu croies ça, lui assurai-je d'un ton résolu. Est-ce que je ressemblais vraiment à ce genre de femme ?

Même si je pouvais comprendre qu'il ait pensé ça, ça faisait quand même mal.

— Je ne savais que croire, répondit-il. Je ne le sais toujours pas. Mais si j'avais su que tu ne voulais pas être avec Marino, je serais venu te chercher sans hésiter.

— Je ne le savais pas, dis-je d'une voix tremblante. J'ai cru que tu avais jeté la lettre après l'avoir lue et que tu n'avais plus jamais pensé à moi.

Je tressaillis quand Aiden cogna du poing sur la table. Fort.

— Tu savais très bien que j'étais fou de toi, rétorqua-t-il. Tu croyais vraiment que j'aurais pu ne pas répondre à un tel appel à l'aide ?

J'étais si blessée que c'était exactement ce que j'avais cru. En voyant qu'Aiden ne venait pas me sauver, j'avais abandonné tout espoir d'être heureuse. Je m'étais entièrement concentrée sur ma fille et sur notre survie.

Mais pour être honnête, maintenant que j'étais plus âgée, je me disais que j'aurais sûrement dû me demander pourquoi un homme comme Aiden m'avait balayée de sa vie sans la moindre hésitation.

— Comme toi, je ne savais que croire, dis-je à voix basse. J'avais peur.

— Alors qu'est-ce qu'on fait, maintenant ? grommela-t-il. On n'avait même pas assez foi l'un dans l'autre pour aller découvrir la vérité.

— Je ne suis pas venue ici pour te récupérer. Je sais que tu ne me crois pas, et je ne peux pas t'en vouloir. Vraiment, on se connaît à peine. On n'est sorti ensemble que pendant quelques mois.

Aiden et moi avions laissé passer notre chance il y a longtemps.

— Alors tu voulais juste clore ce chapitre de ta vie ?

— Pas tout à fait, répondis-je en tentant de ravaler la boule qui s'était formée dans ma gorge. Il y a une autre raison pour laquelle j'avais peur de me retrouver à la rue. S'il n'y avait eu que moi, je l'aurais fait. Mais il n'y avait pas *que* moi.

Il me scruta du regard, comme s'il essayait de lire au fond de mon âme.

— Il y avait qui d'autre ? demanda-t-il, l'air confus.

Je pris une profonde inspiration.

— J'étais enceinte, Aiden. Ça a dû arriver la veille de ton départ pour ton job de pêcheur. Maya n'est pas la fille de Marco. C'est la tienne. Ma petite fille est *ta fille*.

CHAPITRE 5

Skye

Le silence était assourdissant, dans l'énorme maison d'Aiden.

Il ne dit pas un mot.

N'eut aucune réaction.

Ne bougea pas.

Mais je lisais la stupeur et l'horreur sur son visage.

C'est durant cette longue période de silence entre nous que je réalisai qu'Aiden n'avait jamais soupçonné la vérité. Il pensait *vraiment* que je l'avais quitté pour l'argent, sans le moindre état d'âme.

Même si j'avais commencé à le comprendre avec ma tête depuis hier soir, je ne le savais pas encore dans mon cœur… jusqu'à maintenant.

Difficile de balayer neuf ans de déception et de tristesse à l'idée qu'il ne veuille pas de Maya dans sa vie, mais la vérité venait de me frapper comme un coup de poing à l'estomac.

Ce n'était pas qu'il ne voulait pas d'elle.

Ce n'était pas qu'il s'en moquait.

Et il aurait sans aucun doute été là pour nous deux, s'il avait su.

Mais… il n'en avait pas la moindre idée.

J'étais submergée de regrets, une émotion qui m'était très familière. Le regret et la culpabilité étaient les deux sentiments que je semblais incapable de bannir de ma vie. Ils vivaient auprès de moi comme s'ils étaient les seuls vêtements que je possédais, collés à ma peau.

Il valait mieux qu'il ne sache pas.

Sachant tous les problèmes dans lesquels je m'étais fourrée avec la famille Marino, le fait qu'Aiden n'ait rien su lui avait sûrement sauvé la vie. Mais ces pensées n'étaient qu'un maigre réconfort, alors que j'observais le visage de cet homme, qui avait l'air complètement dévasté.

— Je suis désolée, dis-je doucement, rompant enfin le silence entre nous. Je ne savais pas que tu n'avais pas reçu la lettre.

Il me dévisageait, l'air fou de rage, ses yeux bleus assombris par la colère.

— Ça veut dire quoi, Skye ? grogna-t-il. Tu croyais que j'avais ignoré le fait que j'avais une fille ? Que je pourrais continuer à vivre ma vie sans savoir comment elle allait, ou si elle s'en sortait sans son père ? Seigneur ! Tu ne m'as jamais connu du tout, hein ? Quel genre d'homme ferait ça ?

Ne pleure pas. Ne lui laisse pas voir tes émotions. Ne le laisse pas voir tes faiblesses.

J'avais été si bien entraînée à ça, durant les années que j'avais passées avec Marco, que mon instinct de survie prit le dessus.

Mon cœur était en train de se briser.

Mais il était hors de question que je le montre à qui que ce soit.

La sécurité de ma fille avait toujours dépendu de la façon dont je gérais la *famille*.

— Je pense qu'aucun de nous ne connaissait vraiment l'autre, répondis-je d'une voix plate. Tu croyais que j'étais partie pour l'argent, et j'avais l'impression que tu étais au courant pour Maya, mais que tu ne voulais pas faire partie de sa vie.

— J'aurais voulu faire partie de sa vie. Pour l'amour du ciel, j'ai élevé mes frères et sœurs, j'ai sacrifié tout ce que j'avais pour leur offrir une vie meilleure. Tu croyais vraiment que j'aurais un avis différent à propos de ma propre fille ?

Incapable de soutenir son expression furieuse plus longtemps, je baissai les yeux sur la table.

— J'étais jeune, seule et enceinte, Aiden. Tu crois vraiment que j'étais capable de penser de manière rationnelle ? Je voulais que mon bébé soit en sécurité. C'est tout ce à quoi je pouvais penser.

— Pourquoi ne pas avoir à nouveau tenté de me contacter avant de te marier à un membre de la mafia ? demanda-t-il d'une voix rauque. Pourquoi ne pas t'être assurée que j'avais reçu ta lettre et que je savais que ce bébé était le mien ?

Je haussai les épaules.

— Pourquoi ne pas être venu vérifier par toi-même pourquoi j'étais partie avec Marco ?

— Ça me semblait assez évident, répliqua-t-il.

— Aussi évident que m'ait paru ton rejet. Écoute, je ne dis pas que j'ai pris la bonne décision, expliquai-je. Mais à l'époque, cela m'a semblé être la seule solution.

Je me lève, fébrile. Aiden m'imite.

— Tu ne partiras pas d'ici tant que je n'aurais pas eu des réponses, dit-il d'une voix un peu plus calme. On peut ressasser tous les détails encore et encore, ça ne change rien au fait que j'ai une fille que je n'ai jamais pu connaître, et dont je ne connaissais même pas l'existence. Tu as assez fui comme ça, c'est fini.

Je tressaillis à cette insulte, mais il avait peut-être raison. Quand j'avais dix-huit ans, j'avais fui. Ce n'était qu'une fois adulte que j'avais appris à affronter la situation.

— Je ne compte aller nulle part. Si je n'avais pas voulu que tu le saches, je ne serais pas ici en ce moment.

Aiden se passa une main dans les cheveux, l'air frustré.

— Il s'est bien occupé d'elle ? Il l'a traitée comme sa fille ?

Je n'allais même pas faire semblant de ne pas comprendre ce qu'il me demandait. Si les rôles avaient été inversés, je voudrais savoir la même chose.

— Marco ne s'est jamais attaché à Maya. Il n'a jamais été abusif avec elle. Il faisait juste comme si elle n'existait pas.

J'étais plus que disposée à subir les punitions assenées par mon ex-mari, pour éviter qu'il ne tourne sa malveillance vers ma fille.

— Il savait que tu étais enceinte ?

Je hochai la tête.

— Il s'est servi de ma grossesse pour me forcer à l'épouser. Je ne l'aurais jamais fait s'il n'avait pas su, et compris que mon enfant était ma priorité. Mais après notre mariage, il l'a complètement ignorée, et j'ai maintenu Maya à l'écart de lui autant que possible.

— Alors ce salopard ne l'aimait pas ?

— Non, admis-je. Mais ça valait peut-être mieux, sachant comment la situation a fini par tourner.

Il y avait déjà eu bien trop de malentendus, et j'étais déterminée à me montrer aussi sincère que possible.

— Tu savais ce qu'il était quand tu l'as épousé ? Tu savais que toute la famille Marino était corrompue ?

— Non, m'empressai-je de répondre. Tu crois vraiment que j'aurais mis notre enfant dans cette situation, si je l'avais su ?

Il me fusilla du regard.

— Je ne sais plus que penser, Skye. Tout ce que je sais, c'est que je veux ma fille. J'ai déjà raté tellement de choses dans sa vie. Maintenant que je peux la soutenir financièrement, elle serait peut-être mieux avec moi.

Ne pleure pas. Ne pleure pas.

— Je suis sa mère. Sa place est avec moi. Elle ne te connaît même pas encore, Aiden. Mais je n'essaierai pas de t'empêcher de l'approcher. Elle peut te voir quand tu veux.

— Tu te fiches de moi ? grogna-t-il. J'ai manqué plus de huit ans de sa vie. Je la veux à plein temps. Je veux rattraper toutes ces années que j'ai perdues. Je veux être le père qu'elle n'a visiblement jamais eu, et qu'elle mérite.

— Je ne peux pas t'accorder ça, refusai-je. Je suis la seule chose stable que Maya ait jamais connue.

Et je l'aime tellement qu'elle est toute ma vie.

Mon estomac était noué de peur, mais je gardai mon sang-froid. Il le fallait.

— Dans ce cas, je deviendrai une autre constante dans sa vie, déclara-t-il comme s'il faisait un serment. Et elle aura toute la famille qu'il lui faut ici.

Mon cœur se serra. Maya mourait d'envie d'avoir une vraie famille.

— C'est ma fille. Je ne l'abandonnerai pas. Tu peux apprendre à la connaître sans me la prendre.

— Je veux faire un test de paternité, dit-il d'un ton implacable. Mais je n'attendrai pas le résultat pour entrer dans sa vie. Puisque tu étais vierge, je ne vois pas comment je ne serais pas son père biologique. Et je compte faire beaucoup plus qu'*apprendre à la connaître*. Je serais son père, comme j'aurais toujours dû l'être.

— Alors on va se retrouver à se battre pour elle ? demandai-je, le cœur brisé à l'idée que Maya se retrouve écartelée entre nous deux.

— Non, répondit-il froidement. Pas de disputes. J'ai l'impression qu'elle a déjà vécu assez de bouleversements comme ça. Vous allez toutes les deux venir vivre avec moi. Et quand Jade sera partie et que son mariage sera passé, tu vas m'épouser.

Je secouai aussitôt la tête.

— Non.

Aiden s'avança vers moi comme un prédateur et me cloua contre le comptoir du bar de la cuisine.

— Tu as une meilleure solution à me proposer ?

Je fermai les yeux et tentai de repousser la réaction viscérale que j'éprouvais toujours quand mon corps entrait en contact avec celui d'Aiden.

Je n'avais pas envie de ça.

Je n'avais pas envie de ressentir ça.

Je n'avais pas envie d'avoir envie de lui. Et je ne devrais pas, après toutes ces années.

Il m'attrapa le menton et le releva.

— Regarde-moi, ordonna-t-il.

J'ouvris les yeux et croisai le regard le plus déterminé que j'aie jamais vu.

— Le mariage n'est jamais une bonne solution pour quoi que ce soit, dis-je d'une voix un peu tremblante. Je n'ai pas envie de me remarier. Jamais.

— Même si ça te permettrait d'offrir à ta fille tout ce dont elle a besoin ? Je ne suis plus pauvre, Skye. Je pourrais offrir le monde à Maya.

Je ressentis une pointe de culpabilité.

— L'argent ne rend pas les gens heureux. Je le sais d'expérience.

— Je lui offrirai l'amour d'une vraie famille, un vrai père, insista-t-il.

— Elle peut avoir ça sans qu'on ait besoin de se marier. On est au vingt et unième siècle, Aiden. Les parents ne sont pas obligés d'être mariés. On peut trouver une solution.

— Je n'ai pas envie de me contenter de visites occasionnelles, Sky. Ou que notre fille alterne entre nous. Si tu m'y obliges, je compte *bien* me battre pour elle. Et je possède une quantité infinie d'argent pour m'assurer de gagner.

Et je n'avais pas les moyens de le combattre.

— On viendra vivre avec toi pour un temps, cédai-je, assaillie par la panique. Pour te donner l'occasion d'apprendre à la connaître.

Il me tenait toujours le menton pour me regarder dans les yeux, et je détestais ça. Je n'avais pas envie de me montrer vulnérable face à cet homme, et je savais que je ne pouvais totalement dissimuler ma peur de perdre Maya.

Je lui rendis son regard, réticente à baisser les yeux la première même si je me sentais déjà faiblir.

Si Aiden pouvait vraiment devenir le père que Maya n'avait jamais eu, s'il pouvait vraiment l'aimer, je n'avais pas envie de la priver de ça. Mais je ne supportais pas l'idée de la perdre.

— Ce serait un bon début, acquiesça Aiden à contrecœur. Je vais envoyer des déménageurs t'aider à déplacer tes affaires demain matin. Tu n'auras besoin que des objets personnels.

— Je ne peux pas déménager en un jour, protestai-je.

— Je peux pratiquement tout faire, maintenant, Skye. Et j'ai envie de passer du temps avec Maya. Je pense avoir attendu assez longtemps.

Le ton brut et rauque de sa voix me toucha plus que sa colère. L'envie sincère que je percevais dans sa voix me comprimait la poitrine.

Difficile de concilier le milliardaire qu'était devenu Aiden au col bleu luttant pour survivre qu'il était quand il était plus jeune.

Aujourd'hui, il était une énigme que je ne connaissais pas vraiment.

Mais mon corps réagissait toujours de la même façon qu'il y avait toutes ces années à sa proximité.

Je me trémoussai jusqu'à me libérer, puis mis un peu d'espace entre nous.

— Très bien, dis-je, à bout de souffle. On sera là demain matin.

— Et si on expliquait à Maya qu'il y a eu un malentendu et que je n'ai jamais su qu'elle était ma fille ? Ce n'est pas loin de la vérité.

Je haussai un sourcil.

— Et tu crois qu'elle va avaler ça ? Tu ne connais pas encore ta fille. Elle va poser des questions. Des tas. Elle est douée avec les mots, l'écriture et la lecture. Et elle est plus mature que la plupart des enfants.

— Dans ce cas, nous lui répondrons aussi honnêtement que possible. Nous lui assurerons qu'elle est importante et que tu voulais qu'elle soit en sécurité.

J'étais soulagée et un peu touchée de savoir qu'il ne comptait pas rejeter la faute sur moi pour ce qui s'était passé. Pas devant ma fille, en tout cas.

— Elle sait que j'ai commis des erreurs, expliquai-je. J'ai toujours été aussi honnête que possible avec elle. Elle était assez intelligente pour savoir que faire partie de la famille Marino n'était pas normal.

— Dans ce cas, offrons-lui la normalité, Skye, grogna-t-il.

Seigneur, j'avais tellement envie d'offrir ça à ma fille que le nœud que je ressentais se transforma en une douleur physique dans mon ventre. Ma fille avait toujours été bien trop sérieuse pour son âge. Même si j'avais tenté de lui accorder tout l'amour dont j'étais capable, elle n'en avait pas moins grandi dans une mauvaise atmosphère pendant beaucoup trop longtemps. Un endroit où personne ne prenait en compte son existence à part moi.

— On arrive demain matin, dis-je en hochant la tête.

Je n'avais pas envie d'avoir ma fille en garde partagée. J'allais devoir laisser à Aiden une chance de la connaître, mais je voulais être avec elle aussi. Si cela signifiait emménager chez Aiden, je le ferais.

Ce n'était pas comme si notre minuscule appartement allait me manquer. Il avait toujours été propre, mais il était triste, peu importe mes efforts pour lui donner un peu de vie.

— Je passerai te chercher vers neuf heures, continua-t-il. J'enverrai un camion avec des déménageurs pour prendre tes affaires vers huit heures trente.

— J'aimerais être sûre qu'on a pris la bonne décision, songeai-je à voix haute avant d'avoir pu me retenir.

— Tout ira bien pour elle, Skye. Je m'assurerai qu'elle aille bien, affirma-t-il.

Je scrutai son regard et y lus une détermination farouche à me faire me détendre.

Ses remarques me faisaient me sentir en sécurité.

Pendant si longtemps, j'avais été la seule personne présente pour Maya quoiqu'il arrive. J'étais assez soulagée de savoir que je n'étais plus seule de ce point de vue.

— Qu'est-ce que tu vas dire à ta famille ? demandai-je avec hésitation.

— La vérité, répondit-il. Je pense qu'ils seront tous ravis d'avoir Maya dans la famille. Ce n'est pas comme si les Sinclair rechignaient à faire entrer de nouveaux membres parmi eux.

Je lui adressai un petit sourire, parce que je savais que la famille Sinclair avait beaucoup grandi ces dernières années. Elle avait explosé d'un coup quand Aiden et ses frères et sœurs avaient découvert qu'ils avaient toute une tripotée de demi-frères et sœurs ainsi que de cousins sur la Côte Est.

Je m'avançai vers la table et récupérai mon sac à main.

— Je dois y aller. Maya est avec une baby-sitter.

Il me prit par le bras pour m'arrêter.

— Tu travailles beaucoup. Tu as l'air épuisée, Skye. C'est vraiment ce que tu veux ? Le Weston Café ?

Je me dérobai sans mal de sa poigne.

— Quelle importance ? C'est ma manière de prendre soin de Maya.

Cela faisait très longtemps que personne ne m'avait plus demandé ce que je voulais, et je ne savais pas vraiment comment lui répondre. Le café était emblématique, à Citrus Beach, mais travailler là-bas de longues heures et passer autant de temps loin de Maya n'avait jamais été mon choix.

Je l'avais fait pour survivre.

— Si tu m'épouses, tes choix deviendront illimités, dit-il d'une voix râpeuse.

— C'est ma sécurité, tentai-je d'expliquer. Il m'apporte un revenu.

— Je compte bien emmener ma fille voir le monde, m'avertit-il. Si tu veux être avec elle, tu dois te trouver un manager et plus de personnel. Pour être honnête, ce dinosaure aurait besoin d'une sérieuse refonte. Le coup de peinture lui a donné meilleure allure, mais le bâtiment est vieux. Il doit avoir besoin de réparations. Tu devrais songer à en faire quelque chose qui te plaise vraiment en t'engageant dans une rénovation complète. Je suis prêt à investir dans tes idées. Mais tu n'aurais pas besoin de t'impliquer dans les tâches quotidiennes.

— J'ai toujours eu envie d'en faire tellement plus, confessai-je. Mais je n'avais pas les fonds suffisants pour faire quelque chose de différent avec cet endroit.

Il haussa les épaules.

— Tu peux, maintenant, si c'est ce que tu veux.

Mon cœur rata un battement à la possibilité de faire du café un succès, plutôt qu'un restaurant qui me permettait à peine de subsister.

Je l'étudiai avec curiosité.

— Pourquoi voudrais-tu le faire ?

— Tu es la mère de mon enfant, Skye. Je veux que tu sois heureuse. Tu vas devenir ma femme.

— Je ne suis toujours pas sûre que le mariage est une bonne idée, rechignai-je.

— C'est toujours ce que je veux, m'avertit-il. En fait, plus j'y pense, plus ça me paraît une bonne idée. Tu as dit que tu ne voulais plus jamais te marier, et je n'avais pas prévu de me faire passer la bague au doigt non plus. Il n'y a donc aucune raison pour qu'on ne puisse pas devenir une famille pour notre fille.

— On n'a même plus de sentiment l'un pour l'autre, répliquai-je, désespérée.

Il haussa les épaules.

— Dans ce cas, nous apprendrons à mettre nos différences de côté pour élever notre fille ensemble.

Et qu'en est-il de l'amitié ?

Qu'en est-il du respect mutuel ?

Qu'en est-il de l'amour ?

Qu'en est-il… du sexe ?

Je tressaillis. Je n'avais même plus eu envie du dernier élément de ma liste mentale depuis très longtemps. Mais Aiden aurait forcément envie de coucher avec une femme à un moment ou un autre. Il avait toujours eu un appétit sexuel insatiable.

— Je n'ai pas accepté de t'épouser, m'obstinai-je, décidée à taper du poing sur la table. Commençons par laisser à Maya l'occasion d'apprendre à te connaître.

— Faisons les deux, répondit-il avec un petit sourire.

— Tu es si borné, c'est exaspérant, l'accusai-je.

— Je le suis quand j'ai envie de prendre soin de ce qui m'appartient, répliqua-t-il d'un ton dangereux.

Mon cœur se mit à galoper dans ma poitrine alors que je me retournais pour partir.

— On se voit demain.

Je ne ressortirai pas vainqueur de cette discussion, alors je me contenterai de le convaincre que le mariage n'était pas la solution *après* avoir emménagé avec lui.

Ce n'était jamais la solution.

CHAPITRE 6

Aiden

— J'ai découvert que j'avais engendré un enfant, annonçai-je de but en blanc à mes frères et sœurs, plus tard ce soir-là. J'ai une fille. Elle a huit ans.

J'avais organisé une réunion de famille et mon frère et mes sœurs étaient venus sans poser de question. Noah, Jade et Brooke étaient tous arrivés à l'heure.

J'étais certain qu'ils étaient tous curieux, étant donné qu'on n'avait jamais vraiment organisé une réunion de famille jusqu'ici.

Le seul qui n'était pas en train de me dévisager comme s'il m'était poussé une deuxième tête, c'était Seth.

Je ne l'avais pas invité à passer, parce que j'avais vraiment, vraiment envie de lui faire mal, à cet instant.

Il n'aurait pas été en sécurité, s'il s'était retrouvé dans la même pièce que moi.

Owen, notre plus jeune frère n'était pas encore rentré pour le mariage de Jade, il apprendrait donc la nouvelle plus tard, lui aussi.

— Comment c'est possible ? demanda Noah d'une voix calme.

Il avait toujours été le plus posé, étant l'aîné des Sinclair.

Je haussai un sourcil.

— C'est toi qui m'as expliqué comment les femmes tombaient enceintes, quand on était plus jeunes.

Noah était même allé jusqu'à nous montrer comment se servir d'un préservatif avec une banane, une fois. Et j'avais *bien* une capote, avec Skye. À mon avis, nous étions l'un des rares cas où ça n'avait pas suffi.

Mon frère aîné était là pour répondre à toutes nos questions, quand on était plus jeunes. C'était bizarre, mais il nous paraissait si adulte, alors qu'il n'avait que quelques années de plus que moi.

— Tu sais que ce n'est pas ce que je veux dire, grommela Noah.

Ma famille était encore en train de me dévisager, bouche bée, assise dans le salon.

— Je suis sorti avec Skye Weston pendant quelque temps, après sa sortie du lycée. Elle était enceinte de mon enfant quand elle a déménagé à San Diego et épousé Marco Marino. Je ne l'ai jamais su. Il y a eu un malentendu entre nous et elle a cru que je l'avais larguée.

— Maya est ta fille ? demanda Jade, incrédule.

Je hochai la tête.

— Oh mon Dieu, dit-elle. Quelqu'un m'a écrit sur le site de tests ADN. On m'avait indiquée comme étant la tante de l'enfant. Mais je ne savais pas que c'était quelqu'un d'aussi proche, ou d'aussi jeune. Je sais qu'elle est douée, mais elle parlait comme quelqu'un de plus âgé, et en général, les enfants ne peuvent pas faire analyser leur ADN.

Je souris.

— Elle doit tenir de moi. Elle est très intelligente. Et de toute évidence, elle sait comment enfreindre les règles. Pourquoi n'as-tu pas parlé de la correspondance trouvée par le site ?

Je trouvais toujours ça étrange, qu'on ne sache pas tout ce qui se passait dans la vie de nos sœurs. Noah, Seth et moi étions très doués pour nous mêler de leurs affaires. Nous nous étions donné comme mission personnelle de passer au crible tous les hommes avec lesquels elles étaient sorties.

Jade fronça les sourcils.

— Je n'ai plus eu de nouvelle après la première communication, et je ne savais pas qui elle était. Eli tentait d'enquêter pour découvrir lequel d'entre vous avait pu engendrer un enfant. Je ne voulais pas vendre la mèche avant d'avoir plus d'infos. Je savais que ça vous perturberait tous, si vous le découvriez. Je comptais vous en parler avant le mariage. Mais je suppose que le mystère est résolu. Je me demande pourquoi Skye ne me l'a jamais dit.

Je savais que cela blessait sûrement un peu Jade, que sa meilleure amie ne lui ait jamais confié son secret.

— Sûrement parce qu'elle croyait que j'étais au courant, mais que je m'en fichais.

— Je peux la rencontrer ? demanda Brooke, la jumelle de Jade, d'un ton enthousiaste.

— Quand je l'aurai fait, répondis-je d'un ton sec. Je n'arrive toujours pas à croire que j'ai une fille que je ne connais pas.

Je n'avais eu que quelques heures pour me faire à l'idée d'être père. J'étais sûr qu'il allait me falloir bien plus de temps avant d'être à l'aise avec cette idée.

— Tu vas l'adorer, m'assura Jade d'un ton chaleureux. Maya est une enfant spéciale. Elle est surdouée, ce qui peut parfois être difficile à gérer. Elle va te poser un million de questions. Mais elle a un cœur immense.

Jade aussi était surdouée. Alors je savais que ma sœur comprenait ma fille. Jade avait obtenu son doctorat en un temps record et c'était un vrai génie dans son domaine, la génétique de la vie sauvage.

— Je ne suis qu'un col bleu, dis-je d'un ton hésitant que je ne reconnus même pas.

Je me demandais ce que Maya penserait, si je n'arrivais même pas à l'aider avec ses devoirs.

J'avais toujours aimé lire, et je préférais ça à la télévision. Mais je n'avais jamais eu assez de temps pour lire tout ce que je voulais, jusqu'à récemment.

Maintenir la famille Sinclair à flot avait nécessité toute mon énergie, quand nos fonds étaient limités. Noah, Seth et moi avions passé presque tout notre temps à travailler.

Jade sourit.

— Ça n'aura pas d'importance, pour elle.

— Je crois que je pourrais lui offrir une bien meilleure vie que celle qu'elle avait dans la mafia, dis-je d'une voix rauque.

Au moins, je ne la traiterais jamais comme si elle n'existait pas.

— Tu peux lui offrir une *vie merveilleuse*, dit Brooke. Aiden, tu as *toujours* été là pour nous. Ce n'est pas comme si tu ne savais pas comment élever un enfant et lui offrir une tonne d'amour. Elle n'en aura rien à faire, de ton niveau d'éducation.

Je me laissai aller dans mon fauteuil inclinable.

— J'espère que tu as raison, parce qu'un jour, elle sera beaucoup plus intelligente que moi. J'ai envie de lui offrir l'éducation qu'elle voudra. Mais au moins, j'ai beaucoup d'argent, maintenant. Je peux lui offrir tout ce dont elle a besoin.

— Tu comptes avoir la garde partagée avec Skye ? m'interrogea Noah, l'air encore perplexe.

— Elles vont toutes les deux s'installer ici à partir de demain matin, annonçai-je. J'ai envie d'apprendre à connaître ma fille. J'ai déjà manqué tellement de choses dans sa vie. Je n'ai pas envie de l'avoir à mi-temps, et je pense qu'elle mérite mieux que d'être trimballée de l'un à l'autre.

Brooke applaudit.

— Alors vous allez vous remettre ensemble, avec Skye ?

— Non, répondis-je platement. Pas vraiment. Mais comme elle n'a pas envie d'être séparée de sa fille, elles vont toutes les deux venir vivre avec moi. On se mariera un peu plus tard.

— Tu es sérieux ? demanda Noah d'une voix dure. Vous n'avez pas besoin de vous marier pour élever un enfant ensemble.

Mon frère aîné parlait comme Skye.

— Peut-être pas. Mais c'est ce que je vais faire quand même. La seule autre option, c'est la garde partagée, ou bien se battre pour avoir la garde complète. Après tout ce qu'a traversé Maya, je n'ai pas envie que ça arrive.

Et je ne réussissais pas à m'imaginer vivre avec Skye dans la même maison tout en sortant avec d'autres gens.

C'était *hors de question*.

— Tu es en colère contre Skye. Je le vois bien, remarqua Jade.

— Comment pourrais-je ne pas l'être ? Elle ne m'a jamais dit qu'elle avait eu mon enfant. Elle s'est contentée de fuir et d'épouser quelqu'un d'autre.

— On ne sait pas tout. Il doit y avoir une autre explication. Nous sommes amies depuis l'école primaire. Elle ne ferait jamais un truc pareil. Et tu as dit que c'était un malentendu. Qu'elle croyait que tu savais !

— J'étais en mer pour un boulot de pêcheur. Apparemment, sa mère l'a mise dehors quand elle a découvert que Skye était enceinte, et elle lui a dit qu'elle devait épouser Marino. Je n'étais pas encore revenu, alors elle a laissé une lettre.

— Où est passée cette lettre ? demanda Noah.

— Seth a décidé de la détruire, répondis-je. Il pensait qu'il vaudrait mieux que je ne la lise pas, vu que Skye était partie avec un autre homme. Il ne savait pas qu'elle était enceinte de mon enfant.

Une lueur de compréhension se fit sur le visage de Noah.

— Aaaaah… ça explique pourquoi il n'est pas là.

— J'ai envie de lui faire mal, répondis-je en toute honnêteté. Il m'a littéralement privé de huit années de la vie de ma fille.

— Il ne pensait sûrement pas à mal, dit Noah d'un ton songeur.

J'étais furieux contre Seth. Maintenant que je savais que Skye était enceinte de mon enfant, la simple idée que mon frère avait détruit un message essentiel de sa part me foutait en rogne.

— Tu finiras par te calmer, répondit Noah d'un ton assuré.

— Ne t'attends pas à ce que ça arrive de si tôt, l'avertis-je.

— Ne punis pas Skye, s'il te plaît, me demanda Jade. Il y a beaucoup de choses qu'on ne sait pas à propos de ce qui s'est passé lors de son mariage, mais je sais que ça ne s'est pas bien passé. Maya n'était peut-être pas dans la meilleure des situations, mais je peux te garantir que Skye aime sa fille et qu'elle a fait de son mieux pour la protéger.

— Revenons-en à cette histoire de mariage, dit Noah en croisant les bras sur son torse. Ce n'est pas une bonne idée de l'épouser. Si vous vous détestez, quel genre d'atmosphère ce sera pour Maya ?

— Je ne dirais pas que je la déteste, confessai-je. Je suis juste encore en colère.

Si j'avais pensé de manière logique – ce qui n'était pour l'instant pas le cas –, je n'aurais sûrement pas été aussi dur avec Skye, ce matin. La vérité, c'était que j'avais toujours envie d'elle. Je n'avais jamais réussi à maîtriser l'attirance entre nous. Mais quand j'avais découvert qu'elle avait donné naissance à mon enfant sans que je le sache, j'avais craqué. Surtout sachant que je n'avais jamais réussi à garder mon sang-froid en sa présence.

Skye Weston faisait ressortir à la fois le meilleur et le pire chez moi, parce qu'elle me rendait complètement irrationnel. Elle avait toujours fait ça.

J'étais blessé à l'idée qu'elle ait cru que je n'en aurais rien à faire de ma propre fille.

J'avais beau être follement attiré par elle, j'avais réalisé qu'elle ne m'avait jamais vraiment connu.

— Elle n'avait que dix-huit ans, Aiden, me rappelle Jade. Ne sois pas trop dur. Elle n'avait pas beaucoup d'options. Sa mère était cinglée et on dirait que Skye n'avait nulle part où aller. Je ne peux même pas m'imaginer affronter ce genre d'épreuve à dix-huit ans. Mon seul souci, c'était de devoir commencer la fac aussi jeune. Je ne crois pas que j'aurais été assez mature pour avoir un enfant.

Je remuai d'un pied sur l'autre, mal à l'aise, parce que Jade avait sûrement raison. Skye était si jeune quand elle était tombée enceinte, et je devais en endosser en grande partie la faute. J'avais quelques années de plus qu'elle.

— Si seulement elle était revenue pour me le dire en personne.

— Elle ne l'a pas fait parce qu'elle croyait que tu le savais, et que tu avais préféré ignorer la situation, rappela Brooke. Vous êtes sortis ensemble pendant quoi ? Quelques mois ?

— Elle était l'amie de Jade. Je la connaissais depuis plus longtemps que ça.

Brooke laissa échapper un soupir exaspéré.

— Mais tu la voyais comme une enfant, avant de sortir avec elle. Ce n'est pas pareil.

Mes sœurs avaient peut-être raison. Et j'aurais peut-être dû la garder dans mon pantalon, parce que Skye était *vraiment* jeune. Mais je n'avais aucune chance d'y parvenir, une fois que j'avais appris à la connaître.

Il m'avait été impossible de résister à Skye. Elle me rendait fou.

— Tu n'as pas à décider de tout votre avenir aujourd'hui, dit Noah. Tu viens de découvrir que tu avais un enfant. Apprends à la connaître. Ça va nécessiter beaucoup d'ajustements dans ta vie.

Mes sœurs acquiescèrent toutes les deux de la tête.

— Je n'arrive toujours pas à croire que Maya est ma nièce, lança Jade d'un ton enjoué. Mais ça paraît tellement logique, maintenant. Elle te ressemble beaucoup, Aiden. Je ne comprends pas pourquoi je n'ai jamais rien soupçonné jusqu'alors. Et les dates correspondent.

— Je vais faire un test de paternité, leur avouai-je.

— Tu as raison, acquiesça Noah.

— Je ne sais pas pourquoi, mais je suis certain que Skye me dit la vérité.

Elle n'avait pas vraiment de raison de mentir à ce sujet. Elle n'avait vraiment pas l'air d'avoir envie qu'on se remette ensemble.

En fait, elle avait résolument refusé de se remarier.

— Elle ne mentirait jamais sur un sujet comme celui-ci, assura Jade avec fermeté.

— Elle va vraiment emménager ici demain matin ? C'est rapide, remarqua Brooke. Comment est-ce qu'elles vont déménager leurs affaires ?

Je lui souris.

— C'est l'un des avantages, quand on a de l'argent : on n'a pas besoin de songer aux détails. J'ai déjà appelé une équipe de déménageurs.

— Quelle chambre tu vas donner à Maya ? demanda Jade.

Je n'avais pas encore songé à l'endroit où tout le monde dormirait.

— Je ne sais pas trop. Je n'ai pas de chambre décorée pour une enfant de huit ans. Bon sang ! J'aurais sûrement dû y réfléchir plus tôt.

Nous avions une chambre pour fille dans la maison pour mes sœurs, quand on était enfant, et je n'avais même pas songé à refaire la même pour ma fille.

J'allais devoir m'habituer à ce nouveau statut de père. Brooke et Jade étaient adultes depuis un petit moment.

— Je sais ce qu'elle aime, dit Jade en se levant. Je pense qu'il est temps qu'on aille faire un peu de shopping. Le supermarché est encore ouvert.

Je levai aussitôt mes fesses de mon fauteuil. La dernière chose dont j'avais envie, c'était que Maya ne se sente pas chez elle, ici.

— Je viens aussi, annonça Brooke en sautant sur ses pieds.

— J'ai envie de rencontrer ma nièce, mais je me passerai sans mal de l'expédition shopping, dit Noah en se levant à son tour. Je veux bien que vous lui preniez quelque chose de ma part, par contre. Je vais te donner de l'argent.

Brooke fit une grimace.

— Je lui prendrai quelque chose pour toi. Je n'ai pas besoin que tu me donnes de l'argent pour faire ça pour toi.

Noah hocha la tête.

— Je t'en devrai une.

Nous tournâmes tous la tête vers mon frère aîné.

Je savais tout à fait à quoi pensaient mes sœurs.

Nous ne pourrions *jamais* rembourser à Noah tout ce qu'il avait fait *pour nous tous*. Il avait préservé notre famille et sacrifié sa propre vie au passage. Il avait été à la fois une mère, un père et un grand frère pour nous. Et il s'était battu pour conserver notre garde, parce qu'il était le seul majeur parmi nous à la mort de notre mère.

Mais jamais il ne s'était plaint d'avoir donné sa vie pour sa famille.

En réalité, c'était nous qui devions tout à Noah, et ce serait toujours le cas.

— J'ai des choses à faire au bureau, expliqua Noah tout en se dirigeant vers la porte.

— On est samedi soir, lui rappela Brooke.

La porte se referma sans que mon frère aîné prenne la peine de répondre.

— Il travaille trop, remarqua Jade avec un soupir.

— Ça a toujours été comme ça, acquiesça Brooke. Quel est l'intérêt d'avoir tout cet argent s'il n'en dépense rien ? Il a besoin de vacances. On devrait peut-être lui en offrir pour Noël ou son anniversaire.

Je n'arrivais pas à imaginer Noah se détendant sur une plage avec un cocktail, mais je n'avais pas envie de briser les espoirs de mes sœurs.

— Je participerais avec plaisir.

Mes sœurs jumelles me sourirent.

— Pour l'instant, on doit s'occuper de ce dont tu auras besoin pour demain, dit Brooke.

Je passai un bras autour de leurs épaules.

— Je vous suis.

Elles se dirigèrent toutes les deux vers la porte en bavardant.

C'était les moments comme celui-là qui me rendaient bien content d'avoir une grande famille.

Je dus faire un gros effort pour repousser l'idée que Skye, elle, n'avait jamais eu *personne*.

Elle était à peine plus qu'une jeune fille, tentant désespérément de se raccrocher à son enfant.

Notre enfant.

Ce chemin de pensée me hanta pendant toute la nuit.

CHAPITRE 7

Skye

— Je suis si contente que tu sois mon père, dit Maya à Aiden, un énorme sourire aux lèvres, alors qu'il la bordait dans le lit de sa nouvelle maison.

J'étais restée un peu à l'écart pendant qu'Aiden était assis au bord du lit. Je savais qu'il avait besoin de ce moment avec sa fille, et j'avais déjà bénéficié de huit ans avec elle. Je voulais qu'il profite de l'attention entière de Maya.

Notre premier jour ici se déroulait étonnamment bien. Aiden avait engagé des gens pour s'occuper de tout et tout ce que j'avais eu à faire, c'était ranger nos affaires personnelles.

Ma fille était ravie quand elle avait vu sa nouvelle chambre, et j'avais été touchée qu'Aiden ait de toute évidence fait venir quelqu'un pour créer un espace personnel propre à faire couiner ma fille de plaisir. Sans parler du fait que des cadeaux de la part de presque toute la famille d'Aiden étaient éparpillés dans la pièce. Même si Maya était brillante et semblait plus âgée qu'elle ne l'était, elle n'en demeurait pas moins une enfant de huit ans qui adorait les princesses Disney.

La chambre avait été peinte en blanc ancien et ornée de toutes les décorations à l'effigie des princesses Disney qui existaient, du tapis au sol en passant par les tables de chevet.

Aiden lui avait offert un collier de princesse juste avant de la faire monter se coucher. J'étais certaine qu'il était en or blanc, et pas le genre plaqué argent bon marché. Et j'étais convaincue que le cœur surmonté d'une couronne était incrusté de vrais diamants.

Il lui avait dit que c'était un cadeau pour sa petite princesse, et ça m'avait donné envie de pleurer.

Il n'avait pas hésité à montrer à Maya qu'il tenait à elle, et cette volonté de s'ouvrir à elle m'avait touchée.

Même si je ne me serais jamais autorisée à pleurer. Je ne l'avais plus fait depuis longtemps. Mais sa disposition à se montrer vulnérable face à sa fille avait presque aussitôt fait remonter mes émotions bien trop près de la surface.

— Tu vas rester ici longtemps ? demanda ma fille à Aiden avec hésitation.

— Pour toujours, Princesse, répondit-il d'un ton résolu. Tu auras de la chance si je te laisse te marier un jour.

Maya laissa échapper un gloussement ravi qui me serra le cœur.

À cet instant, je ne pus regretter d'avoir emménagé chez Aiden, même si je n'avais pas vraiment envie de vivre ici. Maya était heureuse, c'était évident, et elle méritait la sécurité d'une maison sublime qui la faisait se sentir en sûreté. Mais j'étais certaine que ce n'était pas cette jolie maison qui comptait le plus, pour elle. C'était le fait d'avoir un père qui l'adorait.

— Tu veux que je te lise un livre ? proposa Maya à son père.

Son rire résonna dans la grande chambre.

— Je croyais que c'était plutôt à moi de *te* lire un livre.

Je souris. Ma fille me lisait un livre tous les soirs depuis qu'elle avait cinq ans. Étant si bonne lectrice, elle préférait faire ça dans ce sens, et elle et moi nous interrompions toujours pour parler de l'histoire au fur et à mesure.

— J'aime lire, se contenta-t-elle de répondre.

— Qu'est-ce que tu lis ?

— Je suis sur le deuxième Harry Potter, en ce moment.

Maya bondit de son lit avant qu'Aiden ait pu l'arrêter, se dirigea vers sa bibliothèque et rapporta le gros livre broché, le portant à deux mains.

Aiden tourna la tête vers moi et je haussai les épaules.

— Elle a voulu commencer à les lire il y a un an, mais je lui ai fait attendre un âge approprié, expliquai-je.

— Elle a déjà fini le premier livre ? s'étonna-t-il. Je les ai lus. Ils sont longs et sûrement pas faciles à lire pour une enfant.

Je n'avais pas oublié qu'Aiden adorait lire tout ce qui lui tombait sous la main.

Je lui adressai un sourire narquois.

— Elle les a déjà tous lus plusieurs fois. Elle est en train de relire la série parce qu'elle s'est lassée du Seigneur des Anneaux et des Chroniques de Narnia. Elle a lu ces deux séries tellement de fois que les livres sont tout cornés. Mais elle adore la fantasy. Je t'avais bien dit que c'était une grande lectrice. Mais elle n'a pas le droit de lire des livres qui ne sont pas appropriés à son âge.

— Alors elle te fait la lecture ? demanda-t-il en haussant les sourcils.

— Oui, acquiesçai-je en hochant la tête. Et on fait des pauses pour parler des histoires.

Il reporta son regard sur Maya, qui s'était déjà remise sous ses couvertures.

— D'accord, dans ce cas, dit-il. Je suis paresseux, alors tu peux me faire la lecture.

Ma fille rit.

— Ce n'est pas comme ça qu'on fait. Toi et maman devez venir vous coucher avec moi et vous mettre sous les couvertures.

Aiden prit un air confus alors, je vins me placer de l'autre côté du lit et me glissai dedans. Il était tellement plus large que son lit simple habituel, il y aurait bien assez de place.

Je me blottis contre elle et relevai les couvertures, puis encourageai Aiden du regard.

Il m'adressa un sourire soulagé et m'imita de son côté du lit.

Une fois prise en sandwich entre nous deux, Maya nous adressa un signe de tête satisfait et commença sa lecture.

Aiden l'interrompit de temps en temps et joua certaines scènes en prenant des voix différentes, faisant pouffer ma fille de rire comme une enfant, un son que j'entendais rarement.

— Tu es drôle, papa, lui dit Maya en gloussant quand il eut fini de prendre une voix théâtrale pour faire le méchant. Tu fais de bonnes voix.

Je levai la tête et vis l'expression émerveillée sur son visage.

Aiden avait assuré à Maya qu'elle pouvait l'appeler par son prénom. Il ne voulait pas lui mettre la pression pour qu'elle l'accepte en tant que père tant qu'elle n'y serait pas prête. Et je voyais bien qu'il était aux anges alors qu'elle venait de l'appeler « papa » pour la première fois.

— Je lisais des histoires à mes frères et sœurs, expliqua-t-il à sa fille d'une voix émue.

— Tu étais comme leur père, à eux aussi ? demanda Maya avec curiosité.

— Un peu. Je n'étais pas assez grand pour être leur père, mais j'étais leur grand frère. J'étais là pour les protéger et prendre soin d'eux, expliqua-t-il.

— J'aimerais bien avoir un frère ou une sœur, remarqua Maya. Maintenant que toi et maman êtes ensemble, je pourrais en avoir un ?

Aiden me lança un regard paniqué et je souris. Ce n'était pas comme si je ne l'avais pas prévenu que Maya poserait des questions. Beaucoup de questions.

Aiden lui avait expliqué plus tôt qu'il ne savait pas qu'elle existait jusqu'à hier, et que s'il avait su, elle aurait toujours fait partie de sa vie.

J'avais été soulagée qu'il ne rejette pas la faute sur moi. Au lieu de ça, il avait mis ça sur le compte d'un malentendu entre nous, comme il me l'avait promis, et par chance, Maya avait accepté cette explication.

Mais ça ne voulait pas dire qu'elle ne poserait aucune question.

Je connaissais trop bien ma fille pour croire qu'elle allait accepter sans rien dire le fait qu'on vive tous sous le même toit.

— Tu devras poser la question à ta mère, répondit-il d'une voix rauque.

Je le fusillai du regard.

— Nous ne sommes pas prêts à parler de ça, Maya, dis-je. On veut juste profiter d'un peu de temps seul à seul avec toi.

Elle acquiesça d'un signe de tête.

— C'est ce que je veux aussi. Pour l'instant.

Il y avait une note d'avertissement dans ses mots ; elle reprendrait ce sujet plus tard. Je savais comment fonctionnait ma fille.

Elle était heureuse que nous soyons redevenus une famille en apparence, et cela me dérangeait, parce qu'en réalité... ce n'était pas le cas.

Oui, Aiden et moi étions tous les deux là, mais nous étions loin d'être une famille aimante.

Est-ce que le fait qu'Aiden et moi aimions Maya suffirait ?

Maya reprit sa lecture, mais mes pensées dérivèrent.

Ça n'avait pas été une mauvaise journée. En fait, ça avait été tout le contraire. Nous avions passé tout l'après-midi près de la piscine, puis nous avions mangé du barbecue dehors pour le dîner.

Ça avait été l'une des journées les plus relaxantes de ma vie.

Mais je sentais encore la distance qui nous séparait, Aiden et moi, et dans peu de temps, Maya la ressentirait aussi. Elle était sensible et captait facilement les émotions des autres.

À cet instant, elle était sur un petit nuage après avoir découvert son vrai père. Mais quand la nouveauté de la situation se serait dissipée, elle nous harcèlerait pour qu'on fasse tout ensemble comme une famille normale.

Je poussai un soupir. Chaque chose en son temps. Mais je n'avais aucune idée qu'elle serait la solution.

Maya était la seule chose qu'Aiden et moi ayons en commun.

Nous finirons peut-être par nous apprécier. Mais je ne peux pas l'épouser. Je ne veux plus jamais me marier.

Mon premier mariage avait été un enfer sur Terre, et il était hors de question que je reprenne le statut d'épouse.

Dans peu de temps, Maya insistera pour qu'on se marie, Aiden et moi.

Dans la tête de ma fille, un mariage voudrait dire qu'elle pourrait avoir ce frère ou cette sœur tant convoité.

À un moment donné, nous devrions lui dire qu'elle n'en aurait jamais. Mais je voulais d'abord qu'elle s'habitue à l'idée d'avoir un père et une nouvelle maison.

Il y avait déjà eu bien trop d'insécurité et de tristesse dans la vie de ma fille.

Aujourd'hui, Aiden avait fait ressortir la petite fille de huit ans chez elle, et je lui en étais reconnaissante.

Il est doué avec les enfants.

Même si je n'en avais jamais douté. J'avais vu comment Aiden se comportait avec Jade, quand nous étions plus jeunes. Il était toujours protecteur avec ses frères et sœur, il les soutenait et leur offrait tout l'amour qu'il avait à donner.

C'était peut-être en partie la raison pour laquelle j'étais tombée amoureuse de lui quand j'avais dix-huit ans.

Il me faisait me sentir en sécurité et importante, moi aussi.

Je sursautai quand Maya referma son livre assez brusquement.

— C'est la fin du chapitre, dit-elle en bâillant. On pourra continuer demain ? Je suis un peu fatiguée.

— Repose-toi, Princesse, lui dit Aiden en se redressant. Il y a école, demain.

— J'aimerais bien pouvoir rester avec toi, lui admit-elle avec hésitation.

Aiden sourit à sa fille.

— Je n'irai nulle part. Je serai là quand tu rentreras à la maison.

Le soulagement sur le visage de ma fille me donna envie de pleurer. Maya avait vraiment peur qu'Aiden disparaisse soudain de sa vie, aussi vite qu'il y était entré.

Ne pleure pas. Je ne dois jamais pleurer.

— Je me suis dit qu'on pourrait aller à Disneyland le week-end prochain, suggéra-t-il.

Son visage s'illumina.

— Ce serait génial. Maman m'y a déjà emmené quand j'étais plus petite, mais j'adorerais y retourner, maintenant que je suis assez grande pour l'apprécier pleinement et monter dans des manèges plus grands.

Mon cœur se serra. Même si nous vivions assez près du parc Disney, je n'avais pas pu me permettre d'emmener Maya là-bas ces dernières années.

— Alors on ira, répondit Aiden avec un sourire, l'air d'un petit garçon, lui aussi.

Maya inclina la tête et demanda :

— C'était quand, la dernière fois que tu y es allé ?

— Je n'y suis allé qu'une fois, il y a longtemps, confessa-t-il. Et il a plu toute la journée.

— Zut, le plaignit Maya. Ce sera mieux, cette fois.

Je me redressai et me levai du lit. Aiden reprit sa position assise aux côtés de sa fille.

— Ce sera fantastique, promit-il.

Il y eut un silence, puis Maya demanda d'un ton hésitant :

— Je peux te faire un câlin pour te dire bonne nuit ?

Mon cœur se serra tandis qu'Aiden ouvrait aussitôt les bras pour elle. Ma fille se jeta contre son corps fort et enroula les bras autour de son cou en toute confiance.

Ils restèrent ainsi pendant si longtemps que je crus que Maya s'était endormie sur l'épaule de son père. Mais Aiden finit par la recoucher sur son oreiller et déposa un baiser sur sa tête.

— Dors bien, Princesse, dit-il d'une voix rauque. On se revoit au petit déjeuner.

Il s'écarta pour que je puisse étreindre ma fille et l'embrasser pour lui dire bonne nuit.

— Je t'aime, maman, dit Maya tout en m'étreignant avec enthousiasme. Merci de m'avoir donné un père.

Si je ne savais pas déjà que l'absence d'un père manquait à Maya, je l'aurais réalisé à cet instant, alors que je serrais son corps chaud contre le mien.

— Je t'aime aussi, ma puce, dis-je tout en la lâchant et en déposant un baiser sur sa joue.

Je ne me faisais pas confiance pour dire quoi que ce soit d'autre sans éclater en larmes.

Maya se mit à l'aise et je remontai les couvertures autour d'elle.

Quand j'éteignis enfin la lumière, j'étais certaine qu'elle était déjà profondément endormie.

Elle avait eu une longue journée.

Quand je la regardai pour la dernière fois avant de plonger la chambre dans la pénombre, je réalisai que ma fille s'était endormie avec un sourire sur son visage angélique.

C'était assez pathétique, mais je ne me souvenais même pas de la dernière fois où c'était arrivé.

CHAPITRE 8

Skye

— C'était sa photo de bébé, expliquai-je à Aiden tout en indiquant du doigt la première photo de l'album que je tenais à la main. Elle a été prise juste après sa naissance.

Quand Maya s'était endormie, Aiden avait demandé s'il pouvait voir des photos des étapes de son enfance qu'il avait manquées. Il avait pris une bière et moi un verre de vin, puis nous nous étions assis ensemble sur le canapé du salon pour regarder ses photos d'enfance.

— Elle est si minuscule, remarqua Aiden.

— Elle était bien assez grande, répondis-je. Trois kilos six, et elle est arrivée par le siège. On a dû me faire une césarienne.

— C'était douloureux ? Qui était avec toi ? Ton ex-mari ?

— J'ai un peu souffert après coup, mais j'étais tellement sous le charme de notre fille que je ne m'en suis pas trop rendu compte. Et il n'y avait personne avec moi. Juste moi et Maya.

— Personne n'est venu à l'hôpital ? s'étonna-t-il, l'air en colère.

Je secouai lentement la tête.

— Non. Je t'ai dit que personne n'a vraiment voulu reconnaître l'existence de Maya.

— Comment les gens peuvent-ils être aussi cruels ?

Je n'avais aucune intention de lui dire à quel point la famille Marino pouvait être cruelle. Leur absence à la naissance de Maya ne m'avait posé aucun problème. Pour tout dire, j'en avais été assez soulagée.

— Ça n'avait pas vraiment d'importance, m'empressai-je de répondre. J'avais ma fille. Et ça aurait été bizarre, si ma belle-famille avait été là. Ils détestaient l'idée que Marco ait épousé une fille portant l'enfant d'un autre homme. Je crois que j'étais plus à l'aise toute seule. Même si j'étais nerveuse. Je n'avais aucune idée de comment m'occuper d'un bébé.

— Les infirmières t'ont aidée ?

— Beaucoup, admis-je. Elles m'ont appris tous les trucs de routine, et quand je suis rentrée à la maison avec Maya, j'ai cessé de craindre de lui faire mal au moindre geste que je ferais de travers. Mais j'étais encore une jeune fille, mère pour la première fois. Je suppose que certaines peurs n'ont jamais totalement disparu. Je continue de m'inquiéter chaque fois qu'elle a un rhume ou le nez qui coule.

— Je suis désolé que tu aies dû traverser ça toute seule, dit-il d'une voix rauque.

— J'ai survécu, répondis-je. Oh, c'est la photo de son premier anniversaire.

J'indiquai du doigt la photo de la page suivante.

— Seigneur, elle ressemble tellement à Brooke quand elle était petite, dit-il en touchant le bord de la photo du doigt.

— Elle te ressemble, dis-je d'une voix douce.

— Je suppose, oui, répondit-il, ébahi.

— Je suis désolée que tu aies raté toutes ces années.

— Je me rattraperai. Pour être honnête, j'aurais sûrement été totalement paniqué, quand elle était bébé. J'aurais été bien plus affolé que toi. Je ne me souviens pas vraiment de mes frères et sœurs quand ils étaient bébés. Ma mère était encore là, à l'époque.

Je tournai la page quand Aiden eut jeté un œil à toutes les photos.

— Ils sont si petits que c'est assez intimidant. Mais j'ai l'impression qu'elle grandit si vite, maintenant.

Je continuai de lui expliquer le contexte de toutes les photos qu'il regardait, et nous restâmes assis là pendant un long moment, à regarder les clichés d'enfance de Maya.

Pour finir, j'arrivai à la fin de l'album.

— J'en ai d'autres que je n'ai pas encore eu le temps de mettre dans un album.

Aiden prit les photos et les posa sur la table basse.

— Ça a été une situation difficile pour toi, Skye. Je comprends, maintenant. Tu étais bien trop jeune pour te retrouver seule, encore moins avec un bébé.

— Je ne changerai ce qui s'est passé pour rien au monde, lui assurai-je. J'aime Maya et je ne peux imaginer ma vie sans elle.

— Si seulement j'avais reçu cette lettre, dit-il d'un air contrarié. J'aurais été là.

— Je sais, répondis-je en posant légèrement la main sur son avant-bras.

Et pour être honnête, je le savais vraiment, maintenant. Le fait de voir ma fille avec son père m'avait fait me rendre compte qu'Aiden prenait la famille très au sérieux, et qu'il avait toujours été prêt à endosser toutes les responsabilités qu'il se sentait devoir prendre sur ses épaules.

S'il avait su, il aurait été là. J'étais juste trop déçue et blessée pour m'en rendre compte quand j'avais dix-huit ans.

Je jetai un œil à l'horloge et lançai :

— Je dois partir. Je dois fermer le café.

Il me regarda d'un air confus.

— Maintenant ? Il est tard.

— Je fais toujours la fermeture. Tout mon personnel travaille à mi-temps. La plupart sont des étudiants. Je n'ai personne qui sache comment se charger de la fermeture.

— Tu ne peux pas aller là-bas toute seule, réplique-t-il d'un ton buté. Il est tard et ce n'est pas sûr.

— Aiden, on est à Citrus Beach, rétorquai-je en me levant. Et ce n'est pas la saison touristique. Tout est assez calme, après la tombée du jour.

— La ville est assez grande pour avoir connu son lot de crimes, insista-t-il en se levant.

Il avait raison. Citrus Beach était en expansion et de mauvaises choses se produisaient parfois ici. Pour être honnête, je n'aimais pas beaucoup être au café le soir, après le départ de tous les employés. Il y avait de l'argent à compter et de la comptabilité à faire. Ça me mettait mal à l'aise. Mais j'avais fini par m'y habituer.

— Ça ira, lui assurai-je.

— Ça ira même très bien, parce que je viens avec toi, déclara-t-il d'un ton borné. Et demain, on se chargera d'embaucher un manager. Tu as dit que tu voulais développer le restaurant. Alors, fais-le, mais ne t'attends pas à te retrouver à nouveau seule là-bas la nuit. Ce n'est pas sûr.

J'avais envie de protester. Vraiment. Mais le fait qu'il s'inquiète pour moi surpassa mon indignation à l'idée qu'il me dise ce que je pouvais ou ne pouvais pas faire.

Personne ne s'était jamais soucié de savoir si j'étais en sécurité ou pas.

Et la chaleur qui envahit mon corps à l'idée que quelqu'un se soucie de moi était tellement agréable.

— Tu n'es pas obligé de venir, protestai-je faiblement.

Il récupéra ses clefs sur le guéridon.

— Je viens, insista-t-il d'une voix sans concession. Et tu ferais mieux de commencer à réfléchir à ce que tu veux faire du café. On pourrait le fermer pendant les rénovations, au lieu d'embaucher tout de suite.

— Aiden, je ne peux pas faire ça. C'est mon gagne-pain.

— Tu n'en auras pas besoin, répliqua-t-il d'un ton ferme. Je suis un milliardaire, Skye. Je peux subvenir à vos besoins, à toi et Maya.

— Que tu subviennes à mes besoins ne faisait pas partie du marché, rétorquai-je. Et je veux que tu apprennes à connaître Maya. Je ne suis pas venue ici pour que tu prennes en charge mes dépenses.

— Je le rajoute au marché, rétorqua Aiden.

Il se déplaça de manière à me bloquer l'accès à la porte d'entrée et continua :

— Tu as besoin de faire une pause. Je ne dis pas que tu dois arrêter d'être la mère de Maya. Mais tu as besoin de prendre soin de toi. Je sens bien à quel point tu es fatiguée et je déteste l'idée que toute la responsabilité liée au fait d'élever Maya ait pesé sur tes épaules, sans l'aide de personne.

— Je ne me suis jamais plainte de ça, protestai-je.

— Alors je me plains pour toi, grommela-t-il. Tu as besoin de faire une pause, et je suis là, maintenant. Je ne l'étais peut-être pas jusqu'alors, et je le regrette. Mais maintenant que je suis dans le coin pour veiller sur vous deux, je ne compte pas te laisser te tuer au travail.

Je savais que j'aurais dû lui répondre que je pouvais faire ce que je voulais. Mais s'il insistait, il finirait par gagner de toute façon.

— Nous allons devoir faire des compromis.

— Je suis prêt à ça, tant que tu arrêtes de travailler tous les jours non-stop. Tu as besoin de te placer dans une position créative, au lieu d'être responsable de toutes les tâches quotidiennes.

Je poussai un soupir.

— J'adorerais voir le Weston Café devenir un endroit où manger, plutôt qu'un buffet à volonté. Mais il doit être plus tendance. Avec de la nourriture plus saine et plus fraîche. Des menus végétariens. Et une décoration qui mettra les gens à l'aise et leur donnera envie de revenir.

— Tu peux tout changer, Skye. Rénover complètement le restaurant, le réinventer du tout au tout, m'assura-t-il.

J'en avais tellement envie.

— Je devrais faire des investissements importants.

— Tu les auras, répondit-il aussitôt.

— Aiden, tu n'es pas obligé de faire ça.

— J'en ai envie, insista-t-il.

J'inclinai la tête pour scruter son visage. Il ne mentait pas. Il avait vraiment envie de m'aider, pour une raison que je n'arrivais pas à comprendre.

— On a besoin d'un accord écrit. Tu pourras devenir mon partenaire.

Il s'avança jusqu'à ce que je sente son souffle chaud sur mon visage.

— Toi et moi allons devenir des partenaires permanents. Nous allons nous marier.

J'aurais pu jurer sentir mon cœur s'arrêter de battre quand je vis son expression tenace.

— On ne s'est pas encore mis d'accord là-dessus, répondis-je, à bout de souffle.

— On le fera, me promit-il. Je pourrais vous apporter beaucoup à toutes les deux, Skye.

L'espace d'un instant, il me rappela l'ancien Aiden, mon grand pêcheur musclé et obstiné, que j'aimais tellement. La seule personne au monde qui ait jamais voulu me protéger de toutes les mauvaises choses qui ont pu m'arriver.

Il n'est plus cet homme-là.

Je n'arrêtais pas d'essayer de me convaincre que l'Aiden que j'avais connu avait disparu. Mais en réalité, il n'avait pas changé tant que ça.

Il était toujours aussi inébranlable quand il voulait quelque chose.

— La seule chose qu'on a encore en commun, c'est Maya, remarquai-je.

— Ce n'est pas la seule chose qu'on a encore, corrigea-t-il en enroulant ses bras forts autour de ma taille.

— De… de quoi tu parles ? balbutiai-je.

J'étais fascinée par la flamme que je voyais danser dans ses beaux yeux.

— Tu le sens aussi, Skye. N'essaie pas de le nier. On a encore ça.

Il baissa la tête et pressa sa bouche sur la mienne.

Je n'avais plus connu le désir depuis plus de neuf ans, et je fus stupéfaite de ma réaction presque immédiate.

Aveugle.

Désespérée.

Affamée.

J'enroulai les bras autour de son cou alors qu'il pillait ma bouche, l'explorant et s'emparant de mes lèvres jusqu'à ce qu'elles n'appartiennent plus qu'à lui.

Je perdis ma contenance perfectionnée au fil des années presque immédiatement, alors que mon corps jusqu'alors dormant revenait à la vie dans un rugissement, rien qu'à la sensation des lèvres douces d'Aiden exigeant d'être embrassées.

Quand il releva enfin la tête, je posai la tête sur son torse et j'entendis son cœur battre tout aussi fort que le mien.

— On a toujours ça, dit-il d'une voix rauque à côté de mon oreille.

— Le sexe ne fait pas tout, répondis-je faiblement tout en m'écartant de lui.

— Peut-être pas, admit-il en me lâchant, mais c'est déjà ça.

La sonnerie retentit alors que j'essayais encore de reprendre mon souffle, et je restai où j'étais pendant qu'Aiden sortait du salon pour rejoindre le vestibule.

Il revint quelques secondes plus tard, mais il n'était pas seul.

— Skye, je te présente Hastings. C'est mon gardien pour la maison. Il va rester ici jusqu'à notre retour, au cas où Maya se réveillerait.

Je serrai la main de l'homme aux cheveux argentés, qui m'adressa un sourire sincère et remarqua :

— Mes enfants sont grands depuis longtemps, mais je crois pouvoir m'occuper de la petite, si elle a besoin de quoi que ce soit.

Je me rendis compte qu'Aiden avait dû envoyer un message à son concierge pour lui demander de faire du baby-sitting à la maison.

— Merci, répondis-je avec sincérité tout en rabaissant ma main.

Je n'étais pas inquiète. Je savais qu'Aiden ne laisserait jamais Maya entre les mains de quelqu'un en qui il n'avait pas totalement confiance.

J'étais tellement habituée à ce que ma voisine passe surveiller Maya pendant que j'allais fermer le café que je n'avais même pas songé au fait que, si Aiden venait avec moi, j'aurais besoin que quelqu'un reste à la maison avec ma fille.

En plus, j'étais certaine que ce baiser m'avait temporairement embrouillé le cerveau.

— Je suis content de pouvoir me rendre utile, répondit Hastings avec un sourire chaleureux qui me mit encore plus à l'aise.

Quelques minutes plus tard, nous sortions de la maison. Je n'avais pas envie de l'admettre, mais c'était agréable d'avoir quelqu'un à mes côtés pour ne pas être seule quand je fermerai le café.

CHAPITRE 9

Aiden

J'étais le genre d'homme à aimer conduire des pick-up. Ça avait toujours été comme ça. Quand on passait sa jeunesse à pêcher, c'était toujours pratique d'avoir un pick-up dans lequel transporter son équipement.

Alors que nous roulions vers le centre-ville, je me demandais si mon gros pick-up était le meilleur des véhicules, maintenant que j'étais un père de famille avec un enfant.

Même si j'avais acheté un tout nouveau pick-up brillant et avec une énorme cabine quand j'avais reçu mon héritage, je n'étais pas certain qu'il soit très sûr de conduire là-dedans avec une enfant de huit ans.

Ce que je savais, c'était que j'allais faire quelques recherches sur le sujet quand je rentrerai à la maison après avoir emmené Skye fermer le café.

Seigneur ! Comment Skye avait-elle fait pour surmonter ces huit premières années ? Je n'étais père que depuis un jour, et je n'avais aucune idée de ce qui était sûr ou pas pour Maya.

— Qui est indiqué comme étant son père sur son certificat de naissance ? l'interrogeai-je quand nous arrivâmes sur la nationale.

— Toi, répondit-elle dans la pénombre de la cabine du pick-up. S'il avait dû m'arriver quelque chose, je voulais m'assurer qu'elle se retrouve avec toi. Je suppose que même à l'époque, je savais que tu prendrais soin d'elle, si elle n'avait aucune autre famille.

Je rechignais un peu – ou peut-être même beaucoup – à envisager qu'il arrive quoi que ce soit à Skye.

Rien ne leur arrivera jamais, ni à elle ni à Maya. Je suis là pour m'en assurer.

J'avais de plus en plus de mal à être en colère contre elle. Après avoir passé autant de temps avec ma fille, je savais que Skye était une mère fantastique. Elle avait bien élevé Maya et l'amour qu'elle éprouvait pour notre fille se voyait comme le nez au milieu de la figure.

Oui, j'aurais aimé qu'elle revienne ou qu'elle m'appelle après avoir laissé cette lettre, pour s'assurer que j'étais au courant que j'avais un enfant. Mais elle était à peine plus qu'une enfant. Elle avait à peine dix-huit ans. Et connaissant ses origines et le manque de soutien dont elle avait toujours bénéficié, elle avait dû être terrifiée à l'idée de se retrouver enceinte sans aucun moyen de subvenir à ses besoins ou à ceux du bébé.

Elle aurait pu exiger de moi une pension alimentaire dès qu'elle avait découvert que j'avais hérité d'une fortune.

Elle savait que j'étais riche, mais elle ne m'avait jamais rien demandé.

Et Dieu savait qu'elle aurait eu bien besoin d'aide, à son retour de Citrus Beach. Elle avait pris soin de Maya de la seule manière qu'elle connaissait… en se tuant presque au travail.

— Pourquoi ne jamais m'avoir demandé une pension alimentaire ?

Son léger soupir dériva jusqu'à moi dans la cabine du pick-up.

— Pourquoi te demander de subvenir aux besoins de Maya quand je croyais que tu te fichais de savoir ce qu'il advenait d'elle ?

— La plupart des femmes l'auraient fait, remarquai-je.

— Je ne suis pas la plupart des femmes. Maya et moi avons survécu seules depuis qu'elle est née. Nous savons nous débrouiller.

— Je sais que tout ça n'était qu'un malentendu, dis-je. Mais je me sens coupable de ne pas avoir été là.

— Pas la peine de t'en vouloir, répondit-elle aussitôt. Je ne savais pas que j'allais épouser un membre d'une famille du crime réputée, quand je voulais que tu viennes me chercher. Mais à bien y réfléchir, tu aurais sûrement été en danger si tu étais venu. Marco était impitoyable quand il s'agissait d'obtenir ce qu'il voulait. Et il me voulait, moi.

J'avais envie de lui dire que j'aurais affronté n'importe qui pour les récupérer, elle et notre enfant, mais je laissai couler.

— Il te traitait bien ? Tu as dit qu'il ignorait Maya, mais qu'en est-il de toi ?

— Ce n'était pas un homme gentil, répondit-elle d'un ton prudent. Je crois qu'il avait un genre de crise de la quarantaine. Il pensait qu'une femme trophée l'aiderait à se sentir mieux, je suppose. Mon devoir envers lui était de m'assurer d'avoir toujours l'air parfaite et de rester à ses côtés où qu'il aille. Mais il ne voulait jamais que je fasse la conversation. Il ne me considérait pas du tout comme une personne. Je n'étais qu'une possession.

— Quel connard, jurai-je.

Je n'arrivais pas imaginer qu'un homme puisse avoir une épouse comme Skye sans la traiter comme la femme précieuse qu'elle était.

— Par chance, il s'est lassé de m'exhiber au bout d'un an ou deux, continua-t-elle d'une voix dénuée d'émotion. Et j'en ai été soulagée. Je pouvais passer plus de temps avec Maya au lieu de me mettre en quatre pour essayer de le contenter.

— Quand as-tu compris qui il était vraiment ? demandai-je avec curiosité.

Elle resta silencieuse un long moment.

— Je crois que j'ai toujours su que quelque chose ne tournait pas rond, finit-elle par répondre. Il sortait plus le soir que durant la journée, et ça me semblait bizarre qu'il puisse diriger une entreprise légale de cette manière. La première chose que j'ai réalisée, c'est que cette soi-disant église n'avait rien d'un havre de paix. Sa famille s'en servait pour trouver de futures victimes pour le trafic d'êtres humains. Elle promettait le monde aux fugueurs, avant de les réduire en esclavage. Certains n'étaient que des adolescents. Une fois que j'ai eu compris ça, j'ai regardé d'un autre œil tout ce qu'il faisait d'autre, et j'ai compris qu'il était aussi impliqué dans le trafic de drogue, le blanchiment d'argent et une multitude d'autres activités illégales. Je n'ai jamais été le témoin d'aucun meurtre, mais il y en avait aussi. Si quelqu'un s'apprêtait à les dénoncer ou à trahir un membre de la famille, il disparaissait mystérieusement.

— Putain, Skye ! Pourquoi ne pas être partie ?

Ça me rendait dingue d'imaginer Skye et Maya vivre dans cette atmosphère.

— Parce que partir aurait été plus dangereux que de rester, répondit-elle. Personne ne quitte la mafia. Ceux qui essaient se contentent de… disparaître.

Elle avait sûrement raison. Elle n'avait nulle part où aller avec Maya. Ce qui me faisait me sentir encore plus minable.

— Est-ce qu'il t'a touchée ? l'interrogeai-je.

— Dans quel sens ?

— Dans tous les sens du terme, grommelai-je.

Je n'avais pas envie d'entendre parler de sa vie sexuelle avec un autre homme, mais j'étais curieux de savoir à quoi sa vie avait ressemblé.

— C'était horrible, de coucher avec lui, admit-elle. Il était brutal et chaque fois, je n'avais qu'une envie : que ça se termine. Il se moquait de savoir s'il me faisait du mal. Eh oui, il lui est arrivé de s'agacer et de me gifler, plusieurs fois. Mais je l'encaissais avec joie, parce que je préférais encore qu'il défoule sa colère sur moi que sur ma fille.

— Quel salopard, articulai-je, furieux à l'idée qu'on ait pu lever la main sur elle.

Si cet enfoiré n'avait pas déjà été en prison, j'aurais été tenté d'aller lui rendre visite pour lui apprendre comment un homme doit traiter une femme.

— C'est fini, Aiden. J'ai survécu, dit-elle d'une voix douce.

— Pas étonnant que tu ne veuilles pas te remarier, dit-il.

— C'est pour ça, acquiesça-t-elle. Je ne serai plus jamais la propriété de personne. Personne ne pourra plus jamais me dire comment je dois vivre.

Eh bien, j'avais un peu envie qu'elle m'appartienne, mais pas comme elle avait appartenu à Marco.

Elle est à moi !

J'avais toujours éprouvé une réaction primale, viscérale pour Skye, mais c'était parce que je voulais m'assurer qu'elle serait en sécurité et protégée. Je ne voulais pas lui dire quoi faire. Tout ce que j'avais toujours voulu, c'était qu'elle soit heureuse, après l'enfance déplorable qu'elle avait eue.

— Tous les hommes ne seront pas comme ça, lui dis-je.

— Je sais. Mais tu essaies déjà de me convaincre d'abandonner mon restaurant.

— Je ne veux pas que tu l'abandonnes, rectifiai-je. Je veux que tu t'accordes un peu de temps pour te reposer. Je veux te voir moins épuisée. Et je croyais que tu voulais passer plus de temps avec Maya.

— C'est le cas, répondit-elle dans un murmure rauque. Et je dois admettre que je suis fatiguée. Mais tu ne peux pas m'ordonner de faire des trucs, Aiden.

— Je suis habitué à donner des ordres, avouai-je. J'étais à un poste de supérieur quand je partais pêcher. Et quand je rentrais, j'élevais mes frères et sœurs.

— Je ne suis plus une enfant, lui rappelai-je.

Comme si je ne le savais pas ! Skye était passée de la jolie jeune fille à la femme mûre et sublime qui mettait mon sexe en perpétuelle érection.

— Je vais essayer de demander plus souvent, au lieu de te dire quoi faire, lui accordai-je avec réticence.

Je savais que s'agissant de Skye et sa fille, il ne me serait pas facile d'arrêter d'insister pour qu'elles prennent la voie la plus sûre et la plus simple pour accomplir leurs objectifs.

C'était peut-être un peu bizarre, que mon instinct protecteur envers Skye soit si prédominant. Mais ça n'était pas près de changer, et j'allais devoir m'y faire. Elle était la mère de ma fille. C'était donc peut-être totalement normal, que je ressente ça.

Elle avait un sourire dans la voix quand elle me répondit :

— Ce serait sympa de ta part.

— Tu ne dois jamais avoir peur de moi, insistai-je. Jamais je ne vous ferai de mal, à toi ou Maya. J'ai beau me comporter parfois comme un connard, parce que je veux que vous soyez en sécurité et heureuses. Mais je te jure que jamais je ne lèverai la main sur toi.

Je n'étais pas le genre de type qui défoule sa colère sur une femme, et je voulais que ce soit bien clair. Ce genre de comportement était réservé aux lâches cinglés.

— Je sais, se contenta-t-elle de répondre.

Je gardai le silence alors que je m'engageai sur le parking du café. Après avoir garé le pick-up, je demandai :

— Tu veux dire au personnel que tu fermes le restaurant pendant quelque temps ? Je continue de penser que tu devrais le transformer en ce que tu veux qu'il soit.

— Je veux le rendre différent de ce qu'il est en ce moment, admit-elle d'un ton songeur. J'ai peur que le café finisse par devenir dépassé, si je ne change rien. Nous sommes dans une petite ville de plage, qui se développe énormément. Des restaurants à la mode apparaissent dans tous les coins. J'ai besoin de spécialités. Et de renommer l'endroit.

— Mais ? demandai-je, sentant l'hésitation dans sa voix.

— Ce serait beaucoup te demander que tu deviennes mon partenaire et que tu investisses dans un endroit qui nécessite beaucoup de travail. Mais si je ne le fais pas, je finirai peut-être par devoir fermer.

Je resserrai ma main sur le volant.

— Si tu voulais bien le prendre, je t'offrirais cet argent avec plaisir, Skye. Mais si m'avoir comme partenaire est la seule chose que tu acceptes, alors je le ferai.

Je savais déjà qu'elle était bien trop fière et ambitieuse pour prendre sans rien donner en retour. Bon sang, elle aurait pu collecter une tonne d'argent en pension alimentaire, ce à quoi elle avait droit, et elle n'avait même pas fait ça.

Alors j'acceptais de faire un compromis. Pour cette fois. J'étais prêt à tout pour faire en sorte qu'elle mange plus et travaille moins.

Aucune femme ne devrait avoir l'air aussi lasse qu'elle l'était la plupart du temps.

— Merci de croire en moi, dit-elle doucement.

— Je sais que tu peux le faire, répondis-je en toute franchise. Je suis complètement d'accord avec tes remarques. Et je n'ai pas envie que Citrus Beach perde le café. Mais il a besoin d'un tout nouveau style pour rester à la page.

Même si c'était agaçant de ne pas réussir à la convaincre de lâcher prise et de me faire confiance, je comprenais parfaitement pourquoi elle tenait à son indépendance. Elle n'avait jamais connu la moindre sécurité dans sa vie.

Je voulais lui offrir le café qui l'aiderait à se sentir indépendante. Je voulais faire en sorte qu'elle ne se sente plus jamais piégée.

— Alors j'accepte, répondit-elle d'une voix ferme. Je vais le dire aux employés.

Je souris, même si elle ne pouvait le voir dans la cabine sombre.

C'était une victoire, mais elle n'avait pas été facile.

Mais elle me faisait un peu confiance, et pour l'instant, ça devrait suffire.

CHAPITRE 10

Aiden

Le lendemain matin, je me dirigeai vers le centre-ville tout en tirant sur ma cravate. Je détestais avoir l'impression d'être étranglé par un nœud serré autour de mon cou et la chemise amidonnée que je portais me grattait.

Je n'étais pas le genre d'homme à porter tout le temps des costumes, contrairement à Seth ou Eli Stone.

Mais nous devions rencontrer des partenaires et clients potentiels dans nos bureaux, alors nous devions avoir l'air professionnels.

Pour être honnête, je ne me sentais pas prêt à revoir Seth. Mais on était lundi matin et je lui avais promis de venir au bureau.

Les affaires étaient florissantes et j'avais une obligation envers l'entreprise.

Je dois faire savoir à Seth que j'ai pris certaines décisions.

Parfois, j'aurais vraiment aimé éprouver ce frisson d'excitation lors des acquisitions ou concernant les projets en développement.

Au début, l'idée de travailler en partenariat avec Seth me plaisait. Mais j'avais découvert que l'immobilier n'était pas mon truc.

Je préférerais être en train de pêcher.

Porter un jean et un tee-shirt confortables.

Je préférerais faire une plus grosse différence dans le monde, maintenant que j'avais plus d'argent que je ne pourrais en dépenser en toute une vie.

Ce n'était pas comme si je n'étais pas content que mes frères et sœurs et moi soyons devenus pleins aux as. Mais la transition avait été… difficile.

Quand un pauvre réalisait soudain qu'il pourrait ne plus travailler un seul jour de sa vie, tout en continuant d'accroître sa richesse grâce à des investissements, il ne pouvait qu'être intimidé.

J'aimais travailler.

J'étais habitué à bosser comme un dingue pour un petit salaire et de longues heures de travail.

Mais le seul domaine dans lequel j'étais doué, c'était la pêche.

Alors l'idée de Seth qu'on travaille ensemble m'avait paru bonne, à l'époque.

Dommage que je n'aie pas le sentiment d'avoir ma place dans l'environnement de l'immobilier.

J'avais besoin d'être en extérieur pour me sentir à l'aise, et j'avais l'océan dans le sang.

Après avoir garé mon pick-up devant le Sinclair Building, je sortis et enfilai ma veste de costume.

Bizarrement, je souriais quand je verrouillai mon véhicule, parce que je me souvenais encore de Skye me disant que j'étais élégant, ce matin, avant que je quitte la maison.

Bon sang, je réagissais à ses compliments comme un lycéen entiché, je le savais, mais je ne pouvais m'en empêcher.

Nous avions tous les deux accompagné Maya à l'arrêt de bus et j'avais mangé un excellent petit déjeuner, cuisiné par Skye.

Ma solitude matinale habituelle ne me manquait pas, c'était une certitude. J'aimais les avoir avec moi, toutes les deux.

J'entrai dans le lobby et saluai de la main le gardien de sécurité, assis au bureau de la réception, tout en appuyant sur le bouton de l'ascenseur pour rejoindre le dernier étage.

En ce moment, Sinclair Properties n'occupait que l'étage supérieur. Mais je savais que Seth avait l'ambition de remplir très vite le bâtiment entier d'employés de l'entreprise.

Une fois arrivé à nos bureaux, je dépassai le mien pour me diriger vers celui de Seth, juste à côté.

Il était debout derrière son bureau, et je m'avançai vers lui sans hésiter. Dès qu'il tourna la tête vers moi, je levai le bras et lui donnait un coup de poing au visage, si fort qu'il atterrit sur les fesses.

— Putain, Aiden, qu'est-ce qui te prend ? se plaignit-il, assis sur la moquette. Je crois que tu m'as cassé le nez.

Je me laissai tomber sur une chaise devant son bureau.

— Elle était enceinte, espèce de connard, lui appris-je avec colère. Elle a laissé une lettre pour me dire qu'elle était enceinte de mon bébé.

Je regardai Seth s'asseoir sur sa chaise et récupérer des mouchoirs en papier. Le sang n'avait pas encore coulé sur son costume immaculé, mais ça finirait par arriver s'il ne faisait pas en sorte que son nez enflé arrête de saigner.

— Comment j'aurais pu le savoir ? demanda-t-il d'un ton grognon. Ça ne m'a jamais traversé l'esprit, à l'époque. Tu as toujours été prudent. Tu n'étais pas le genre de type à mettre une femme en cloque.

— Ça n'a pas d'importance. Tu n'aurais jamais dû toucher à mon courrier. Ça a altéré beaucoup de vies, et pas en bien. Skye était malheureuse et ma fille n'a pas grandi dans un bon environnement.

Je détestais avoir à l'admettre, mais je savourais la vue de son nez en sang et enflé. Ce salopard le méritait.

Seth maintint les mouchoirs en place, et ne les retira que quand l'hémorragie fut étanchée.

— Alors je suis le méchant de l'histoire, maintenant ? demanda-t-il tout en me regardant d'un air mécontent.

— Tu es mon frère, le corrigeai-je. Même si je ne t'aime pas beaucoup, en ce moment.

— Je ne savais pas, Aiden. Je te le jure. Je te l'aurais dit, si je l'avais lue.

— Ma vie aurait été totalement différente si tu m'avais laissé lire cette lettre, déplorai-je. Tout comme celles de Maya et Skye. Elles auraient peut-être eu moins de biens matériels, mais je pense qu'aucune d'elles ne s'en souciait. Elles voulaient juste être aimées et en sécurité.

— Maya et Skye ? répéta-t-il. La fille de Skye est *ton* enfant ?

Je hochai la tête, avant de lui raconter toute l'histoire.

Après l'avoir mis au courant de tout, j'ajoutai :

— Au fait, je démissionne. J'en ai fini avec Sinclair Properties. C'est ton rêve, pas le mien.

Seth secoua la tête.

— Tu n'es pas sérieux. Cette entreprise vaut déjà dix millions de dollars et elle vaudra plus dans pas longtemps.

Je lui lançai un regard d'avertissement.

— Je suis sérieux. Je compte te céder mes parts de l'entreprise.

Il me lança un regard dégoûté.

— Tu es juste en colère…

— Ce n'est pas pour ça que je le fais, l'interrompis-je.

— Alors pourquoi est-ce que tu abandonnerais une entreprise qui marche du tonnerre ?

Je haussai les épaules.

— C'est pas mon truc. Ça ne m'excite pas de vendre des propriétés ou des terres. Et je n'aime pas les gratte-ciel.

— Seigneur, Aiden. Tu ne peux pas…

— Je peux, lui assurai-je.

Je me mis à songer à ce qu'avait dit Skye, à propos des gens qui lui disaient toujours ce qu'elle avait à faire. Je la comprenais.

— Je n'arrive pas à t'imaginer restant affalé sur une plage avec une bière pendant très longtemps, m'avertit Seth.

— Moi non plus, et c'est pour ça que je compte ouvrir ma propre entreprise. Je commencerai dans mon bureau chez moi et je verrai où ça va.

— Quels sont tes projets ? me demanda Seth.

— J'ai envie de construire l'une des plus grosses entreprises d'approvisionnement en fruits de mer du monde. J'ai envie de bâtir un empire de la pêche. Ce que je ne pourrai obtenir en bateau, je le lancerai ici, et je m'approvisionnerai chez des pêcheurs du monde entier. J'aurais une tonne de contacts. Et je veux ne faire que de la pêche *durable*. Je n'embaucherai que ceux qui font ça bien. Plus de prises accidentelles.

Même si j'avais toujours adoré la pêche, il y avait trop de gaspillage, trop d'espèces attrapées et tuées alors qu'elles n'étaient pas la prise que nous cherchions. Si je voulais que mes petits-enfants bénéficient encore des protéines présentes dans l'océan, nous devions nous engager dans une pêche plus responsable.

— Tu as l'air d'avoir déjà réfléchi à tout, remarqua Seth d'un ton plat.

Je hochai la tête.

— J'y réfléchis depuis un moment.

Je pourrais offrir un tas d'emplois à Citrus Beach, et je pourrais aussi faire de la pêche comme elle devait être faite.

Même si je ne comptais pas repartir pour de longs voyages en mer. Je pouvais trouver d'excellents capitaines et marins pour gérer les bateaux.

Me construire un nom nécessiterait beaucoup de travail, mais j'étais prêt à relever le défi. En fait, je savais que j'adorerais ça.

— Si c'est ce qui te rend heureux, je pense que tu devrais te lancer, dit Seth avec réticence. Mais on devrait peut-être échanger tes parts de cette entreprise contre la moitié de celles de ton empire de la pêche. J'aimerais bien participer. Je pourrais diriger Sinclair Properties pendant que tu bâtis ton entreprise. Mais on serait partenaires dans les deux affaires.

— Je vais y réfléchir, répondis-je d'un ton évasif.

— Tu es encore en colère ? s'étonna-t-il.

— Pas vraiment, avouai-je. Ça m'a pas mal calmé de t'éclater le nez et de te regarder saigner.

— C'est cruel, remarqua-t-il.

— Tu ne me donnes pas vraiment envie de te prendre dans mes bras, en ce moment, grommelai-je. Ce que tu as fait était stupide. Et ça a causé à Skye beaucoup de souffrances qu'elle ne méritait pas.

— Je suis d'accord, répondit-il d'une voix rauque. Si je pouvais revenir en arrière, je ne le referais pas. Mais je ne peux pas changer le passé.

— Mon non plus, concédai-je. Tout ce que je peux faire, c'est œuvrer à un avenir meilleur. Skye et moi allons nous marier.

OK. Oui. Je savais qu'elle n'avait pas encore accepté. Mais elle le ferait.

Il me lança un regard prudent.

— Tu veux te remettre avec la femme qui t'a quitté pour un autre homme ?

— Je te l'ai déjà expliqué. Elle n'avait nulle part ailleurs où aller, répliquai-je, parce que je savais que c'était la vérité, maintenant. Et je n'ai jamais vu cette fichue lettre.

Elle avait cru que je l'avais abandonnée.

Elle n'avait pas eu le choix.

— Si ça te rend heureux, alors je suis content pour toi, dit Seth tout en jetant les mouchoirs.

Son visage était enflé, mais le saignement s'était arrêté.

Je hochai la tête.

— Merci.

— Alors, pour quand est le mariage ?

— Dès que je l'aurai convaincue de m'épouser.

— Elle a dit non ? m'interrogea Seth.

— Pour l'instant, elle a juste accepté d'emménager chez moi pour que je fasse connaissance avec Maya.

— Tu es assez buté pour la convaincre, dit-il d'un ton amer.

— Je l'espère, répondis-je en me levant.

— Où tu vas ? demanda Seth en se levant à son tour.

— Chez moi, décidai-je.

— J'espérais que tu restes un peu pour me donner un coup de main.

Étant donné que j'étais habitué à ne jamais dire non quand ma famille avait besoin de moi, je demandai :

— Tu as besoin d'aide pour quoi ?

— On a obtenu un bien immobilier privilégié, près de l'eau, mais on ne peut pas bâtir. Une avocate écolo a piqué une crise parce que c'était le lieu de nidification d'une espèce d'oiseaux en danger. La Sterne Moine de Californie, ou un truc comme ça. Elle a appelé tôt ce matin. Quelque chose me dit qu'elle va être une vraie épine dans mon pied.

— La conservation est un sujet important. Je pense que Jade serait d'accord.

Notre sœur était une conservatrice en vie sauvage convaincue.

— N'en parle pas à Jade, me demanda Seth, avec ce qui ressemblait beaucoup à de la panique dans la voix. Elle ne me lâcherait plus la grappe avec ça.

— Tu pourrais simplement transformer le terrain en sanctuaire.

Seth me fusilla du regard.

— J'ai acheté ce terrain pour le développer. Il est juste à côté de l'eau. Je n'ai pas envie de perdre autant d'argent.

— C'est ce que je ferais, moi. Ces oiseaux ne sont plus qu'un nombre minuscule.

— Hors de question, répéta-t-il d'un ton obstiné.

— Alors bonne chance pour développer ce terrain, lui dis-je tout en me dirigeant vers la sortie.

— Aiden, me rappela-t-il.

Je m'arrêtai devant la porte et tournai la tête vers Seth.

— Tu ne peux pas rester en colère contre moi éternellement.

— Je suis sûr que je finirai par m'en remettre.

Le temps arrangerait tout. Au bout d'un moment, j'arrêterai de penser à toutes les épreuves qu'avait vécues Skye. J'espérais que ça deviendrait plus facile pour moi, en tout cas.

— Tu vas me manquer, ici, me confia Seth.

— Ça n'a jamais vraiment été mon truc, dis-je d'un ton radouci. Mais ça a toujours été ton rêve. Ne l'abandonne pas.

— Ça ne risque pas, acquiesça-t-il.

— Et fous la paix à ton écolo, suggérai-je. Ça ne va pas te tuer de faire une croix sur cette propriété.

— Pour un tas d'oiseaux ? répliqua-t-il d'un ton bourru. Hors de question. On trouvera une solution pour les déplacer.

Je souris, incapable de m'en empêcher.

— Je pense qu'Eli sera d'accord pour dire que tu devrais en faire un sanctuaire, vu qu'il va épouser Jade.

— On verra, répliqua Seth d'un ton lugubre. Je ne pense pas qu'il soit devenu l'un des hommes les plus riches du monde en jouant les bonnes âmes.

En vérité, la façon dont mon futur beau-frère s'était enrichi n'avait pas d'importance. Eli Stone était fou amoureux de Jade, et il la soutiendrait sans hésiter. Si ma petite sœur avait vent de la présence de ces oiseaux rares ayant besoin d'être sauvés, Seth n'avait pas fini d'en entendre parler.

— Bonne chance pour persuader Eli de te soutenir, lançai-je sans cesser de sourire tout en passant la porte.

J'étais certain qu'Eli Stone préférerait encore faire faillite plutôt que de contrarier ma petite sœur.

C'était la raison principale pour laquelle j'appréciais autant ce type.

CHAPITRE 11

Skye

J e fus surprise de voir Aiden passer la porte de sa maison un peu plus d'une heure après être parti.

— Tu rentres tôt.

J'étais assise au bar de la cuisine avec une tasse de café, occupée à passer en revue mes idées pour le café. Je regardai Aiden prendre la verseuse de la cafetière pour se servir une tasse.

Je remarquai sans mal que sa main droite était enflée du fait que j'adorais admirer ces mains compétentes chaque fois qu'elles pratiquaient la moindre tache.

Je me levai et m'avançai vers lui.

— Qu'est-ce qui est arrivé à ta main ?

Je pris sa main dans la mienne et l'examinai.

— Rien de bien grave, grommela-t-il. Mon poing est juste entré en collision avec le visage de Seth. Ça valait le coup de souffrir un peu.

Soudain alarmée, je levai la tête et croisai son regard bleu océan, cherchant la vérité dans son regard.

— C'est vraiment ce qui s'est passé ?

Je retournai sa main encore et encore. Elle était assez enflée, mais il semblait encore arriver à la bouger comme il fallait. Je finis par lui rendre sa main, une fois certaine que rien n'était cassé.

— Il le méritait, dit Aiden d'une voix rauque. S'il n'avait pas décidé de brûler cette lettre, tout aurait été différent. Je n'aurais peut-être pas eu beaucoup d'argent, mais toi et Maya auriez été prises en charge par des gens qui tenaient à vous.

— Depuis toutes les années que je connais Jade, je n'ai jamais vu un seul Sinclair porter la main sur un autre, dis-je d'un ton songeur.

— On ne le fait jamais, en général, répondit-il en passant sa main blessée dans ses cheveux, créant plusieurs épis. C'était une circonstance spéciale.

Je me sentais triste à l'idée d'avoir causé un fossé entre lui et Seth.

— Je suis désolée que ce soit arrivé. Je sais que vous êtes proches. Et je crois qu'il essayait juste de t'aider, même si son choix était malavisé.

— Je finirai par m'en remettre, dit-il. Mais pour l'instant, je ne peux pas me contenter de pardonner et oublier. C'est encore trop frais. Je déteste penser à ce qui t'est arrivé, Skye.

Je poussai un soupir. Je ne pouvais lui en vouloir d'être perturbé et en colère. Il avait manqué une trop grande part de la vie de sa fille. Mais ça me touchait de voir que ce que j'avais vécu dans ma vie l'énervait à ce point.

— C'est fini, Aiden. On ne peut pas revenir en arrière. Maya est une enfant normale et en bonne santé. On s'est toutes les deux tirées de cette situation relativement indemnes.

Oui, on avait peut-être quelques problèmes. Comme mon incapacité à montrer mes émotions.

Et Maya n'avait pas été élevée dans un environnement idéal, même si je m'étais efforcée de la protéger de la vérité.

Mais j'étais déterminée à oublier mon passé.

Il me lança un regard troublé.

— Tu en es vraiment ressortie indemne ? demanda-t-il d'une voix rauque. Tu as protégé Maya. Mais qui t'a protégé, toi ? Il t'a battue, Skye. Et il t'a maltraitée. Tu ne montres pratiquement aucune émotion quand tu parles de tout ça.

— Parce que je n'ai jamais pu, répondis-je en toute franchise. Montrer mes émotions était une faiblesse que je ne pouvais me permettre, Aiden. S'il te plaît, tu dois comprendre que ce n'est pas parce que je ne déteste pas le salopard que j'ai épousé et dont j'ai divorcé, ou que je ne suis pas heureuse qu'il passe le restant de ses jours dans une prison fédérale. Mais pour survivre à cette vie, je ne devais jamais les laisser voir ce que je ressentais, à lui ou sa famille. Ça aurait eu des conséquences. Il aurait retourné ces émotions contre moi. Je suis tellement habituée à rester insensible que je n'ai aucune idée de ce que je ressens pour quoi que ce soit, mis à part Maya.

Quand je refermai la bouche, j'étais à bout de souffle. Je n'avais pas l'intention d'exprimer tout mon désarroi à Aiden de but en blanc, mais j'avais le sentiment qu'il devait comprendre exactement où j'en étais, d'un point de vue émotionnel.

Je ne savais pas comment ressentir *quoi que ce soit*, et plus vite il aurait compris ça, mieux nous nous entendrions.

Je ne savais pas comment être heureuse. J'avais toujours été en mode survie. Je n'avais plus ressenti la moindre forme de *joie* depuis cet été passé avec lui.

Je ne savais pas comment être vraiment triste.

Je ne savais pas comment créer de vrais liens avec d'autres gens, après avoir été isolée pendant si longtemps.

Ce n'était pas comme si je n'avais pas envie de créer des liens, mais pour moi, faire confiance à qui que ce soit était dangereux.

Aiden avait dû sentir mon conflit intérieur, parce qu'il fit un geste des plus extraordinaires. Il ouvrit grand les bras.

Instinctivement, je me blottis contre lui sans réfléchir.

Et je faillis craquer quand il referma ces bras forts autour de moi dans un geste protecteur.

Je me prélassai dans la chaleur et la protection de son corps musclé, la tête posée sur son épaule.

Aiden était immense. Même si j'étais grande, pour une femme, le sommet de ma tête atteignait à peine sa bouche.

Mais pour une raison que je n'aurais su expliquer, nous nous étions toujours accordés à la perfection.

— Je suis touché par ce qui t'est arrivé, Skye, dit-il d'une voix râpeuse contre mon oreille. Je suis touché à l'idée que tu n'aies eu personne à tes côtés quand tu avais dix-huit ans et que tu étais enceinte de mon enfant. J'ai envie de tuer Marino de mes propres mains, pour avoir levé la main sur toi. Je ne peux m'empêcher de ressentir tout ça.

Je fermai les yeux et tentai d'absorber la force d'Aiden. Cet homme possédait plus de conviction dans son petit doigt que n'importe quel autre homme n'en avait dans toute son âme.

Nous restâmes ainsi au milieu de la cuisine, blottis l'un contre l'autre, pendant si longtemps que je perdis la notion du temps.

Quand je finis par reculer, je me sentais plus forte, comme si être proche de lui m'avait octroyé une partie de sa force.

— Je suis vraiment désolée pour Seth.

Il secoua la tête tout en récupérant sa tasse de café.

— Pas la peine. Ça m'a fait beaucoup réfléchir à mon futur. Qu'est-ce que tu dirais d'épouser un pêcheur ?

Je levai vivement les yeux vers lui.

— Quoi ? Tu *es* un pêcheur, Aiden. Tu en seras toujours un. Tu adores ça.

Non seulement Aiden gagnait sa vie en attrapant des poissons, mais ça avait toujours été sa passion, même quand il ne travaillait pas. Je n'avais jamais cru qu'il allait pêcher sur son temps libre pour aider à nourrir sa famille. Il avait toujours adoré cette activité.

— Je laisse Sinclair Properties à Seth, et je vais ouvrir ma propre affaire d'approvisionnement en fruits de mer, expliqua-t-il.

Il m'observa, comme pour voir quelle serait ma réaction.

— Oh mon Dieu. C'est fantastique. Raconte-moi tout, dis-je d'un ton enthousiaste.

Aiden m'exposa ses plans et répondit à toutes mes questions.

— Ça apportera plus d'emplois à cette ville, conclut-il, et l'entreprise reposera sur le modèle de la pêche durable. Plus d'espèces tuées par inadvertance. Nous ne devons pêcher que ce dont nous avons besoin. Si j'ouvre une usine de traitement aux abords de la ville et que nous pêchons les espèces qui sont présentes ici, ça créera un tas de jobs pour les habitants de Citrus Beach.

— Tu m'as convaincue, dis-je avec un rire. Si j'avais de l'argent, j'investirais. Et qu'en est-il des fruits de mer qui ne sont pas disponibles ici ?

— J'embaucherai des gens compétents dans le monde entier pour qu'ils m'approvisionnent tout en faisant de la pêche durable.

Je gardai le silence un instant, puis remarquai :

— Tu as l'air heureux.

Il hocha la tête.

— Je le suis. Même si tu me trouves élégant dans un costume, je ne suis pas vraiment ce genre de type.

— Tu es élégant quoique tu portes, répondis-je en lui donnant une petite tape sur le bras. Tu le sais. Et le côté milliardaire en col bleu est très attirant.

— Tu trouves ? demanda-t-il en me lançant un regard en coin.

Je hochai énergiquement la tête.

— Et le mieux, c'est que tu feras quelque chose qui te tient à cœur.

Je n'avais pas pris la peine de lui faire remarquer que nous ne nous étions toujours pas mis d'accord sur la partie « mariage » de notre marché. À cet instant, ça n'avait pas d'importance. Aiden venait de connaître un grand changement dans sa vie et il devait s'habituer à ce changement d'entreprise.

— Seth et moi n'avons pas encore discuté des détails, mais je vais peut-être accepter sa proposition de rester partenaire silencieux de Sinclair Properties. En échange, il serait partenaire silencieux des Fruits de Mer Sinclair.

— C'est le nom officiel de ta nouvelle entreprise ?

Il hocha la tête.

— Ça me plaît, acquiesçai-je.

— Je vais d'abord travailler depuis mon bureau à la maison. J'ai beaucoup de constructions à lancer et de bateaux à acheter. La marina vient d'être agrandie, elle devrait donc suffire à abriter les bateaux pour l'instant.

— Vu que mon restaurant va rester fermé un petit moment, j'aimerais bien t'aider là où je le peux. Je n'ai pas beaucoup de compétences, mais je suis prête à m'occuper de tout ce dont tu auras besoin, proposai-je.

Je tenais à faire tout ce qui était en mon pouvoir pour aider à mettre sur pied l'entreprise dont rêvait Aiden. Il avait l'air si heureux, et je voulais qu'il continue à sourire.

— Rien que le fait que tu m'en croies capable m'aide beaucoup, répondit-il avec un sourire amusé. Et je ne dirais pas non à un peu d'aide. Je ne suis pas quelqu'un de très organisé.

— Parfait, dis-je en lui rendant son sourire. Je suis une vraie maniaque de la planification. Je pourrais t'aider à tout organiser. Pour être honnête, je pense que ça devrait être amusant de lancer deux nouvelles affaires.

— Ce sera plus probablement un enfer, m'avertit-il.

— Mais non. Ce sera un défi.

Quelque chose, dans l'idée qu'Aiden et moi fassions ça ensemble, provoquait en moi une excitation que je n'avais plus ressentie depuis très longtemps.

— Je t'aiderai aussi, promit-il. Mais est-ce qu'on pourra commencer le travail après le départ de Maya à l'école, et terminer à l'heure du dîner ? J'étais sérieux quand j'ai dit que je voulais que tu fasses une pause.

Mon cœur accéléra. Aiden m'avait posé la question, comme à une partenaire, plutôt que de me donner des ordres. Je ne pensais pas que ces concessions dureraient éternellement, mais il m'avait écoutée quand je lui avais dit que je préférais qu'on me demande plutôt que de m'ordonner des choses.

— Je m'arrêterai un peu avant ça pour nous préparer à dîner, proposai-je. Marché conclu ?

Il croisa ses bras musclés et répondit :

— Tu t'attendais vraiment à ce que je proteste à l'idée de ne pas avoir à faire la cuisine ?

— J'aime cuisiner, ris-je.

Soudain, je me remémorai quelque chose.

— En parlant de faire la cuisine, je dois préparer des cookies pour l'école de Maya cet après-midi. C'est à son tour d'apporter le goûter. Les cookies aux pépites de chocolat sont ses préférés.

— Je me contentais d'acheter des trucs pour mes frères et sœurs, remarqua-t-il.

— Les temps ont changé, expliquai-je. Je fais des cookies plus sains, avec de la farine d'avoine, du sucre de noix de coco et plus de noix que de pépites de chocolat.

— Je crois que je préfère les cookies traditionnels, grommela-t-il.

— Moi aussi, ricanai-je. Mais ceux qui sont plus sains ne sont pas mauvais non plus. Et j'en prépare quand même des vrais pour Maya de temps en temps. J'essaie juste d'éviter de lui donner trop de vrai sucre et de mélanger les trucs sains aux sucreries.

— C'est une bonne fille, Skye. Tu l'as très bien élevée, dit-il.

Mon cœur se réchauffa quand je lus la sincérité dans ses yeux sublimes. Personne ne m'avait jamais dit que je faisais ce qu'il fallait avec Maya. J'avais toujours été terrifiée à l'idée de ruiner la vie de mon enfant comme je n'avais absolument aucune expérience dans l'éducation d'un enfant.

— Merci, répondis-je avec un sourire.

— Je peux t'aider avec les cookies ?

— Tu en as vraiment envie ? demandai-je, le cœur battant un tout petit peu plus vite.

Je n'arrêtais pas de me répéter de ne pas trop m'enthousiasmer à l'idée d'avoir un partenaire pour m'aider à élever Maya. Mais ce n'en était pas moins agréable.

— J'aimerais beaucoup, confirma-t-il.

Nous terminâmes nos cafés et commençâmes à préparer des cookies sains aux pépites de chocolat ensemble.

J'eus beaucoup de mal à empêcher Aiden de manger toutes les pépites de chocolat, et quand nous eûmes fini, il y avait de la farine d'avoir partout.

Mais je n'avais plus autant ri depuis des années, et je pouffais encore de rire quand nous eûmes terminé de nettoyer la cuisine.

CHAPITRE 12

Skye

Les jours qui précédèrent le mariage de Jade et Eli furent les moments les plus incroyables que j'avais connus de ma vie. Aiden s'était fait à son rôle de père presque naturellement. Je ne pouvais pas dire qu'il rendait sa fille pourrie gâtée. Par chance, il ne faisait jamais de moi la méchante quand je devais faire respecter les heures du coucher et les règles. En fait, il me soutenait complètement, et le rappelait même à Maya, quand je lui avais demandé de faire quelque chose.

Mais en général, il adorait lui offrir tout ce qu'elle voulait.

Par chance, ma fille n'était pas du genre à demander des cadeaux extravagants.

— Mon professeur de piano dit que j'apprends si vite que je pourrais sûrement faire un récital cet été, annonça ma fille d'un ton excité.

Elle était assise sur le siège passager du véhicule qu'Aiden avait acheté pour une raison mystérieuse. Quelque chose me disait que son soudain besoin de posséder une Audi A3 m'était plus destiné qu'à lui. Mais puisque ma vieille voiture avait tendance à refuser de démarrer, j'avais accepté avec joie la voiture qu'il m'avait offerte.

J'adressai un bref sourire en coin à ma fille. Étant donné qu'elle avait presque neuf ans, je la laissais s'asseoir sur le siège avant.

— Elle pense que tu seras capable de jouer une chanson entière ? demandai-je.

— C'est ce qu'elle a dit. J'espère que je pourrais. J'adorerais jouer pour toi et papa.

Mon cœur se serra douloureusement. Sans Aiden, ma fille n'aurait jamais pu prendre de leçons de piano. Elle venait de commencer, mais elle voulait déjà apprendre. Je n'avais jamais pu me permettre de lui faire prendre des leçons de piano privées. Je n'avais tout simplement pas l'argent nécessaire.

Mais dès qu'elle avait mentionné ce souhait à Aiden, ce dernier l'avait réalisé. Il m'avait d'abord demandé, mais je n'avais aucune raison de refuser à ma fille ce qu'elle voulait.

Comme promis, nous avions passé le samedi précédent à Disneyland, et les adultes s'étaient tout autant amusés que Maya. La météo était idéale et Aiden avait fait en sorte qu'on profite d'une expérience VIP, nous avions donc pu faire autant de tours de manège que nous le voulions.

Maya était si épuisée qu'elle avait dormi pendant tout le trajet de retour jusqu'à la maison.

— Tu t'en sortiras très bien, ma puce, lui dis-je. Tu réussis toujours tout ce que tu veux faire.

— J'adore jouer du piano, maman. Et j'aime vraiment l'idée d'avoir une si grande famille. Même oncle Noah a proposé de m'emmener à Sea World cet été. Et oncle Seth a dit qu'on pourrait aller au zoo.

Parce qu'elle mène ses oncles et tantes par le bout du nez. Même Seth.

J'étais certaine que Maya accaparait l'attention de tout le monde. Elle avait l'air d'adorer sa nouvelle famille.

— Fais attention à ne pas trop en demander, Maya. Tes tantes et tes oncles sont des gens très occupés.

Elle conserva un silence songeur pendant quelques instants, puis demanda :

— À quel moment est-ce que c'est trop ? Ils m'ont proposé et j'ai dit oui.

Je hochai la tête.

— Alors tout va bien. Ça veut dire qu'ils ont envie de t'y emmener. Mais ne leur demande rien, d'accord ?

— Je ne ferais jamais ça, répondit-elle. Tu m'as toujours appris à ne pas demander des choses aux gens. Ma vraie famille est peut-être différente, mais ce ne serait pas poli.

Malheureusement, j'avais dû lui intimer de ne jamais rien demander à sa belle-famille. Et elle comprenait bien trop la situation pour chercher à parler à l'un d'entre eux.

Parfois, Maya semblait tellement plus âgée qu'elle ne l'était.

— Tu es une si bonne fille, la complimentai-je.

— C'est ce que papa m'a dit aussi, répondit-elle avec un soupir. Mais ce n'est pas si difficile. Je pense qu'il est plus facile d'être sage que vilaine.

Je réfrénai un rire. J'étais certaine que tous les parents auraient aimé que leurs enfants pensent la même chose.

Je m'engageai sur l'allée incurvée de la maison d'Aiden avec un soupir. Si j'avais dû choisir la maison de mes rêves, ce serait son manoir.

Il était imposant, avec sa belle façade en briques et ses larges fenêtres, mais pas trop pompeux pour être accueillant.

Et il était composé d'une immense piscine, d'un grand terrain et d'un jacuzzi.

J'appuyai sur la télécommande pour ouvrir la porte du garage et me garai dans l'un des sept espaces. Mon vieux véhicule était garé dans l'un d'eux, et le pick-up d'Aiden dans un autre. Le troisième était désormais occupé par sa nouvelle Audi noire, mais les autres étaient vides.

Connaissant Aiden, il était sûrement trop occupé pour remplir le garage de joujoux clinquants ou de voitures de luxe.

Je récupérai mes courses sur le siège arrière, puis suivis Maya vers la porte de la cuisine.

— Papa, qu'est-ce que tu fais ? On dirait qu'une bombe a explosé, remarqua Maya avec un petit rire.

J'écarquillai les yeux en parcourant la pièce du regard.

Il y avait une bonne odeur, mais c'était comme si un massacre avait eu lieu dans la cuisine.

Une matière rouge maculait tout le comptoir, ainsi que la grande cuisinière.

Je me mordis la langue en voyant l'expression penaude et ennuyée sur le visage d'Aiden.

— Soirée-spaghettis, nous annonça-t-il. Je faisais toujours une soirée spaghettis quand mes sœurs étaient petites. Je crois que j'ai un peu perdu la main.

— Je vais t'aider, papa. Maman et moi faisons des spaghettis, parfois, proposa Maya.

Elle se dirigea vers l'évier et rinça un torchon pour essuyer les comptoirs.

— Ce foutu bocal m'a explosé dans les mains, expliqua-t-il en me regardant d'un air suppliant.

— Ça arrive aux meilleurs d'entre nous, répondis-je d'une voix rassurante. Ça sent bon.

Je lui pris la grande cuillère des mains pour surveiller les pâtes pendant qu'Aiden et sa fille nettoyaient la cuisine.

En réalité, depuis toutes les années où je faisais la cuisine, je n'avais jamais répandu le contenu d'un bocal dans toute la cuisine, mais le pauvre Aiden avait l'air si frustré que je ne comptais pas le lui faire remarquer.

J'étais bien trop estomaquée rien qu'à l'idée qu'il ait tenté de nous préparer à dîner. Et j'étais aussi très émue qu'il s'en soit *voulu* d'avoir raté le dîner.

Je goûtai la sauce.

— Il manque… quelque chose.

Maya récupéra les épices italiennes et me les apporta sans même que j'aie à lui demander. Nous étions une équipe depuis si longtemps qu'elle savait ce dont j'avais besoin.

— Le goût n'est pas bon ? demanda Aiden tout en jetant son torchon dans l'évier.

— Pas du tout. Mais je crois que ça manque d'origan. C'est bon, Aiden. Ne t'en fais pas.

J'étais tentée de lui rappeler que si le dîner était raté, on pourrait toujours commander quelque chose. Mais il avait l'air trop affolé à l'idée de ne pas avoir réussi à nous faire à manger. Et la sauce était bonne. Il lui manquait juste quelques épices.

J'en ajoutai quelques-unes, mélangeai et annonçai :

— Et voilà ! Merci, Aiden.

Je préparai une assiette pour Maya et elle l'apporta avec précaution à la table, avant d'aller chercher des couverts pour tout le monde, ainsi qu'un verre de lait.

— Elle fait tout ça elle-même ? demanda-t-il à voix basse pour que sa fille ne l'entende pas.

Je tournai la tête et souris.

— Bien sûr. Elle aura neuf ans dans quelques mois. Elle m'aide beaucoup, pour tout dire.

— J'avais remarqué, répondit-il avec une grimace.

— Tu n'as pas à l'impressionner, Aiden. Et tu n'as pas à être parfait. Tout le monde fait des erreurs, surtout moi. Les enfants n'arrivent pas avec une notice. Mais peu importe ce que tu feras, elle continuera de t'adorer.

Je parlais à voix basse pour que ma fille n'entende pas notre conversation entre adultes.

— Je veux qu'elle sache qu'elle peut compter sur moi, répondit-il d'une voix rauque.

— Elle le sait déjà.

— Je ne peux même pas préparer à dîner sans tout foirer.

— Elle adore le McDonald, lui appris-je. Les Happy Meals lui iront très bien.

Il haussa un sourcil.

— Tu essaies de me rassurer ?

Je secouai la tête.

— Je te donne juste mes secrets pour élever une petite fille. Sois flexible. Ça aide.

— Tu as raison, acquiesça-t-il d'un ton soulagé. Je n'avais pas besoin de paniquer pour des spaghettis.

— Ce n'était pas à cause du dîner, remarquai-je. Tu doutes de tes capacités en tant que parent. Et ce ne sera pas la première fois. J'ai encore mes moments de doute, moi aussi. Mais c'est une petite fille bien élevée.

Il secoua la tête en souriant.

— Je suppose qu'on a de la chance qu'elle soit si facile à contenter.

Je remplis une assiette et la lui donnai.

— Va manger. Je suis impatiente de goûter tes spaghettis. Je meurs de faim.

Je me dépêchai de ranger les quelques courses achetées au magasin, puis je rejoignis Aiden et Maya à la table.

Ma fille était en train de parler à son père de sa journée d'école et de ses leçons de piano.

Et son père l'observait comme s'il était fasciné par la moindre chose qu'elle avait faite aujourd'hui.

Ne se rendait-il pas compte qu'il offrait déjà à Maya tout ce qu'elle voulait et ce dont elle avait besoin ?

Il lui accordait son attention.

Et il lui montrait qu'il l'aimait.

Je connaissais ma fille et elle avait besoin de ces deux choses, bien plus que d'un dîner parfait.

Aiden se comportait en père, et le plaisir de Maya était évident.

— J'ai une jolie robe rose et blanche à porter pour le mariage de tante Jade, expliqua Maya à son père. Je suis sûrement un peu trop âgée pour être la petite fille qui jette les fleurs, mais elle va quand même me laisser lancer des pétales de roses.

— Je ne savais pas que tu participerais au mariage, remarqua Aiden tout en engloutissant la nourriture dans son assiette.

— Jade lui a proposé quand elle m'a demandé d'être sa demoiselle d'honneur, lui expliquai-je. Je lui ai acheté une robe toute faite, un chapeau et des gants qu'on a choisis ensemble, Jade et moi. Elle aurait détesté rester immobile le temps qu'on lui fasse une robe sur-mesure.

— Tu ressembleras à une princesse, dit Aiden en faisant un clin d'œil à Maya.

— Je ne porterai pas de couronne, papa, répondit-elle.

— Alors tu ressembleras à ma princesse, corrigea-t-il.

— Tu veux voir ma robe ? demanda-t-elle avec espoir.

— Je suis impatient de la voir, répondit-il patiemment. Mais finis d'abord ton repas, et laisse manger ta mère. On ira la voir après.

Maya lança un regard rayonnant à son père, et mon cœur se serra.

Ma fille avait enfin trouvé son père, et il était son héros.

Le problème, c'était que j'avais la forte impression de le considérer comme un guerrier conquérant tout autant qu'elle.

CHAPITRE 13

Skye

Je dus réfréner un gémissement quand je me glissai dans le jacuzzi extérieur, complètement nue.

Aiden avait reçu un appel de Seth après avoir bordé Maya, et j'avais attrapé une serviette avant de sortir.

Je m'étais déjà réfugiée dans le jacuzzi plusieurs fois, quand Aiden était occupé plus tard dans la soirée.

Mais mon maillot de bain une pièce élimé avait souffert d'une énorme déchirure à l'avant quelques jours auparavant, et j'avais dû le jeter.

J'aurais dû prendre le temps de m'en acheter un autre. Mais je n'avais pas encore eu l'occasion d'aller dans un magasin ou un Walmart.

Mais les jets d'eau chaude du jacuzzi étaient trop durs à résister.

Alors j'avais attrapé une serviette, certaine de pouvoir retirer et enfiler à nouveau mon jean et mon tee-shirt assez vite, si j'en avais besoin.

L'espace piscine disposait de plusieurs entrées, mais j'étais sortie par la porte de la salle à manger et j'avais laissé les lumières éteintes, dehors. La seule lumière dont je disposais provenait de l'intérieur de la maison.

Mais je m'en fichais.

J'aimais profiter de l'extérieur calme et paisible, après une dure journée.

Je m'enfonçai dans l'eau chaude jusqu'au menton, laissant les jets d'eau apaiser la tension dans mon dos et mon cou avant de m'asseoir sur la chaise longue.

Je fermai les yeux et m'imprégnai des sensations relaxantes, mais cela ne dura pas longtemps.

Je sursautai un peu en entendant une porte coulisser, et je tournai les yeux vers la porte par laquelle je venais de sortir.

Il ne me fallut pas longtemps pour réaliser qu'Aiden ne savait même pas que j'étais dans le jacuzzi sombre, à observer chacun de ses gestes, même s'il n'était qu'à quelques pas de moi.

Il posa la bière qu'il avait à la main sur une petite table à côté d'une chaise longue, puis commença à se déshabiller.

Je n'aurais pas pu prononcer un mot même si j'en avais eu envie. J'étais sans voix.

Son long short kaki tomba sur le ciment, puis il fit passer le polo qu'il portait par-dessus sa tête et l'ajouta à la pile.

Mon souffle se coinça dans ma gorge quand il se débarrassa de son caleçon et se plaça dans la lumière provenant de la maison.

Aiden était un sublime spécimen de masculinité. Mais une fois nu, il était simplement… magnifique.

Ses muscles ondulaient sous sa peau bronzée et, les yeux rivés sur son ventre, je distinguai les abdos en tablettes de chocolat qui m'avaient toujours fait baver. Son sexe était à demi érigé et je le reluquai. L'eau me monta à la bouche tant j'avais envie de goûter à l'interdit qui me faisait tant envie.

Je me mordis la lèvre alors que j'étudiais ses épaules fortes, son dos et ses fesses étroites, que j'avais envie de pincer plus que je n'avais envie de respirer, à cet instant.

Tout l'air quitta mes poumons d'un coup quand il plongea du côté profond de la piscine.

Même si je n'avais déjà pas froid, une chaleur incendiaire s'infiltra dans tout mon corps, avant de s'amasser douloureusement entre mes cuisses.

J'avais envie d'Aiden.

J'avais toujours eu envie de lui.

Mais aujourd'hui, j'étais assez mature pour reconnaître ce désir furieux pour ce qu'il était.

Je gardai le silence et le regardai faire des longueurs, ses bras fendant la surface si facilement que ses gestes semblaient sans effort.

Je dois lui dire que je suis là. Je suis en train de l'espionner.

Oh, de qui je me moquais ? Je faisais plus que ça. J'étais en train de le reluquer, en m'imaginant ce que ça ferait de sentir à nouveau cet énorme sexe enfoui en moi, après toutes ces années.

Ce serait... sublime.

Mais ça ne pouvait pas arriver.

Il me rendait perplexe.

Il m'embrouillait.

Et il me faisait ressentir beaucoup trop de choses.

Quand il eut terminé ses longueurs, il se hissa hors de la piscine avec grâce.

— Aiden, murmurai-je avec envie, regrettant de ne pouvoir le toucher au moins une fois.

— Skye ? lança-t-il en se tournant vers le jacuzzi. C'est toi ? *Grillée !*

Je ne savais pas s'il m'avait entendue prononcer son nom presque en silence ou s'il avait senti ma présence.

— Désolée, dis-je d'une voix rauque. Je ne voulais pas te déranger.

Seigneur, quelle excuse minable.

— Je voulais...

Je refermai la bouche avant de m'attirer des problèmes.

Je fus surprise de voir Aiden réduire la distance entre lui et le jacuzzi, sans la moindre réserve.

— Tu as pu te rincer l'œil en gardant le silence, remarqua-t-il d'une voix rocailleuse. Qu'est-ce que tu voulais ?

Je laissai échapper un couinement quand il alluma, avant de rentrer dans le jacuzzi.

— Je suis nue, dis-je, paniquée.

— Moi aussi, mon cœur, répondit-il d'une voix coquine et amusée. Mais je crois que tu l'avais déjà remarqué.

L'eau était désormais bien illuminée, et au début, cela me déstabilisa un peu.

La dernière chose dont j'avais envie, c'était qu'on me voie nue. J'avais quelques vergetures et la cicatrice de la césarienne que j'avais en travers du ventre n'était pas jolie.

Malgré ça, je ne pouvais détourner les yeux d'Aiden. Il m'attira vers lui sans même me toucher.

— Tu as l'air contrariée, remarqua-t-il en fronçant les sourcils.

— Non. Je n'ai pas l'habitude de me mettre nue avec des gens, c'est tout, rétorquai-je.

— Si on se marie, on va se voir tout nus très souvent, remarqua-t-il d'un ton patient.

Même si nous avions eu un enfant ensemble, Aiden et moi ne nous étions jamais vraiment vus dénudés complètement. Nos ébats étaient en général empressés, et dans un endroit où retirer totalement ses vêtements n'était pas une option.

— On... on ne va pas se marier, balbutiai-je. Je t'ai déjà dit que je ne voulais pas me marier.

Aiden réduisit rapidement l'espace entre nous.

— Skye ? Tu avais l'air effrayée. Respire. Ce n'est que moi. Je ne te ferai aucun mal.

Ma peur m'étouffait. Je savais que je surréagissais, mais je ne pouvais empêcher l'angoisse de remonter à la surface.

— Viens par ici, dit-il gentiment tout en passant ses bras autour de moi. Tu trembles, bébé.

Aiden ne savait pas que tous les actes sexuels que j'avais connus ces neuf dernières années avaient été des viols. Oui, certains diraient qu'un mari ne peut pas violer sa femme, mais aucun de ces gens n'avait été brutalisé par un homme plus proche de l'animal que de l'humain.

Les bras qui m'étreignaient étaient chauds et familiers.

C'est Aiden. Il ne me ferait jamais de mal.

Sans me lâcher, il s'assit sur le siège et disposa mon corps sur le sien. Je le chevauchai, ce qui me fit me sentir plus en sécurité, et commençai à me calmer alors que sa grande main caressait mon dos de haut en bas.

— Qu'est-ce qui s'est passé ? demanda-t-il d'une voix rauque près de mon oreille.

— Mauvais souvenirs, répondis-je d'une voix tremblante.

— Tu sais que je préférerais me couper un bras plutôt que de te faire le moindre mal, n'est-ce pas ? demanda-t-il.

Je hochai la tête contre son épaule.

— Je sais. Mais parfois, j'ai des flash-back. J'ai été soignée pour PTSD, après mon divorce. Je ne m'en suis jamais vraiment débarrassée.

— Merde, Skye ! s'exclama-t-il. Je ne savais pas. Qu'est-ce que je peux faire pour t'aider ?

— Couche avec moi, lui demandai-je. Fais en sorte que j'aie à nouveau de bons souvenirs.

Je n'avais pas l'intention de lui demander de me sauter, mais j'avais le sentiment que c'était la seule façon de m'ôter ces horribles images de la tête.

— Dieu sait que j'ai envie de ça plus que tout, répondit-il d'une voix gutturale. Mais pas comme ça. Jamais comme ça. Pas alors que tu as peur de toi.

— Ce n'est pas de *toi* que j'ai peur.

— Regarde-moi, Skye, demanda-t-il.

Je reculai et croisai son regard. Ses yeux étaient sombres, d'un bleu profond, et remplis de chaleur.

— Je veux que tu me voies, *moi*. Pas *lui*.

Je hochai lentement la tête, et toute la tension quitta mon corps.

— Je te vois.

— Embrasse-moi, me demanda-t-il. S'il te plaît.

Mon cœur accéléra quand il se rapprocha, et je sentis la chaleur de son souffle sur mes lèvres.

Il demandait la permission, il me laissait le contrôle. Et j'avais plus envie de me noyer en Aiden que d'avoir peur.

J'ouvris la bouche et laissai mes lèvres effleurer les siennes. Après ça, l'instinct prit le relais.

Il ne fit aucun mouvement brusque. Il se contenta de me rendre mon baiser, nos lèvres et nos bouches glissant les unes contre les autres de manière sensuelle.

Pour finir, j'enfonçai les mains dans ses cheveux mouillés et me raccrochai à lui alors qu'il prenait le contrôle.

Sa respiration était lourde alors que sa bouche glissait le long de la peau mouillée de mon cou.

— Seigneur, Skye ! J'ai envie de te toucher, mais je ne veux pas faire un faux pas.

Mes sens étaient désormais ivres d'Aiden, et il n'y avait plus de place pour quoi que ce soit d'autre.

— Touche-moi, dis-je dans un petit gémissement. S'il te plaît.

Il tendit avidement la main entre nos corps, et je reculai pour lui laisser de la place.

J'émis un hoquet quand il prit mes seins en coups et en titilla les tétons avec ses pouces.

— Oui, sifflai-je, penchée en arrière sur ses jambes alors qu'il se redressait.

Tout mon corps était douloureux de tension, mais je n'avais pas peur.

À aucun moment, je ne pus douter de l'identité de celui qui éveillait tout mon corps. Seul Aiden avait jamais été capable de m'aguicher ainsi.

J'arquai le dos quand Aiden attrapa l'un de mes tétons entre ses lèvres et le mordilla. Alors que sa langue passait sur le morceau de chair durci, une chaleur torride enveloppa tout mon corps.

Je faillis exploser ici et maintenant.

— C'est douloureux, Aiden. Tellement, dis-je en frissonnant.

— Je sais comment arranger ça, dit-il d'un ton persuasif.

— Alors, fais-le.

Il glissa la main le long de mon corps et je pris une brusque inspiration quand ses doigts caressèrent mon sexe.

— Oui. Oui, s'il te plaît, gémis-je.

J'avais besoin de sentir Aiden me toucher, pour faire disparaître la douleur du désir.

Il tâta et trouva mon clitoris. Chacune de ses caresses faisait grimper la pression.

— Monte-moi, Skye, dit-il d'une voix rauque. Prends ce dont tu as besoin.

Aucun homme ne m'avait jamais satisfaite à part lui, et nos ébats avaient toujours été effrénés.

Nous n'avions jamais pris le temps véritablement de nous toucher durant ces rares fois où nous avions couché ensemble.

À cet instant, il m'offrait tout.

Et je le pris.

Je pressai les hanches contre la grande main qui me donnait du plaisir et me frottait contre lui, l'extase me submergeant alors que j'obtenais les sensations dont j'avais le plus besoin.

Je me mis à le monter plus fort. Nos regards se croisèrent et se rivèrent l'un à l'autre alors que je sentais monter l'orgasme.

Je ne pouvais détourner les yeux de la lueur féroce de son regard.

Il voulait que je jouisse.

Son regard exigeait que je le fasse.

Mes mouvements se firent endiablés quand je sentis qu'il avait besoin de la même chose que moi. Je me frottai plus fort contre lui, cherchant désespérément à atteindre l'orgasme.

Quand il me transperça, des vagues de plaisir me submergèrent, si brutalement que je pouvais à peine respirer.

Je refermai le poing dans ses cheveux et l'embrassai, ma langue s'entremêlant à la sienne alors que mon orgasme se réduisait finalement à quelques soubresauts.

— Voilà ce que ça devrait te faire ressentir, bébé, dit-il d'une voix râpeuse quand je relâchai ses lèvres.

Je poussai un soupir et m'écroulai contre son épaule, certaine de pouvoir me remémorer ce souvenir encore et encore dans la moindre crainte.

— Merci, dis-je, à bout de souffle.

— Avec plaisir, grogna-t-il en soulevant mon corps pour nous faire sortir tous les deux du jacuzzi.

Il me sécha, puis me porta jusqu'au lit, encore complètement nue.

Ce n'est que lorsque je me retrouvai seule, après qu'il m'avait déposée dans mon lit, que je pris conscience qu'il n'avait pas du tout satisfait son propre désir.

CHAPITRE 14

Skye

Le mariage de Jade et Eli s'était passé à merveille. Par chance, la météo avait coopéré, la cérémonie se déroulant sur la plage, devant chez eux.

Des tentes blanches élégantes avaient été érigées la veille au soir et le sable avait été lissé pour l'autel.

Ma fille avait jeté ses pétales de rose sans retenue et toutes les femmes avaient pleuré tant la cérémonie était romantique… sauf moi, bien sûr, comme je ne laissais personne me voir pleurer.

Mais ce n'était pas parce que je ne laissais pas mes larmes couler que je n'avais pas le cœur léger, alors que je regardais ma meilleure amie épouser l'homme de ses rêves.

Jade était heureuse, et j'étais heureuse *pour elle*.

Le seul truc qui me rendait triste, c'était que quand Jade et Eli reviendraient de leur lune de miel prolongée en Australie, ma meilleure amie vivrait principalement à San Diego. Jade allait ouvrir un laboratoire de recherche là-bas, et tous les bureaux d'Eli étaient en ville.

San Diego n'était pas si loin d'ici. Je pouvais y aller en voiture en environ une heure, si la circulation était bonne. Mais cela me semblait loin quand même, parce que Jade ne serait plus dans le coin aussi souvent pour traîner avec moi à Citrus Beach.

— Tu t'amuses bien ? demanda Aiden en arrivant derrière moi et en posant une main légère sur mon épaule.

Je me retournai pour lui sourire. Seigneur, il était magnifique dans son smoking. Et je commençais à apprécier son besoin apparent de me toucher chaque fois qu'il me voyait.

— C'est une très belle réception, dis-je. Où est notre fille ?

J'attendais au bar de la tente de boissons et de nourriture qu'on m'apporte mon verre.

— La princesse est en train de rebattre les oreilles d'oncle Seth, m'informa-t-il avec un sourire.

Aiden fit signe à un serveur et nous commanda quelque chose à tous les deux, avant de se retourner à nouveau vers moi.

— Quelque chose ne va pas ? lui demandai-je.

— Tu es magnifique, Skye. Je te l'avais dit, aujourd'hui ? demanda-t-il d'une voix rauque.

Je n'étais pas du genre timide, mais je fus certaine d'avoir rougi.

— Deux fois, lui rappelai-je.

Il haussa les épaules.

— Tu es si élégante que ça valait la peine de le répéter.

Mon cœur se serra. J'avais vécu pendant des années avec un homme qui se comportait la plupart du temps comme s'il me détestait, alors la sincérité que je lisais dans les yeux d'Aiden rendait mon âme plus légère.

— Merci. Tu es très séduisant, toi aussi. Même si tu n'aimes pas beaucoup les cravates, ton smoking te va à merveille.

Il sourit.

— Ça ne me dérange pas, tant que je sais que je n'aurais pas à le porter tous les jours.

— Alors qu'est-ce que tu faisais ?

Je n'avais plus revu Aiden depuis la fin de la cérémonie, une heure plus tôt.

— J'aidais à installer une partie de l'équipement musical.

— Xander va chanter quelques chansons, c'est ça ? demandai-je.

Le cousin de Jade, Xander Sinclair, avait autrefois été une superstar du rock. Maintenant, il se concentrait plutôt sur le fait de produire et encadrer les jeunes artistes et ne faisait plus beaucoup de scène. Sa maison de disque et ses talents musicaux avaient vraiment décollé.

— Quand j'aurai fait mon petit truc, confirma-t-il.

Je tournai les yeux vers lui.

— Quel *petit truc* ?

Il haussa les épaules.

— Jade voulait que je chante et que je joue « All of me » à son mariage. Elle adorait quand je la lui chantais, à l'époque où elle était enfant.

J'étais stupéfaite.

— Je ne savais pas que tu savais chanter. De quel instrument joues-tu ? De la guitare ?

— Du piano. On avait un centre de loisirs, quand j'étais plus jeune. Il y avait un vieux piano, là-bas, et certaines personnes proposaient des leçons gratuites. Seth joue de la guitare. Il a encore la vieille guitare cabossée qu'il possède depuis qu'on est gosses.

— Mais tu n'as pas de piano, remarquai-je, encore abasourdie d'apprendre qu'Aiden avait un talent musical.

— Je compte bien remédier à ça, puisque Maya adore en jouer. Il est livré lundi.

— Tu lui as acheté un piano ?

— Je *me* suis acheté un piano, corrigea-t-il. Mais bien sûr, elle est libre de s'en servir quand elle voudra.

Je lui lançai un regard sceptique.

— C'est une manière détournée de dire que tu lui as acheté un piano, et tu le sais très bien.

Quand le serveur nous eut apporté nos verres, Aiden demanda :

— Est-ce que ça marche ?

Je laissai échapper un soupir exagéré.

— Comment pourrais-je te dire ce que tu peux mettre ou pas dans ta maison ? Tu joues vraiment du piano ?

— Tu le découvriras bientôt par toi-même. Je ne rivaliserai jamais avec John Legend, mais je peux me débrouiller.

— J'adore cette chanson, lui confiai-je avant de boire une gorgée de mon cocktail.

— Dans ce cas, je la chanterai pour toi, répondit-il d'une voix grave et sexy de baryton.

Mon cœur rata un battement.

— C'est la chanson de mariage de Jade, protestai-je.

— Elle aura la chanson qu'elle a choisie.

— Je suis impatiente de t'entendre chanter. Je n'arrive pas à croire que je n'ai jamais su que tu aimais à ce point la musique.

Il haussa les épaules et vida la moitié de son verre, qui ressemblait à un whisky.

— J'ai toujours voulu acheter un piano. Sérieusement. Je ne m'en étais pas encore occupé, c'est tout. Le centre de loisirs a fermé il y a quelques années, alors j'ai dû trouver un ami qui possédait un piano pour m'entraîner à jouer cette chanson. Ça faisait un moment que je n'avais plus joué. Et en général, je ne le fais pas devant toute une foule. Mais quand ta petite sœur te demande de jouer une chanson pour le jour le plus spécial de sa vie, tu t'exécutes.

— Je n'ai jamais vu Xander sur scène non plus, remarquai-je d'un ton songeur.

— Il est nul, répondit Aiden d'un ton amer. Je n'ai jamais compris comment il arrivait à remplir des salles dans le monde entier.

Je levai les yeux au ciel.

— Tu ne le penses pas vraiment.

— Bien sûr que non, avoua-t-il. C'est un génie de la musique.

Je lui donnai une petite tape amusée sur le bras.

— On est jaloux ?

— Non. Mais j'aime bien l'emmerder quand il prend un peu trop la grosse tête.

J'éclatai de rire.

— J'en déduis que tu apprécies la plupart des membres de ta nouvelle famille ?

— La plupart du temps, acquiesça-t-il.

Il avala le restant de son verre et déposa le verre vide sur une table toute proche.

— Je crois que je ferais mieux d'y aller.

J'engloutis le restant de mon verre et le reposai à côté du sien alors qu'il me prenait la main. Je le suivis quand il m'attira à travers la foule, jusqu'à l'extérieur.

Je remarquai aussitôt que la scène qui avait été installée la veille au soir était totalement illuminée.

Même si la piste de danse était composée de sable, la scène donnait l'impression d'avoir été dressée pour quelqu'un d'important.

— Tu m'attends ? demanda Aiden. Je veux danser avec toi dès que j'aurais terminé.

Je m'arrêtai près de la scène. Des gens s'y étaient déjà massés.

— Je serai là, répondis-je à bout de souffle.

Je regardai Jade et Eli s'approcher du micro.

Ils exprimèrent les remerciements d'usage à tous ceux qui étaient venus les accompagner en ce jour spécial.

Mes pensées dérivèrent alors que je cherchais Maya des yeux. Je finis par la trouver, assise sur les genoux de son oncle Noah.

C'était la première fois que je voyais le Noah toujours sérieux sourire.

Seth se tenait à côté de son frère aîné et était en train de parler à Maya. Je voyais sans mal qu'elle passait un bon moment avec ses deux oncles.

J'étais contente que Seth et Aiden soient à nouveau en bons termes, occupés à déterminer comment se passerait leur partenariat pour leurs deux entreprises. Je m'en étais voulue à l'idée d'avoir creusé un fossé entre eux.

Mais je savais qu'Aiden était plus heureux depuis qu'il avait commencé à planifier ses projets pour les Fruits de Mer Sinclair.

Je reportai mon attention sur la scène en entendant les premières notes de piano, et remarquai qu'Eli et Jade avaient abandonné le micro pour rejoindre la piste de danse.

Je fus fascinée par l'intro au piano, mais je fus complètement captivée quand Aiden se mit à chanter la chanson émouvante, prononçant chaque note de manière prononcée et étonnamment poignante.

Aiden vivait à fond la musique, dépeignant tout ce que la chanson voulait exprimer.

Il gardait un œil sur moi et me regardait fréquemment, ce qui faillit me faire fondre en larmes.

Il était si doué.

Quand il me regarda et me fit un clin d'œil, mon cœur manqua de s'envoler de ma poitrine tant il battait vite.

Boum, boum !

Boum, boum !

Boum, boum !

Je l'entendais battre dans mon oreille à un rythme rapide, comme en harmonie avec celui de la chanson chantée par Aiden.

Je fus surprise quand le rythme partit en crescendo et qu'une autre voix masculine se mit à chanter en harmonie avec lui vers la fin de la chanson.

Xander.

Il n'était pas sous les projecteurs, mais assis sur un tabouret dans la pénombre, de l'autre côté de la scène.

Des frissons me parcoururent le dos tandis que je m'imprégnais des paroles de la chanson et de l'émotion qui teintait chaque note.

Puis ce fut le silence, et une salve d'applaudissements enthousiastes éclata, à laquelle je me joignis dès que je me fus remise de ma stupéfaction.

Je comprenais sans mal d'où ma fille tenait son talent pour la musique.

Et ce n'était certainement pas de moi.

CHAPITRE 15

Aiden

J e sautai de la scène sans me soucier de savoir si je risquais de me tuer, dans ma hâte de danser avec Skye.

Je l'aurais fait quand même.

J'avais envie d'elle.

J'avais besoin de sentir son corps doux et soyeux pressé contre le mien.

Vu que mon sexe était dur en permanence quand elle était dans mon champ de vision, quelle importance si je la touchais ou pas ?

J'étais peut-être masochiste, mais je savais que je ne pouvais pas résister à l'occasion de la tenir si près de moi.

— Danse avec moi, dis-je, oubliant que j'étais censé demander plutôt qu'ordonner.

Je ne comptais pas la laisser dire non, cette fois.

J'avais besoin de la sentir dans mes bras. De savoir qu'elle était en sécurité. Qu'aucun salopard ne la toucherait plus jamais – mis à part moi. Même si j'étais parfois un abruti, jamais je ne lui ferais de mal intentionnellement. Et rien que l'idée que quelqu'un l'avait torturée pendant des années me faisait presque péter les plombs.

Elle tendit la main vers la mienne, mais je lui pris les bras et les accrochai autour de mon cou, avant d'attirer tout son corps contre moi en refermant les mains derrière sa taille.

Par chance, Xander avait entamé l'une de ses ballades mélancoliques, et nos positions étaient parfaitement adaptées, alors que nous oscillions, nos corps parfaitement en rythme.

— Tu étais incroyable, dit-elle, l'air un peu essoufflée. Et tu avais tort. Tu ne *rivalises* pas avec John Legend. Tu es aussi bon que lui, dans ton propre style.

Je plaçai ma bouche contre ses cheveux.

— Merci du compliment, mais je ne suis qu'un amateur, et je n'ai jamais eu envie de jouer ou de chanter pour quiconque à part ma famille. C'est juste un passe-temps.

— Tu es en train de dire que tu n'as jamais rêvé de célébrité, quand tu étais plus jeune ?

— C'est exactement ce que je suis en train de te dire, mon cœur.

— Tu es trop macho pour faire de la musique ? le taquinai-je.

— Non. Mais je n'aime pas me produire devant une foule. Je suis admiratif du cran qu'ont les types comme Xander. Ils sont prêts à se jeter à l'eau. Mais ce n'est pas la célébrité qui me motive. C'est juste… que j'aime ça.

— Il n'y a rien de mal à ça, répondit-elle avec un soupir. J'aime faire de la broderie, mais je n'ai jamais voulu vendre mon travail. Alors je comprends.

— Parfois, on fait des trucs juste par plaisir.

— Mais… eh bien… tu es plutôt doué dans les trucs que tu fais pour le plaisir, dit-elle doucement.

— Je peux jouer pour toi et Maya quand tu veux, proposai-je.

Ce fut comme si une ampoule s'était allumée dans sa tête.

— Tu pourrais donner des leçons à Maya.

Je secouai la tête.

— Non. Elle a besoin d'apprendre comme il faut. Après avoir appris les bases grâce à des professeurs bénévoles, j'ai continué en autodidacte. Je fais beaucoup de choses à l'oreille. Elle s'en tirera mieux avec un vrai professeur de musique.

— Ah, bon, elle aime bien son nouveau professeur, de toute façon, répondit-elle. C'est bien, pour elle. Je n'ai jamais vraiment eu l'argent nécessaire pour lui permettre de faire beaucoup d'activités extrascolaires. Et quand j'étais mariée à Marco, j'avais trop peur de demander quoi que ce soit.

Merde ! Je détestais l'idée que Skye ait pu avoir peur au point de ne pouvoir demander quelque chose pour sa fille. Et probablement encore moins pour elle-même.

Cette femme magnifique avait vécu dans une prison dépourvue de barreaux physiques, mais dans une situation qui, en réalité, était bien pire que d'être placé dans un vrai centre de détention.

Je fermai les yeux et humai l'odeur fleurie et tentante de Skye, un arôme si unique à elle et si captivant que mon sexe se mit au garde à vous et me supplia de la déshabiller.

Et je détestais mon foutu sexe perfide. Oui, j'avais envie de ça, moi aussi, de toute mon âme. Mais pas maintenant. Pas avant qu'elle se sente à l'aise.

J'avais bien compris que Skye était habituée à ce que le moindre contact soit dégoûtant, sauvage et cruel.

J'avais envie de lui réapprendre le plaisir. Mais je ne pourrais pas faire ça tant qu'elle ne me ferait pas totalement confiance.

Et je n'avais pas l'intention de laisser mon sexe penser à ma place.

— J'aurais tellement voulu que tu ne te retrouves jamais avec ce salopard, dis-je avant d'avoir pu peser mes mots. Je veux dire, je comprends pourquoi tu l'as fait. Tu t'inquiétais pour la sécurité de Maya, et la tienne. Mais putain, Skye. Tu ne méritais pas ce qui t'est arrivé.

Ma vision se brouilla de rage rien qu'à l'idée qu'un homme ait pu la toucher avec autre chose que de la dévotion, de l'amour ou de la passion.

Bon sang, pour être totalement honnête, je ne supportais pas l'idée qu'un autre homme la touche, point.

Mais la manière dont Marino l'avait traitée était inhumaine et sans cœur.

— S'il y a bien une chose que j'ai apprise, c'est que la vie n'est pas toujours juste, dit-elle avec un soupir résigné. Est-ce que la mort de ta mère, alors que vous étiez tous si jeunes, était juste ? Est-ce que vos difficultés financières alors que vous luttiez pour élever vos frères et sœurs, perdant votre propre enfance au passage, étaient justes ? Est-ce que l'impossibilité de réaliser tes rêves une fois adulte était juste ?

— C'est différent. Aucun de nous n'a été blessé physiquement.

— Parfois, il y a pire que la douleur physique, dit-elle avec sagesse. Le reste dure bien plus longtemps.

Elle avait raison. Je le savais.

— Pourquoi ne m'avoir jamais dit que tu avais souffert de PTSD ? Qu'est-ce qui déclenche les crises ?

Après lui avoir fait prendre son pied dans le jacuzzi et regardé le beau spectacle de son visage alors qu'elle atteignait l'orgasme, la laisser seule dans son lit avait été l'une des choses les plus difficiles que j'aie jamais faites de ma vie. Mais je n'avais pas su quoi faire. Je ne voulais pas gâcher tous les progrès que nous avions faits.

Ces derniers jours, j'avais étudié les PTSD, et je ne savais toujours pas ce qui l'effrayait.

Évidemment, il était difficile de déchiffrer ses pensées, car elle enterrait ses émotions.

Elle était différente de la fille que j'avais connue il y a si longtemps. Pourtant, certaines choses étaient restées les mêmes.

Comme la façon dont elle mettait mon sexe dans tous ses états.

— Je vais mieux, murmura-t-elle contre mon épaule. J'ai suivi une thérapie et j'ai travaillé moi-même sur ces problèmes. Je ne voulais pas me retrouver avec un million de petits déclencheurs de crises. Ce n'était pas sain, surtout pour Maya.

— Ça n'a rien à voir avec Maya. Ça te concerne, toi. Qu'est-ce qui t'effraie, mon cœur ?

Seigneur ! J'avais vraiment envie de savoir.

— Il n'y a plus grand-chose qui déclenche une réaction, maintenant. Vraiment. Je vais bien.

Alors elle allait juste balayer ça d'un geste de la main ?

— Si je ne peux pas te toucher sans que tu aies des flash-back, ça veut dire que tu ne vas pas *bien*.

— Tu me touches, en ce moment, remarqua-t-elle d'une voix douce.

— Tu sais ce que je veux dire.

Bon sang, je n'avais pas envie de passer pour un abruti, pourtant, j'avais besoin de plus d'informations qu'elle n'avait visiblement envie de m'en donner.

— Si quelque chose me dérange, je te le dirai aussitôt, à partir de maintenant.

— Tu as intérêt, l'avertis-je.

C'était si dur, d'être énervé contre elle. Elle avait vécu un enfer, et la dernière chose dont elle avait besoin, c'était que je fasse pression sur elle.

— On devrait peut-être juste coucher ensemble, murmura-t-elle. Ça m'aiderait peut-être.

J'en fus si stupéfait que je restai sans voix.

— Qu'est-ce que tu viens de dire ?

— Tu m'as bien entendue.

— Tu crois vraiment que c'est la solution ? demandai-je d'une voix rauque.

Je serais incapable de refuser cette offre. Je ne pouvais pas. J'avais tellement envie d'elle. Mais je n'étais pas sûr que ce serait la bonne façon de faire.

— Épouse-moi et nous coucherons ensemble autant de fois que tu veux. Dans toutes les positions que tu veux, proposai-je.

Je fus bien content de voir que Xander enchaînait avec une autre ballade, qui me permit de garder Skye là où elle était. Mais je retenais mon souffle et attendais sa réponse.

Je ne pouvais plus nier avoir envie de ce mariage. Pour moi. Pour Maya. J'avais envie de la femme dans mes bras, plus que j'avais jamais eu envie de quoi que ce soit de toute ma vie. Égoïstement. Juste parce que j'avais besoin qu'elle m'appartienne.

Ce n'était pas pour ma fille, même si ce serait sympa si on pouvait être une vraie famille.

Je voulais Skye.

Point final.

— D'abord le sexe, murmura-t-elle. Et si j'en étais incapable ? Et je t'ai déjà dit que je ne voulais plus jamais me marier.

— Tu n'étais pas mariée, la première fois. Pas réellement, en tout cas.

Skye n'avait pas vécu un mariage. Elle n'était qu'une détenue de prison.

— J'ai besoin d'être à nouveau entièrement moi-même. Je ne sais pas ce que je voudrais après ça, mais je dois me libérer totalement de mon passé.

Le besoin dans sa voix me fit céder. Je ne pouvais pas forcer cette femme à faire quelque chose qu'elle ne pourrait pas accepter de tout son cœur. Ce ne serait pas juste.

— Alors je vais me contenter du sexe. Pour l'instant, grommelai-je.

— Et si je ne pouvais pas…

— Tu peux, l'interrompis-je. Tu as juste besoin de bonnes expériences pour compenser les mauvaises.

— Comment est-ce qu'on fait ça ?

Je souris dans ses cheveux.

— Je ne pense pas que tu auras besoin que je t'apprenne *ça*.

— En fait, si. Nous n'avons eu que quelques relations, et tout ce que j'ai connu ensuite était mauvais.

— Ce n'était pas ta faute.

Il y a neuf ans, je n'avais pas vraiment eu l'occasion de faire la cour à Skye, et je le regrettais. Elle méritait mieux. Mais j'étais déterminé à me faire pardonner pour tous les coups vite fait qu'on avait connus étant jeunes.

Elle soupira.

— J'ai eu ton enfant. J'ai été mariée pendant des années. Et j'ai toujours l'impression de ne rien savoir.

Mon sexe était si dur que c'en était douloureux.

— Tu disposes d'un professeur très enthousiaste, lui assurai-je. Mais déterminons d'abord ce qui déclenche tes crises, et pas seulement en ce qui concerne l'intimité.

— Je n'ai jamais vraiment trouvé comment ne pas avoir peur tout le temps, me confessa-t-elle. J'ai juste appris à ne pas le montrer.

Bon sang, elle aurait tout aussi bien pu me donner un coup de couteau en pleine poitrine, tant cela me fit mal d'apprendre qu'elle avait du mal ne serait-ce qu'à baisser la garde.

— Pourquoi ?

— Parce que durant mon mariage, il n'y a pas eu une seule minute durant laquelle je n'avais pas peur que Marco découvre ce qui se passait et me tue.

D'après ce qu'elle m'avait dit, Skye s'était efforcée d'être une femme modèle. Pourquoi Marino aurait-il voulu sa mort ?

— Qu'est-ce que tu as fait, à part essayer de le contenter ?

Elle leva la tête et regarda autour d'elle. Il n'y avait aucun autre couple près de nous, mais quelque chose me disait qu'elle n'avait pas envie que quelqu'un entende notre conversation.

— J'ai fait un tas de choses qui auraient pu le pousser à me tuer en un claquement de doigts, dit-elle dans un souffle.

Je ne pouvais imaginer ce qu'une femme comme Skye pouvait faire à n'importe quel homme pour lui donner envie de la faire disparaître. Dieu savait que je ne pourrais jamais faire ça. J'aurais voulu ne jamais la quitter des yeux.

— Comme quoi ?

Elle garda le silence et posa à nouveau la tête sur mon épaule, la bouche aussi proche de mon oreille que possible.

— Je n'étais pas toujours docile et obéissante, pendant mon mariage, admit-elle.

— Alors tu te rebiffais contre lui ?

— De la seule manière possible. Aiden, j'ai découvert ce qui se passait dans la famille juste après le premier anniversaire de Maya. Et une fois que je l'ai su, je n'ai pas pu garder le silence.

Bordel de merde !

— Tu lui as demandé des explications ?

— Pire.

Je tressaillis à l'idée qu'elle ait pu risquer sa vie en avouant à son ex-mari qu'elle était au courant de son lien avec le crime organisé.

— Qu'est-ce qui pourrait être pire que ça ?

— Une fois que je savais, je ne pouvais plus rester sans rien faire. Je suis allée voir la police. Ils m'ont envoyée au FBI, parce qu'il s'agissait de crimes fédéraux. J'ai été leur indic pendant plusieurs années. C'était à cause de moi que la famille Marino s'est retrouvée en prison à perpétuité. Et j'ai passé chaque minute de chaque jour terrifiée à l'idée qu'ils se rendent compte de ce que je faisais. Quand le FBI m'a promis que s'il m'arrivait quoi que ce soit, ou si j'étais compromise, ils s'assureraient que Maya serait mise en sécurité, j'ai commencé à leur dire tout ce que je savais et que j'avais pu découvrir.

Quand je compris enfin, ce fut comme si j'avais reçu une tonne de briques sur la tête.

Bordel de merde !

Elle avait raison.

Il y avait bien pire et bien plus dangereux que de faire face à la mafia.

Skye Weston avait été la taupe du FBI, celle qui avait fait tomber toute l'organisation Marino pour de bon.

CHAPITRE 16

Skye

J e n'avais jamais dit à personne que j'avais aidé à faire arrêter la famille Marino. Je n'en étais pas vraiment fière, mais ma conscience m'avait obligée à le faire.

C'était aussi la seule manière de m'assurer que Maya et moi serions en sécurité pour le restant de nos jours.

Les femmes ne quittaient pas un Marino, et celles qui avaient essayé avaient toutes mystérieusement disparu. Plus personne n'avait jamais entendu parler d'elles.

Entre disparaître et devenir indic, le choix avait été assez facile à prendre. Il était hors de question que je laisse ma fille atteindre l'âge adulte et être élevée dans une famille du crime. Elle n'avait pas compris grand-chose de ce qui se passait quand elle était petite – Dieu merci ! Et je voulais la faire sortir de là avant qu'elle découvre que sa mère était mariée à un membre de la mafia.

Aiden ne me dit pas un mot, alors qu'il me prenait la main et me menait vers la place. Elle était déserte, et à bonne distance de la réception.

— Tu es sérieuse ? dit-il quand nous nous arrêtâmes juste avant le bord de l'eau.

La pleine lune était magnifique, et m'offrait assez de lumière pour que je voie son visage.

— Oui. Je n'en ai jamais parlé à personne à part toi. J'ai transmis des informations au FBI pendant cinq ans, avant qu'ils aient enfin amassé un dossier assez gros pour s'assurer que tous les membres impliqués de la famille tombent.

Il me lâcha la main.

— Pas étonnant que tu souffres de PTSD, je n'imagine même pas à quel point tu as dû avoir peur.

— J'étais terrifiée chaque jour à l'idée que ce soit celui où quelqu'un me démasquerait.

— Tu as dû témoigner ?

Elle hocha la tête.

— Bien sûr. Mais je m'en fichais. Chaque procès me rapprochait de la liberté, pour moi et Maya.

— Qu'est-ce qui t'a poussée à prendre la décision de faire ça ?

Je pris une grande inspiration, puis la relâchai lentement.

— On avait une domestique à la maison, qui était là presque tout le temps. Elle est restée à partir du moment où je suis venue vivre avec Marco jusqu'à l'époque où Maya avait un an. Je l'aimais bien. Elle était jeune, la vingtaine, et elle était l'une des seules personnes à qui je pouvais vraiment parler. Elle s'appelait Maria. Un jour, elle m'a dit avoir vu un énorme stock d'héroïne et de cocaïne au niveau inférieur, et qu'ensuite tout avait disparu. Elle voulait parler de *beaucoup* de drogues. Je crois qu'elle essayait de m'avertir. Malheureusement, Marco l'a entendue en parler et l'a jetée de la maison. Elle n'est plus jamais revenue. Je ne l'ai jamais revue. Quand j'ai demandé ce qu'il était advenu de Maria, Marco m'a répondu qu'elle ne parlerait plus jamais. C'est à ce moment-là que j'ai compris qu'il l'avait tuée. Je n'ai plus jamais parlé d'elle.

— Bon Dieu ! s'exclama Aiden tout en se passant une main dans les cheveux. Tu n'avais pas peur qu'il te fasse taire définitivement, toi aussi ?

— Je pense qu'il l'aurait fait, si j'en avais parlé en public. Mais j'avais appris à garder la bouche close quand la famille était dans le coin. J'étais terrifiée.

— Alors tu as juste continué à fournir discrètement des infos à la police ? demanda-t-il.

— Je suis d'abord allée voir la police, et ils ont fait venir le FBI.

— Comment as-tu fait ? Comment as-tu pu continuer à leur fournir des infos sans savoir si la famille n'allait pas découvrir un jour que tu étais un mouchard ?

Je haussai les épaules.

— Je n'avais pas le choix. S'ils ne s'étaient pas *tous* fait arrêter, j'aurais dû vivre dans la peur de ceux qui restaient en liberté. J'ai appris à très bien cacher mes émotions. Je ne pleurais pas, je ne montrais pas ce que je ressentais. Ils n'ont jamais rien suspecté.

— Et Maya ?

— Elle n'avait aucune idée de ce que je faisais. Je l'ai tenue à l'écart de tout ça. J'étais tellement soulagée quand tout s'est terminé. Mais cela n'a vraiment pris fin qu'une fois les procès passés, et quand j'ai su qu'aucun d'entre eux ne sortirait vivant de prison.

Il posa légèrement les mains sur mes épaules.

— Tu te rends compte que ce que tu as fait était incroyablement dangereux, hein ?

— Je le savais, admis-je. C'est pour ça que je devais m'assurer que quelqu'un me promette de protéger Maya, s'il devait arriver quelque chose. Et qu'ils sachent où *te* contacter. Je suppose que même à l'époque, je savais que tu ne rejetterais jamais ta fille, si je n'étais plus là pour prendre soin d'elle.

Il resserra les doigts sur mes épaules.

— Tu as été si brave, Skye. Mais ça me rend malade de m'imaginer qu'il a pu t'arriver quoi que ce soit. Tant de choses auraient pu mal tourner.

Je lui adressai un faible sourire.

— Alors, imagine un peu ce que moi je ressentais. J'ai passé beaucoup de temps à regarder par-dessus mon épaule, et c'est sûrement pour ça que je souffre d'un PTSD persistant. Ça, et le fait de ne jamais savoir de quelle humeur serait Marco quand il passerait la porte.

— Pourquoi a-t-il fallu aussi longtemps pour tous les arrêter ?

— Il leur fallait des preuves concrètes. Ils n'avaient pas envie de sauter les étapes et de prendre le risque de ne pas avoir tout ce dont ils avaient besoin pour les mettre à l'ombre. Ça a été un processus très long et frustrant. Mais je restais concentrée sur le moment où Maya et moi serions enfin libres. À tout ce que nous pourrions faire, ensemble. Au jour où nous n'aurions plus à avoir peur, elle ou moi. Maya n'a peut-être jamais connu les détails, mais elle était toujours un peu nerveuse. Je pense qu'elle pouvait sentir ma peur concernant la situation.

Aiden enveloppa ses bras autour de moi et me serra contre son corps. Je le sentis tressaillir quand il dit :

— Seigneur ! Je ne sais pas quoi dire pour tout arranger.

Je passai mes bras autour de son cou.

— Tu n'as rien besoin de dire. C'est terminé, Aiden. Mis à part les réactions qui persistent encore à cause du traumatisme, je vais bien. Maya et moi sommes libres, maintenant. Pour être honnête, je ne pense même pas qu'elle se souviendra de grand-chose de ce qui s'est passé. Elle n'avait que six ans quand ils les ont tous jetés en prison. Et je lui en ai dit aussi peu que possible.

— Elle va très bien, dit Aiden d'une voix rauque.

— Je l'ai emmenée voir une thérapeute, mais elle m'a dit que Maya était une enfant équilibrée. Elle n'a peut-être pas pu faire tout ce à quoi j'aurais aimé qu'elle ait accès, mais j'ai essayé de faire en sorte qu'elle ait une vie aussi normale que possible.

Aiden resserra les bras autour de moi.

— Je ne m'inquiète pas pour elle. Tu l'as très bien protégée. Je m'inquiète surtout pour toi.

Je soupirai. Ça faisait si longtemps que personne ne s'était inquiété pour moi que je ne savais pas trop comment réagir à ses craintes.

— Je vais bien. Vraiment.

— Alors, pourquoi m'avoir demandé de coucher avec toi ? demanda-t-il d'une voix amère.

OK. Oui. Ce n'était peut-être pas la meilleure des idées, mais je ne pouvais pas épouser Aiden. Par contre, je ne pouvais pas nier que j'avais envie de lui. Je me disais qu'on avait tous les deux besoin de satisfaire cette envie. Peut-être qu'alors, il se rendrait compte que je n'étais pas tout à fait normale. Que je ne ressentais plus les choses comme le faisaient les gens normaux. Et que je ferais une très mauvaise épouse.

— Je suppose que c'était assez égoïste, confessai-je. Mais je crois qu'on en avait tous les deux envie. Quand tu m'as touchée dans le jacuzzi, tu m'as fait ressentir des choses que je n'ai plus ressenties depuis mes dix-huit ans. J'ai envie d'apprécier à nouveau le sexe. J'ai envie de me sentir bien. La dernière chose dont j'ai envie, c'est de me rappeler ce que j'ai vécu durant les années où j'ai été mariée à Marco. Je préférerais remplacer ces souvenirs par de meilleurs. J'aimerais penser à *toi* plutôt qu'à *lui*.

Aiden me caressa les cheveux d'un geste distrait.

— J'en ai envie aussi, mon cœur. Mais je ne veux pas seulement coucher avec toi… même si j'en ai aussi très envie. J'ai envie de t'épouser. Je veux qu'on soit la famille qu'on aurait toujours dû être.

— Tu sais que je suis endommagée, Aiden. Tu n'as pas envie que je devienne ta femme. Quelque chose s'est brisé en moi, durant ces années. Je suis amochée.

— Non, bébé. Tu as juste besoin de temps pour te rétablir.

— Je ne redeviendrai jamais la Skye que tu as connue il y a toutes ces années, le prévins-je. J'étais jeune, stupide et terriblement naïve. La vie que j'ai menée après être tombée enceinte, et durant les années qui ont suivi, m'ont changée. Je ne peux plus redevenir cette diplômée du lycée.

Parfois, j'aurais aimé pouvoir revenir en arrière, à l'époque où j'étais beaucoup plus innocente, mais je ne pouvais pas. J'en avais trop vu, j'avais traversé trop de choses. Mes rêves avaient volé en éclats et j'avais appris à me contenter de survivre.

J'avais réussi à résister.

Mais je n'avais plus été vraiment heureuse depuis très long-temps. Ma seule joie de vivre, c'était ma fille.

— Je ne peux pas redevenir le type que j'étais à l'époque non plus, me dit-il. Mais toi et moi pouvons devenir quelque chose de meilleur.

— Quand tu m'as touchée, j'ai à nouveau été capable de res-sentir, tentai-je de lui expliquer. Je suppose que c'est pour ça que j'en ai voulu... plus.

— Ce n'est pas comme si je n'avais pas envie de ça, Skye. J'en ai envie. Je crois que j'ai eu envie de toi depuis la première fois que je t'aie vraiment vue, plus que comme l'amie de Jade, après ta sortie du lycée. Je suis certain que si tu m'avais montré le moindre intérêt, j'aurais accepté avec plaisir de reprendre notre relation à ton retour avec Maya, même si je croyais que tu m'avais largué la première fois. Je ne t'ai jamais oubliée, même si j'ai fait de gros efforts pour y parvenir.

— Je ne t'ai jamais oublié non plus, avouai-je tout en m'écar-tant de lui.

Je plongeai la main dans le décolleté de ma robe et en retirai lentement le collier avec le pendentif en œil de tigre rouge qu'il m'avait donné il y a si longtemps.

Je le fis passer par-dessus ma tête avec prudence, le posai dans ma main et confessai :

— Je porte constamment ce collier depuis le jour où tu me l'as donné. Je ne le retirai que quand je n'avais pas le choix, comme quand on m'a fait ma césarienne.

Il leva la main et je laissai tomber le bijou dans sa paume.

— Je me suis toujours demandé si tu l'avais gardé, dit-il d'un ton distrait tout en faisant rouler la pierre entre ses doigts.

— C'était mon bien le plus précieux… mis à part la fille que tu m'as donnée. Je l'aurais laissé avec la lettre, si j'avais su que je ne te reverrais plus avant d'épouser Marco.

Il prit la chaîne avec précaution et la fit repasser par-dessus ma tête.

— Je veux que tu le gardes.

Je laissai échapper un soupir soulagé. Je portais ce collier depuis si longtemps qu'il faisait presque partie de moi.

— Merci. Mais si un jour tu veux le reprendre…

— Jamais, répondit-il d'un ton laconique. Je l'ai donné à la seule fille à qui je tenais assez pour lui confier un tel objet.

Il marqua une pause, puis reprit :

— Donc, est-ce qu'on détermine les termes de cette nouvelle relation ?

— Je crois qu'on devrait. Tu finiras par vouloir tout arrêter…

— Pour l'amour du ciel, Skye… c'est *moi* qui veux t'épouser. Tu crois vraiment que je vais faire machine arrière ?

Quand il aurait compris à quel point j'étais brisée et défectueuse, il en voudrait plus que je ne pourrais jamais lui offrir.

— Tu le feras peut-être, lui avertis-je.

— Je suppose qu'on verra bien, concéda-t-il avec réticence.

Mon cœur se serra. Je n'avais qu'une envie : céder et accepter de l'épouser. J'avais envie d'Aiden. Ça avait toujours été le cas. Mais je ne pouvais pas l'enchaîner à une femme qui se demandait encore si elle serait capable d'être heureuse à l'avenir.

Je n'étais vraiment libre que depuis un an. Ma thérapeute m'avait dit qu'il me faudrait un moment avant d'être à nouveau capable de faire confiance aux gens et d'avoir des relations. Mais je n'étais pas toujours sûre que ça arrive un jour.

— Quels sont tes termes ? l'interrogeai-je.

— D'abord, il n'y aura pas d'autre homme à part moi. Je ne partage pas, Skye, grommela-t-il.

Comme si je pourrais avoir envie de quiconque d'autre que lui. Ça ne risquait pas d'arriver.

— D'accord.

Il croisa les bras.

— C'est à peu près tout. Si tu es à moi, ça me convient. Et toi ?

— Je crois que j'ai envie d'être la seule femme pour toi aussi. Je ne pense pas pouvoir supporter autre chose.

— Accordé, répondit-il d'une voix rocailleuse.

— C'est tout ? demandai-je avec nervosité.

Il passa les bras autour de ma taille et m'attira à nouveau tout contre son corps.

— Pour l'instant. Je ne vais pas te dire que je n'ai pas envie de plus, mais on pourra y aller un jour à la fois, si ça peut t'aider.

Je hochai la tête, le cœur dans la gorge.

Il replaça une mèche de cheveux rebelle derrière mon oreille.

— Je vais te rendre si heureuse que tu ne voudras plus jamais aller où que ce soit d'autres, m'avertit-il.

— J'ai envie de te rendre heureux, moi aussi, répondis-je d'une voix tremblante et presque émue.

— Bébé, tu me rends heureux rien qu'en étant à mes côtés.

Je sentis les larmes menacer de couler, mais clignai des paupières pour les balayer sans ménagement.

Parfois, Aiden prononçait des mots si doux que j'avais envie de me noyer dans ses paroles.

Mais je savais que je ne pouvais pas me laisser aller à ça.

Je devais être forte. Si cette relation ne durait pas, je resterais marquée à vie. Je le sentais au plus profond de mon âme.

Il m'inclina le menton vers le haut et je sentis toute la chaleur qui émanait de lui.

La combustion spontanée commença dès qu'il posa les lèvres sur les miennes.

— Aiden, murmurai-je contre ses lèvres juste avant qu'il approfondisse le baiser.

Ce simple mot exprimait tout le désir que je ressentais depuis qu'on s'était retrouvés.

La passion.

Le besoin.

Ce désespoir douloureux que je ne pouvais cacher tout à fait chaque fois qu'il me touchait.

Je refermai les mains en poings dans ses cheveux et lui rendis tout ce qu'il me donnait.

Si je ne pouvais communiquer en mots, j'étais déterminée à laisser mon corps parler à ma place.

Je fermai les yeux alors qu'il explorait mes lèvres avec minutie, ouvrant la bouche pour qu'il puisse apaiser le besoin douloureux que j'avais de me rapprocher de lui.

Je n'avais qu'une envie : grimper en lui et ne plus jamais ressortir. J'avais besoin de lui à ce point-là.

Il respirait fort quand il s'écarta pour prendre une goulée d'air.

— Seigneur, bébé. Tu me rends fou, dit-il dans un grognement.

Il referma les mains sur mes fesses et attira mes hanches contre les siennes pour me faire sentir à quel point il avait envie de moi.

Je frissonnai en sentant son érection se frotter contre mon entrejambe.

— Aiden, gémis-je tout en lui tirant les cheveux.

— Maman !

Je m'écartai d'Aiden d'un bond en entendant ma fille m'appeler.

— Interrompus par notre fille alors qu'on s'apprêtait à baiser sur une plage, dit Aiden d'un ton frustré.

Je passai mes mains sur ma robe froissée alors que Maya arrivait vers nous, son oncle Seth sur les talons.

— Plus tard, grogna Aiden tout en s'écartant de moi.

Ça ressemblait plus à une promesse qu'à une suggestion, et je me rendis compte que parfois, ses manières autoritaires me dérangeaient pas du tout.

CHAPITRE 17

Skye

— Tu vas tellement me manquer, mais j'espère que tu passeras un excellent moment. Je sais que tu as toujours eu envie d'aller en Australie, dis-je à Jade le lendemain matin tout en l'étreignant.

Malgré l'avertissement d'Aiden la veille au soir, il n'y eut pas d'ébats torrides à notre retour à la maison. J'étais tellement fatiguée que je m'étais endormie avec Maya pendant qu'elle me faisait la lecture. Je m'étais réveillée le lendemain matin, couverte d'un drap et blottie contre ma fille.

Peu après mon réveil, Jade était arrivée pour nous dire au revoir.

— Tu vas me manquer aussi, avoua-t-elle, les larmes aux yeux.

Aiden était parti avec Eli s'occuper de quelques affaires de dernière minute avant que les nouveaux mariés décollent.

— J'étais si occupée avec les préparatifs de mariage qu'on n'a pas eu beaucoup de temps pour parler, dit Jade avec regret.

Je lui fis un sourire.

— C'est rien. J'aidais Aiden à ouvrir sa nouvelle entreprise, et je cherchais un nouveau design pour le restaurant, alors ça a été la folie ici aussi.

— Comment ça va, entre vous deux ? demanda Jade avec nervosité.

J'hésitai, puis répondis :

— Tout va bien. Je crois qu'on commence tous les deux à laisser le passé derrière nous pour offrir une bonne vie à Maya.

— Mais il n'y a pas que Maya, hein ? Je veux dire, il y a quelque chose entre toi et Aiden, c'est évident.

— C'est si évident que ça ? demandai-je, surprise.

Elle haussa les épaules.

— Peut-être seulement pour moi. Je suis folle amoureuse d'Eli. Alors je reconnais les signes subtils.

— On ne sait pas encore vraiment ce qui va se passer, admis-je.

— C'est peut-être une bonne idée de prendre ton temps, suggéra-t-elle.

— C'est vrai qu'on ne se connaît plus vraiment, confessai-je. On a tous les deux… changé.

— Évidemment. Tu n'avais que dix-huit ans quand tu es tombée enceinte, Skye. Et même si tu n'as jamais beaucoup parlé de ton mariage, tu n'es plus la même. Tu es devenue bien plus méfiante.

Je me sentis soudain coupable.

— Ce n'était pas parce que je n'avais pas envie de t'en parler. C'était juste… douloureux.

Jade avait toujours été ma meilleure amie, mais j'avais honte de tous les ennuis que je m'étais causés. Je n'avais pas envie de raconter la vérité à qui que ce soit.

— Je comprends, dit-elle gentiment. Je n'ai pas besoin de tout savoir dans les moindres détails pour comprendre que cette expérience a été mauvaise pour toi. Mais n'aie pas peur d'Aiden, s'il te plaît. Il ne te ferait jamais de mal à dessein.

— Je sais. Mais j'ai du mal à faire confiance, maintenant.

— Laissez-vous un peu de temps. Je sais qu'Aiden et toi finirez ensemble. Peu importe le temps que ça prendra.

Je haussai un sourcil.

— Qu'est-ce qui te fait penser ça ?

Elle me fit un clin d'œil.

— J'ai vu comment vous vous regardiez pendant qu'il chantait. Tu es sous son charme.

Jade avait raison. J'étais *vraiment* sous le charme d'Aiden. Je ne savais pas si ça devrait me terrifier ou me soulager.

J'avais envie de recommencer à éprouver des émotions.

Mais je n'avais pas envie de devoir affronter ces émotions aussi vite que je devais le faire avec Aiden.

— Je pense que tout arrive trop vite, confiai-je. Pendant des années, je me suis exercée à ne plus rien ressentir pour survivre. J'ai déversé tout ce que j'avais de meilleur pour Maya, mais c'était tout. Je me suis fermée à tout le reste et à tous le monde. Je n'ai pas eu le choix, Jade. Je l'ai fait pour nous protéger, ma fille et moi.

— Mais tu n'as plus besoin de faire ça, Skye. Je comprends que tu aies dû refouler toutes les mauvaises choses qui se passaient autour de toi, mais c'est fini, maintenant. Tu mérites de recommencer à vivre, et pas juste pour Maya. Tu en as aussi besoin pour toi.

Je pris une grande inspiration, avant de la relâcher. Elle avait raison. Mais Jade ne se rendait pas compte à quel point c'était dur, de se défaire d'un mécanisme de défense qui m'avait sûrement sauvé la vie.

— Je sais, répondis-je. Mais ça va prendre du temps, c'est sûr.

Elle sourit.

— Tu as tout le temps du monde. Je ne crois pas qu'Aiden ait l'intention d'aller où que ce soit.

— C'est un homme incroyable. Il l'a toujours été, dis-je d'un ton songeur.

Jade grimaça.

— Eh bien, c'est aussi mon frère insupportable, mais je suppose que je ne peux qu'être d'accord avec toi. Tous mes frères sont assez extraordinaires.

— Tu l'adores et tu le sais, répliquai-je avec vigueur.

— Oui, c'est vrai. Alors, essaie de ne pas trop le torturer, demanda-t-elle sans cesser de sourire.

Elle leva sa tasse pour en boire une gorgée.

— Je peux t'assurer que je n'ai pas du tout l'intention de le torturer. Mais je ne peux pas non plus le laisser m'imposer des choses par la force.

Elle reposa sa tasse sur la table.

— Il te met trop la pression ? Je sais qu'Aiden a tendance à être virulent quand il cherche à obtenir ce qu'il veut.

— Seigneur, je ne peux pas dire qu'il *exige* quoi que ce soit de moi. Enfin, pas souvent, en tout cas. Mais il peut se montrer très persuasif.

Jade éclata de rire.

— Je sais. Il arrivait toujours à me convaincre de manger mes légumes. Et je n'en avais pas du tout envie. Mais en général, il essayait de marchander avec Brooke et moi.

— Il n'a pas beaucoup changé, alors, répondis-je amèrement.

— Mais il a bon cœur.

— Je sais.

— Alors, accorde-lui une chance, suggéra-t-elle. Avance à ton propre rythme.

— C'est le plan, confiai-je. Mais parfois, j'ai envie de mettre le pied au plancher avec lui, avant de… prendre peur.

— Les relations amoureuses peuvent parfois être effrayantes, acquiesça-t-elle. Ma relation avec Eli n'a jamais été sans accroc. Et parfois, je n'arrive toujours pas à croire que c'est mon mari. *À moi.* La petite geek amoureuse des animaux. Comment ai-je pu me retrouver avec quelqu'un comme Eli Stone ?

— Il a de la chance de t'avoir, la défendis-je.

Eli Stone était peut-être l'un des hommes les plus riches du monde, mais personne n'était trop bien pour ma meilleure amie.

Elle leva les yeux au ciel.

— C'est aussi ce que dit ma famille. Mais je trouve encore ça surréaliste de me dire que je suis Jade Stone.

Je ricanai.

— Tu vas t'y habituer.

— Je le suppose, oui. Mais je ne veux jamais prendre Eli pour acquis. Ce qu'il y a entre nous et… spécial.

— Ça n'arrivera pas, Jade. Tu n'es pas du genre à faire ça. Tu apprécies toujours tout ce que tu as.

— Toi aussi, répondit-elle d'un ton assuré. Mais ne laisse pas tes peurs gouverner ta vie.

Je hochai la tête, avant de boire une gorgée de café.

Contrairement à Jade, je n'avais pas un mari prêt à traverser l'enfer pour moi. Mais ça ne voulait pas dire que je ne pouvais apprécier le fait qu'Aiden ait envie de moi, même si j'étais encore une épave.

— Je crois que j'ai peur qu'il réalise à quel point j'ai changé, et qu'il me repousse, avouai-je.

— Tu n'es peut-être plus la même femme qu'à dix-huit ans, mais aucun de nous ne l'est, Skye. Nos expériences nous forment à mesure qu'on grandit. Mais tu es toujours la même amie bienveillante que tu as toujours été. Rien n'a pu changer ça. OK, tu enfouis plus tes émotions qu'avant, mais tu as de bonnes raisons pour ça. La confiance demande du temps avant d'être gagnée. Je crois qu'après tout ce que tu as traversé, je préfère encore que tu sois méfiante au lieu que tu fasses confiance à tous ceux que tu rencontres.

— J'espère juste qu'Aiden pourra être patient, dis-je d'une voix incertaine.

— Hum… la patience n'a jamais été son fort, m'avertit-elle. Il a toujours su ce qu'il voulait, et il fait toujours tout son possible pour l'obtenir.

Je souris, parce qu'elle venait de décrire son frère à la perfection.

— Il est borné.

— Je ne vais pas te contredire là-dessus, répondit Jade avec un sourire narquois.

— On parle de moi ? demanda Eli depuis la porte.

Jade bondit de sa chaise et courut étreindre son nouveau mari comme s'il était parti depuis des mois.

Et c'était adorable.

Eli l'embrassa et quand ma meilleure amie s'écarta, elle avait les joues en feu.

Aiden passa la porte avec un sourire.

— Vous êtes encore collés l'un à l'autre ?

— Je ne peux pas m'en empêcher, répliqua Eli à Aiden.

— Il est temps pour vous deux de partir en lune de miel. Je n'ai pas envie de regarder ma petite sœur se faire peloter.

— On y va, répondit Eli d'un ton enjoué. À moins que Jade ait besoin de plus de temps avec Skye.

— Non, intervins-je. C'est bon. Mais j'espère bien que vous me rapporterez beaucoup de photos.

— Vous êtes bientôt prêts à vous lancer aussi, hein ? demanda Eli.

— Nous lancer où ? l'interrogeai-je, troublée par cette remarque.

— Toi et Aiden êtes…

Jade plaqua la main sur la bouche de son mari.

— Il est temps d'y aller, Eli, lui dit-elle d'un ton ferme.

Je vis une communication silencieuse passer entre mari et femme, que je ne compris pas, puis Jade retira sa main de la bouche d'Eli et lui prit la main.

— Bon, on y va, dit-il d'un ton penaud. Prenez soin de vous, tous les deux. On se voit dans un mois.

Aiden fronça les sourcils.

— Tu as intérêt à appeler. Je veux savoir que tu es arrivée sans encombre.

— Je le ferai, assura Jade en étreignant son frère. Promis.

— Tu vas finir par devoir admettre que je suis capable de prendre soin de ta sœur, plaisanta Eli à l'intention d'Aiden.

— Ça n'est pas près d'arriver, répliqua Aiden d'un ton obstiné. Appelle, c'est tout.

Je dus me mordre la lèvre pour m'empêcher de sourire. Aiden avait toujours été protecteur avec ses sœurs. Il les avait élevées. Et il n'allait pas arrêter juste parce qu'elles étaient toutes les deux mariées, maintenant.

Il y eut un échange d'au revoir, puis Aiden et moi nous retrouvâmes seuls dans la cuisine.

— Je me demande ce qui s'est passé, tout à l'heure, dis-je d'un ton songeur. Jade avait l'air contrariée.

Aiden sourit.

— Parce que son mari a failli gâcher la surprise.

— Quelle surprise ? l'interrogeai-je en fronçant les sourcils.

— Je vais t'emmener passer un peu de temps entre nous, annonça-t-il. Maya veut rester avec sa tante Brooke, chez Jade, pendant les cinq prochains jours. Brooke, Liam et Seth vont l'emmener au zoo aujourd'hui. Ensuite, ils resteront avec elle jusqu'à notre retour. Brooke a vraiment envie de mieux connaître sa nièce avant de devoir repartir sur la côte Est, et Liam aussi.

— On n'avait pas prévu d'aller où que ce soit, répondis-je, confuse.

— Pas la peine de prévoir quoi que ce soit. Je me suis occupé de tout.

— Aiden, de quoi parles-tu ?

Il s'avança vers moi et déposa un léger baiser sur mes lèvres, me distrayant momentanément.

Quand il eut terminé, il s'écarta et me transperça du regard, ses magnifiques yeux bleus aussi aiguisés qu'un laser.

— On va faire une pause, Skye. Rien que toi et moi. Et Liam et Brooke resteront en Californie pour surveiller leur nièce pour nous.

Mon corps se tendit à l'idée de me retrouver seule avec Aiden.

— Où est-ce qu'on va ? Je peux demander ?

— Non, répondit-il en me donnant une tape sur les fesses. Va faire ta valise. On part dans une heure.

Le mystère et l'excitation de l'inconnu avaient vraiment piqué mon intérêt.

Ça faisait du bien d'attendre avec impatience de découvrir ce qu'Aiden me réservait. À tel point que je ne lui rappelai même pas qu'il ne m'avait pas vraiment demandé si je voulais venir. Apparemment, c'était une surprise.

Je m'étais rendu compte que j'appréciais vraiment cette note de malice et de mystère dans le regard d'Aiden. Cela éveillait en moi une curiosité difficile à contenir.

J'allais faire ma valise.

CHAPITRE 18

Aiden

J e fus soulagé que Skye n'ait posé aucune question au sujet de l'endroit où on allait.

Mais pas pour la raison qu'on aurait pu croire.

J'étais aux anges à l'idée qu'elle m'ait fait assez confiance pour accepter d'aller quelque part avec moi sans savoir où.

Elle commençait à me faire confiance, à se sentir en sécurité avec moi.

Et je m'étais juré de ne jamais lui donner la moindre raison de douter de moi.

Mon sac était déjà fait et rangé dans le coffre, je me fis donc un café, avant de m'appuyer contre le comptoir pour le boire en attendant Skye.

J'aimais ma fille de tout mon cœur, mais j'avais besoin de temps seul à seule avec Skye pour trouver le moyen de balayer la pointe de tristesse que je voyais toujours dans ses yeux.

Même quand elle souriait ou qu'elle riait, cette anxiété méfiante était toujours là, tout comme cette note de peine dans ses yeux verts expressifs.

Le seul moment où elle baissait complètement la garde, c'était quand elle était avec notre fille.

J'avais envie qu'elle me parle de ce que c'était de vivre dans la mafia. Mais j'avais aussi envie de ne *plus jamais* entendre parler de ça.

J'allais sûrement faire des cauchemars dans lesquels elle était démasquée et assassinée sans une hésitation par son mari.

Skye était une possession, pour Marco, une dont il pouvait se séparer sans mal, si cela pouvait lui sauver la mise.

Et Skye était sûrement encore plus en danger qu'elle ne l'avait admis.

Une seule erreur, et tout aurait été fini. Une seule conversation surprise.

Putain ! Je dois arrêter d'être obsédé par l'idée qu'elle pourrait être morte !

Mais mon besoin de les protéger, elle et ma fille, m'empêcher d'apaiser mes pensées.

Je n'allais même pas essayer de faire comme si je n'avais pas envie ou besoin de Skye. Je n'avais connu aucune relation amoureuse à part avec elle.

J'avais couché avec des femmes.

J'avais connu des tas de dîners et de rendez-vous.

Mais aucune de ces femmes n'était Skye. Et c'était bien mon problème. Peu importe ce qui s'était passé, mon fichu cœur n'avait jamais pu oublier Skye Weston, et il ne le ferait sûrement jamais.

Ne lui mets pas trop la pression.

Je secouai la tête à cette pensée inopinée.

Comment pourrais-je faire autrement, alors que je devais faire en sorte qu'elle soit mienne ? Je ne serais satisfait que lorsque je lui aurais passé la bague au doigt, quand elle et Maya seraient toutes les deux officiellement devenues des Sinclair.

Oh bon sang, de qui je me moquais ? Si je *devais attendre*, je le ferais. Je l'avais déjà attendue neuf ans, même si je ne l'avais jamais admis jusqu'à récemment. La patience n'était peut-être pas ma plus grande qualité – je n'en avais pas beaucoup, de toute façon –, mais si elle avait besoin de temps, j'allais faire de mon mieux pour le lui accorder.

Pas parce que je voulais que Maya soit ma fille à plein temps.

Pas parce que je voulais qu'on forme une famille, même si j'avais aussi envie de ça.

Égoïstement, je voulais *Skye*, parce que mon cœur borné n'avait jamais vraiment tourné la page. Nous ne passerions jamais à autre chose, parce que je m'étais enfin admis à moi-même qu'il n'y aurait jamais personne d'autre qu'elle, pour moi.

Soit je serais heureux parce qu'elle était à moi.

Soit je serais malheureux parce qu'elle ne l'était pas.

Même si j'avais passé les neuf dernières années blessé et énervé, je m'étais raccroché à cet amour naissant qui existait entre nous à l'époque.

Oui, on avait tous les deux grandi. Mais d'une manière que je n'aurais su expliquer, la femme qu'elle était aujourd'hui n'avait fait que renforcer ma résolution.

Elle était forte.

Elle était indépendante.

Elle était pleine de ressources et intelligente.

Et j'avais encore plus envie d'elle qu'à l'époque où elle était à peine adulte.

— Papa ! Eh, papa ! s'exclama Maya en descendant les marches.

Je la rattrapai quand elle courut vers moi et l'étreignis avec force.

Cette enfant était encore un miracle, pour moi.

Le mien et celui de Skye.

Et j'avais appris à l'aimer plus que je ne m'aimais moi-même, avec une telle facilité.

— Eh quoi ? demandai-je tout en la posant sur ma hanche.

— Je vais pouvoir rester vivre avec tante Brooke et oncle Liam pendant que tu es parti avec maman. Elle m'emmène au zoo, aujourd'hui. Et oncle Seth vient aussi.

— Je sais. Ils sont très impatients, expliquai-je. Ta tante Brooke veut faire des trucs avec toi avant de devoir repartir sur la côte Est.

Maya poussa un petit soupir.

— J'adore avoir une famille. Et j'en ai une si grande, maintenant. J'aime tante Brooke, oncle Liam et oncle Seth. Ils sont super cool.

— Parce qu'ils te laissent manger des cookies avant le dîner ? demandai-je avec un sourire narquois.

Brooke avait donné une assiette de cookies à Maya durant la réception, puis Skye s'était demandé pourquoi notre fille n'avait rien mangé au dîner. Mais je savais pourquoi. J'aurais sûrement dû parler des cookies à la mère de Maya, mais je n'en avais rien fait. Les tantes avaient le droit de gâter leur nièce de temps en temps. Et Brooke et Liam repartiraient bientôt sur la côte Est, alors ça n'arriverait pas souvent.

Ma fille me regarda avec ferveur.

— C'est pas seulement ça, papa. Je crois qu'ils tiennent vraiment à moi, comme est censée le faire une famille.

Ma poitrine se comprima, parce que Maya avait été privée de famille pendant si longtemps.

— C'est le cas, lui assurai-je. C'est le cas de toute ta nouvelle famille.

— Où est-ce que tu emmènes maman ? demanda-t-elle. Elle n'a jamais pu aller nulle part.

— C'est une surprise, expliquai-je. Et j'essaie d'arranger le problème à cause duquel elle ne va jamais nulle part. Même les adultes ont besoin d'une pause de temps en temps.

— Tu crois que ça la rendra heureuse ?

Ça me brisait presque le cœur, que ma fille eut pu pressentir une partie des traumatismes passés de sa mère.

— Je l'espère, princesse, acquiesçai-je.

— Elle va mieux, maintenant. Avant, elle était triste. Elle essayait de le cacher, mais je le voyais. Maman essayait de faire tout son possible pour me rendre heureuse, mais j'ai toujours su que quelque chose clochait quand on vivait avec Marco.

La vérité sort de la bouche des enfants.

C'était peut-être une observation simpliste, mais Maya n'aurait pas pu tomber plus juste avec ses théories simplistes.

Je la projetai en l'air et la rattrapai, la faisant couiner de joie comme l'enfant qu'elle était.

— Je te promets de faire tout ce qui est en mon pouvoir pour vous rendre toutes les deux heureuses, à partir de maintenant, promis-je.

Elle haussa ses petites épaules.

— Je suis déjà heureuse. Je t'ai, toi, et le reste de ma famille. Pour tout dire, je n'ai jamais été malheureuse. Je voulais juste aller à plus d'endroits et faire plus de choses, quand j'étais plus jeune, mais maman a toujours été une bonne mère.

— C'est vrai ? demandai-je.

— La meilleure, acquiesça ma fille en hochant la tête.

C'était vraiment incroyable, l'efficacité avec laquelle Skye avait protégé Maya de tout ce qu'il se passait d'affreux autour d'elles, quand sa fille était plus jeune. Cette dernière n'hésitait pas à aimer ou à faire confiance. Même si elle avait senti qu'il se passait quelque chose de mal, elle ne s'était jamais retrouvée au milieu de tout ça. Si Maya avait le moindre problème, elle n'arriverait pas à accepter des gens dans sa vie aussi aisément.

— Alors ça ne te dérange pas qu'on prenne de petites vacances entre nous de temps en temps ? demandai-je à Maya.

— Non ! répondit-elle aussitôt. Je peux te confier un secret ?

Je hochai la tête, en espérant que ce ne soit rien de grave.

— J'espère que toi et maman déciderez de vous marier. Je sais que vous n'êtes pas obligés de le faire pour que l'on soit une famille. Mais ce serait si cool, dit-elle avec espoir. On pourrait tous devenir des Sinclair, comme ça.

— Tu veux prendre mon nom de famille ? demandai-je d'une voix rauque. Tu veux être une Sinclair ?

Elle réfléchit un instant, puis répondit :

— Seulement si maman le fait aussi. J'ai le nom de famille de maman et je n'ai pas envie de la vexer.

Le fait que Maya ne veuille pas automatiquement devenir une Sinclair me rendit plus fière que cela ne me fit de la peine. Cela me montrait à quel point elle était loyale envers sa mère, à quel point elle aimait la femme qui l'avait élevée toute seule pendant si longtemps.

— Dans ce cas, je suppose que je vais devoir vous convaincre toutes les deux de changer de nom, répondis-je en lui souriant.

— Je veux juste qu'on soit tous heureux, répondit Maya.

Je la serrai contre moi.

— Je veux la même chose, princesse. Vraiment.

— Tu as l'air un peu triste, toi aussi, remarqua-t-elle. Pas comme maman, mais c'est comme si tu n'étais pas totalement heureux non plus.

C'était incroyable comme ma fille était en phase avec l'humeur des gens. Je n'aurais su dire si c'était une bonne ou une mauvaise chose.

— Je suis contente de t'avoir, lui répondis-je.

— Mais tu veux qu'on soit une famille, toi aussi, je crois.

— Je pense que tu as raison, petite maligne, répondis-je tout en la chatouillant.

— Papa, arrête ! s'exclama-t-elle en gloussant.

— J'arrête, promis-je tout en écartant vivement ma main.

Note à moi-même : *il y a une limite aux chatouillis que peut supporter ma fille.*

— Je pourrais venir ici jouer avec le nouveau piano pendant que vous serez partis ? demanda-t-elle d'un ton hésitant.

— Bien sûr, Princesse. C'est chez toi, ici. Je m'assurerai de laisser une clef dans ton sac.

Maya s'était montrée assidue et jouait du piano tous les jours entre ses leçons. Elle avait du talent, et je ne disais pas seulement ça en tant que père fier de sa fille.

Il ne lui avait pas fallu longtemps pour apprendre les bases, et elle apprenait désormais des chansons complètes.

Oui. Même si j'avais dit que je ne lui donnerais pas de cours, j'étais avec elle chaque fois qu'elle s'entraînait, et je répondais à toutes les questions que je pouvais.

Je faisais de gros efforts pour ne pas me comporter en père surprotecteur et trop indulgent, mais il m'était difficile de ne pas vouloir rattraper le temps perdu avec elle.

— Merci, dit-elle, soulagée. Un jour, j'aimerais savoir jouer aussi bien de la guitare que toi et qu'oncle Seth.

— Continue de t'entraîner et tu deviendras même meilleure que nous, lui assurai-je.

— Maman dit que je tiens tout mon talent musical des Sinclair parce qu'elle ne sait même pas chanter juste, remarqua Maya.

Une voix de femme se fit entendre depuis l'escalier.

— Je crois que quelqu'un est en train de raconter tous mes secrets, remarqua Skye en entrant dans la cuisine.

— Non, nia Maya. Juste des trucs non secrets.

Je reposai ma fille quand Skye tendit son sac à dos à Maya.

— Tu devrais avoir tout ce dont tu as besoin pendant quelques jours, dit Skye. Sois sage avec tante Brooke et oncle Liam, d'accord ?

— Oui. J'espère que tu t'amuseras autant que moi, répondit Maya avec assurance.

— Je peux t'assurer que ce sera le cas, répondis-je d'une voix rauque.

Je plongeai mon regard dans les beaux yeux verts de Skye. L'étincelle de peur était encore là, mais elle me sourit quand même. Et ce sourire impatient me fit l'effet d'un coup de batte de baseball dans le ventre.

Un sourire suffirait, supposai-je... pour l'instant.

CHAPITRE 19

Skye

—Tu as un jet privé ? demandai-je avec surprise quand Aiden prit la route vers l'aéroport.

— C'est Eli qui nous en a donné l'idée, expliqua-t-il. Ce type possède plus d'avions que United Airlines. Alors Noah, Seth et moi nous sommes tous associés pour en acheter un. Techniquement, c'est le jet des Sinclair. Et il nous servira quand Seth et moi devrons voyager à l'avenir. Il a l'ambition de s'étendre à l'internationale, et connaissant Seth, je suis sûr qu'il y parviendra. Et je devrai voyager de temps en temps pour rencontrer mes fournisseurs.

J'étais si impatiente d'apprendre où nous allions, mais j'étais aussi curieuse d'en savoir plus sur la manière dont il envisageait son avenir.

— Tu crois que tu devras beaucoup voyager ?

— Au début, oui. Je dois d'abord faire construire les usines de traitement, mais je devrais installer des gens et des endroits partout dans le monde pour me fournir en fruits de mer introuvables ici.

— Tu regrettes d'avoir quitté Sinclair Properties ?

Il secoua la tête.

— Pas du tout. Et je ne pense pas que ça pose trop de problèmes à Seth non plus. Il compte déjà l'argent qu'il va gagner avec les *deux* entreprises.

— Je suis contente que vous ayez pu vous mettre d'accord. Je n'ai jamais voulu que moi ou Maya provoquions un fossé entre vous.

— Ça n'est pas le cas, assura-t-il. Ça avait plus à voir avec le fait qu'il n'avait aucun droit d'essayer de diriger ma vie et de décider ce que je devrais faire ou ne pas faire.

— Il essayait de te protéger.

— Je comprends, répondit Aiden. Mais il est allé trop loin.

— Tu ne regrettes pas de l'avoir frappé ?

— Sûrement pas. Il le méritait, grommela Aiden. Ce qu'il a fait a causé bien trop de conséquences graves.

— Au final, il t'a peut-être sauvé la vie en prenant cette lettre, Aiden. Alors je ne regrette pas qu'il l'ait brûlée. Si tu étais venu me chercher, tu serais peut-être mort, en ce moment. Je ne savais pas du tout qui était vraiment Marco, quand je suis partie avec lui. Au début, je voulais que tu viennes. Mais plus tard, j'ai été soulagée que tu ne l'aies pas fait. Tu serais venu sans savoir où tu mettais les pieds, sans avoir la moindre idée de ce que tu allais affronter. Parfois, les mauvaises choses arrivent pour de bonnes raisons.

— Oui, mais et toi, alors ? demanda-t-il d'un ton guttural.

Je haussai les épaules.

— J'aurais préféré trouver une autre solution, peu importe à quel point ça aurait été difficile. Mais je suis là. Je suis en vie. Et je suis libre, maintenant. Alors je continue de croire que tout s'est passé comme c'était censé arriver, même si je déteste ça. C'était nécessaire, de les faire arrêter, après tous les gens qu'ils avaient blessés et tués. Alors, tu veux bien me dire où on va, maintenant ?

J'avais envie de changer de sujet. Je n'avais pas envie de gâcher le voyage ou l'excitation que je ressentais à l'idée de partir en voyage.

Il sourit.

— On va prendre l'avion.

— Ça, j'avais compris, répondis-je en poussant un soupir exagéré. Rien que ça, c'est assez excitant, pour moi. Je n'ai pris l'avion qu'une seule fois dans ma vie. Quand j'avais douze ans. Ma mère m'a emmenée aux funérailles de ma tante, à Dallas.

Il gara la voiture sur le parking de l'aéroport, sortit et récupéra nos deux valises.

— Tu es prête ?

— Oui, répondis-je, déjà sortie de la voiture.

Il fit un signe de tête vers le terminal.

L'aéroport de Citrus Beach n'était pas très grand. J'étais prête à parier que les plus gros avions qui entraient et sortaient d'ici étaient les jets d'Eli et des Sinclair.

Je m'empressai de le suivre, sans cesser de me demander où il m'emmenait.

Mon ex-mari gagnait beaucoup d'argent. Je pouvais même dire qu'il était riche – même si tout son argent était sale.

Mais l'argent de Marco n'était rien comparé à la fortune des Sinclair.

— C'est incroyable, murmurai-je tout en passant une main sur le cuir doux des sièges du jet.

Je finis par m'asseoir à côté de la fenêtre, sachant que nous nous apprêtions à décoller, et Aiden se laissa tomber à côté de moi.

— Pour être honnête, j'en suis encore assez ébahi, moi aussi, admit-il d'une voix grave. Je suppose que je ne suis pas habitué à posséder ce genre de trucs. Bon sang, je ne savais même pas si j'allais pouvoir m'acheter une maison un jour, sans parler d'un manoir sur la plage.

Il mit sa ceinture, puis tendit le bras pour boucler la mienne.

— Qu'est-ce que ça fait de passer de pauvre à détenteur de plus d'argent que n'importe qui pourrait en posséder en toute une vie ? Ce n'est même pas comme si tu avais gagné à la loterie, parce que la fortune des Sinclair est si vaste.

Je savais que Jade avait eu du mal à s'ajuster à l'idée de posséder tout cet argent. J'étais certaine que ça les avait tous affectés d'une manière ou d'une autre.

— Bon sang, même après tout ce temps, je continue de me dire qu'il a dû y avoir une erreur, confessa-t-il. J'étais un col bleu s'efforçant de gagner sa vie pour garder la tête de sa famille hors de l'eau. Pendant un bon moment, je n'ai pas pu toucher à cet argent, même si Evan assurait que c'était notre héritage. Je n'avais pas l'impression qu'il m'appartenait. Il m'a fallu un moment avant de vraiment accepter tout cet argent. Parfois, ça me fait encore bizarre. Mais posséder autant d'argent a ses avantages. Tu es à l'intérieur de l'un d'entre eux en ce moment.

— Mais l'argent était autant le tien qu'il appartenait à Evan et sa famille de la côte Est. Vous aviez le même père, mais pas du tout les mêmes avantages en grandissant, lui rappelai-je.

— D'une certaine manière, je suis bien content qu'on ait été la famille illégitime, admit-il. Evan ses frères et sa sœur n'ont pas eu une enfance très heureuse. Notre père était un salopard. On a sûrement eu de la chance de ne presque jamais le voir. Ma famille avait beau être pauvre, nous étions là les uns pour les autres, et nous savions que Noah nous aimait tous assez pour se battre pour qu'on reste ensemble, à la mort de notre mère.

— Alors quand as-tu pris conscience que c'était *vraiment* ton argent ? Que tu méritais cet héritage ? l'interrogeai-je.

Il tourna la tête et sourit.

— Je te le dirai quand ce sera le cas. Je ne suis pas encore sûr d'en être arrivé à ce point. Mais au moins, j'ai appris à le dépenser comme s'il m'appartenait.

L'avion se prépara au décollage et je pris la main d'Aiden.

— Nerveuse ? demanda-t-il en l'étreignant.

Je déglutis.

— Un peu. Mais je suis aussi impatiente. Je ne me souviens pas vraiment de mon vol quand j'étais petite.

— Essaie juste de te détendre et d'apprécier la vitesse, dit-il en entrelaçant ses doigts avec les miens.

Le jet décolla d'un coup, et mon cœur fut propulsé en avant en même temps que le moteur.

Je fus presque déçue quand nous quittâmes la piste de décollage et que je ne pus plus sentir l'accélération.

— Je ne savais pas que j'étais une accro à l'adrénaline, remarquai-je en riant. Mais c'était marrant.

— Ce n'est pas tout à fait vrai, rectifia-t-il. Je me souviens distinctement d'une époque où ça t'excitait, de te dire qu'on allait peut-être être surpris en pleine action dans la nature.

Une chaleur s'accumula entre mes jambes.

— Je n'aimais pas ça du tout, niai-je. J'étais juste heureuse d'être avec toi.

Une partie de moi savait que je mentais. Même si tout ce qui concernait la famille Marino me terrifiait, jouer avec Aiden était grisant. Cette légère pointe de danger à l'idée qu'on soit surpris dans le parc au beau milieu de la nuit avait ajouté au plaisir effréné qu'il me donnait.

— Tu peux nier autant que tu veux, mon cœur. Mais tu mouillais tellement, quand je te prévenais qu'on risquait de se faire prendre, me rappela-t-il.

— OK, soufflai-je. Peut-être qu'une petite partie de moi a aimé ça.

Mais ce que *j'aimais* le plus, c'était le sentir en moi.

Cette connexion profonde.

Cette passion.

L'abandon que je ressentais quand il me mettait dans tous mes états.

Avec Aiden, le sexe était nouveau et excitant dans *tous les sens du terme.*

— J'ai l'impression que le soleil est derrière nous. On va vers l'est ?

— À peu près, répondit-il. Tu te souviens quand tu m'as dit que tu avais envie d'aller à Las Vegas, quand tu aurais l'âge de boire de l'alcool ?

Mon cœur gonfla dans ma poitrine.

— Oui ! C'est là-bas qu'on va ?

J'avais toujours voulu aller à Vegas. Je voulais voir les lumières étincelantes et la folie de la ville.

— On sera bientôt arrivés, dit-il avec un sourire enfantin. Et une fois là-bas, on pourra faire tout ce que tu veux. J'aurais bien choisi un endroit plus exotique, mais Vegas est tout près et je savais que tu ne voudrais pas rester loin de Maya plus de quelques jours.

— Non. C'est parfait, Aiden. Oh mon Dieu. Je n'arrive pas à croire qu'on est en train d'aller à Las Vegas pour s'amuser.

Je n'avais jamais envisagé de partir faire la fête quelque part sur un coup de tête, et je l'avais encore moins fait dans la réalité.

J'étais une mère célibataire qui s'efforçait de joindre les deux bouts, et les femmes comme moi n'avaient pas l'occasion de faire toutes ces choses.

D'habitude.

Je me penchai en avant, passai un bras autour de ses épaules et l'embrassai, parce que je ne pouvais pas m'en empêcher. Je pris mon temps pour savourer le goût de ses lèvres avant de m'écarter.

— Merci pour ça. C'est la chose la plus gentille qu'on a jamais faite pour moi.

Des larmes me montèrent aux yeux, mais je clignai des paupières jusqu'à les repousser.

Ne pleure pas. Tu ne peux pas pleurer.

— Je ne faisais pas ça pour être gentil, répondit-il d'un ton chaleureux. J'essaie peut-être juste de te mettre dans mon lit sans que ta fille soit dans le coin.

Je ricanai. Aiden était incroyablement gentil, qu'il veuille l'admettre ou non.

— Ce geste va te permettre d'arriver à tes fins avec moi autant de fois que tu veux, et de toutes les manières que tu veux, le taquinai-je.

Il me souleva le menton et ce fut à son tour de m'embrasser.

Son étreinte était brutale, mais tendre.

Je soupirai dans sa bouche et il explora la mienne si long-temps que je perdis la notion de tout mis à part ses lèvres sur les miennes.

Il était exigeant, mais son baiser était quand même doux.

Quand il recula pour me regarder dans les yeux il grogna :

— Fais attention à ce que tu promets, mon cœur. Je suis en manque depuis très longtemps. Tu risques de ne jamais voir Vegas.

Mon corps était déjà sensibilisé par son étreinte simple, mais farouche.

— Je commence à me dire que ce ne serait pas si mal. On pourra toujours revenir, dis-je, à bout de souffle.

Je serais ravie de passer plusieurs jours nue dans une chambre d'hôtel avec lui. Et j'étais certaine que je ne serais pas heureuse au moment où je devrais le regarder se rhabiller.

— Il faudra bien qu'on mange, remarqua-t-il.

— Le service d'étage ? suggérai-je.

J'avais si faim d'Aiden. J'avais toujours en envie de lui, même quand je ne l'aimais pas beaucoup.

Il existait une attirance primale, élémentaire entre nous, qui me rongeait sans cesse et qui me rendait dingue.

Il me caressa les cheveux d'une main.

— J'ai des projets pour nous, Skye, mais je nous ai accordé bien assez de temps morts.

— Dieu merci, répondis-je.

Puis je me penchai vers lui pour un autre baiser.

CHAPITRE 20

Aiden

— Tu es douée, mon cœur. Cache tes cartes, dis-je à Skye, assis à côté d'elle à une table de black-jack. Elle tourna la tête pour me regarder, les yeux brillants de malice.

— Comment fais-tu pour comprendre tout ça aussi vite ? Et comment sais-tu que je dois garder la main que j'ai ? Je n'ai qu'un quatorze. Je ne devrais pas prendre une carte ?

Je secouai la tête et me repositionnai sur mon tabouret.

Un sourire, un regard et mon sexe était plus dur que la pierre.

Cette femme me rendait fou et elle n'en avait même pas conscience.

— Tout est une question de probabilité. Il a montré une carte qui, compte tenu des probabilités, devrait le faire dépasser le 21. Ça ne marche pas toujours comme ça, mais tu dois toujours suivre les mêmes probabilités.

Son sourire s'élargit.

— OK, je comprends.

Skye était sur un petit nuage depuis notre arrivée dans l'hôtel. Sûrement depuis avant ça, même, si je comptais la joie qu'elle avait exprimée à l'idée de prendre l'avion – et je la comptais aussi, parce que je chérissais chaque instant de bonheur qu'elle affichait.

Elle avait ri comme une jeune femme insouciante pendant le dîner, et à nouveau quand nous nous étions essayés aux machines à sous. Les cartes n'étaient pas son truc, mais elle avait bien voulu essayer.

La serveuse nous remit nos verres et je lui donnai un pourboire tout en regardant la partie.

Le courtier dépassa 21.

— J'ai gagné, dit-elle d'un ton ravi.

J'avais gagné aussi, mais je ne regardais pas mes jetons.

Je ne pouvais détourner les yeux de Skye.

Dans sa robe de soirée noire et ses hauts talons vertigineux, elle était le fantasme de tous les hommes.

Ses cheveux blonds étaient attachés par une grande pince argentée, mais des mèches s'en étaient échappées dans la soirée, ce qui lui donnait un look encore plus désirable.

Bon sang, j'étais sûr qu'elle aurait pu porter un sac à patates que mon sexe continuerait de la trouver irrésistible.

— Tu vas bien ? demanda-t-elle d'une voix inquiète.

De toute évidence, elle venait seulement de remarquer que je la dévisageais.

— Je vais bien. J'ai été distrait un instant.

— Tu veux qu'on aille faire un tour ? proposa-t-elle.

Je hochai la tête, ne me faisant pas assez confiance pour parler. Si j'essayais, je lui dirais exactement ce dont j'avais vraiment envie.

Faire un tour me ferait du bien.

J'avais besoin de temps pour me remettre les idées en place.

Je mis mes jetons dans ma poche de pantalon et la regarder disposer avec soin son minuscule sac à main attaché à son épaule par une longue lanière.

Nous prîmes nos verres, vu que nous avions demandé des gobelets en plastique à emporter, qu'on pouvait sortir du casino sans problème.

— Où va-t-on ?

Je lui pris la main et la guidai dehors, certain qu'elle adorerait voir les lumières, maintenant qu'il faisait complètement noir.

— Baladons-nous le long du Strip, suggérai-je.

On était encore au printemps, il ne faisait donc pas une chaleur trop étouffante.

Nous marchâmes sans but, sans nous soucier d'où nous allions. Peu importait pour moi, tant que Skye était avec moi.

— Si je ne te l'ai pas déjà dit, merci pour tout ça, dit-elle doucement au bout de quelques minutes. C'est incroyable. Et les lumières sont magnifiques.

— J'étais sûr que ça te plairait, répondis-je avec un grand sourire. Et arrête de me remercier. Je passe un bon moment, moi aussi. Je n'étais plus revenu à Las Vegas depuis des années. Ça fait du bien de prendre une pause.

— Je ne me souviens pas de la dernière fois où je me suis sentie aussi détendue, acquiesça-t-elle tout en sirotant son verre. Bien sûr, c'est peut-être aussi dû à tout l'alcool que j'ai consommé.

— Deux verres de vin au dîner, et le verre que tu bois en ce moment, ça ne suffira pas à te rendre saoule.

— Je n'ai pas envie de me prendre une cuite, confia-t-elle. J'ai envie de me souvenir de chaque minute de ce moment. Tu as remarqué qu'il y avait des œuvres d'art partout, ici ? Des sculptures, des peintures et de magnifiques photos. C'est assez spectaculaire.

Maintenant que j'y réfléchissais, elle avait raison. Mais ce n'était pas le genre de truc que je remarquais, vu que je n'y connaissais rien à l'art. C'était le genre de truc que Skye repérait, par contre.

— Vegas est extravagant dans presque tous les sens du terme, remarquai-je.

— C'est peut-être pour ça qu'on s'y amuse autant, dit-elle d'un ton songeur.

— En parlant de la folie de Vegas, tu as envie de monter dans l'une des attractions que tu as vues en ligne ?

Dès que je lui avais dit qu'on allait à Las Vegas, elle était allée sur internet, et j'avais adoré la regarder me pointer du doigt toutes les attractions de la ville.

— Le Stratosphère, sans hésiter, répondit-elle, d'une voix excitée. Pour être honnête, ils me font tous envie.

Ça, c'est ma copine.

Skye avait toujours été quelqu'un d'intrépide. Alors je n'étais pas vraiment surpris d'apprendre qu'elle avait envie de tout essayer.

— On ira voir demain, promis-je. Et on se rendra peut-être à un spectacle demain soir.

Elle laissa échapper un soupir heureux.

— Ce serait génial. Je n'ai jamais vu de performance en live.

Elle semblait tellement aux anges que mon sexe dressé palpita. J'avais envie de la clouer contre un mur et de capturer cette joie tout en la pilonnant, jusqu'à ce que le désir incessant que je ressentais soit satisfait.

Je vidai mon verre en deux gorgées, puis jetai mon gobelet, espérant que l'alcool me calmerait.

Nous remontâmes le Strip pendant un certain temps, en regardant les spectacles de fontaines à eaux et les autres activités autour de nous et en nous arrêtant de temps en temps.

Alors que nous repartions vers l'hôtel, Skye remarqua :

— Parfois, je me dis que le fait d'être ici avec toi est surréaliste. Tant de temps a passé et tant de choses sont arrivées. Mais les sentiments sont restés les mêmes.

Mon cœur faillit s'échapper de ma poitrine. Skye m'avait dit qu'elle m'aimait, à l'époque. Était-ce *toujours* le cas ?

— C'est une bonne ou une mauvaise chose ? l'interrogeai-je.

Elle avala le restant de sa boisson et mes yeux restèrent rivés à ces lèvres roses que j'avais envie de voir enroulées autour de mon sexe.

Skye jeta son gobelet vide dans la poubelle.

— Peut-être un peu des deux. Je suis différente, maintenant, Aiden. Tu le sais. Je ne fais pas confiance facilement et je n'exprime pas ouvertement mes émotions.

— Laisse-toi un peu de temps, mon cœur. Tu dois *apprendre* à me faire confiance.

— Je te fais confiance ici, dit-elle en posant la main sur sa poitrine. Mais tout s'embrouille dans ma tête, parfois.

Bon sang, je pouvais me satisfaire de ça. Au bout d'un moment, sa tête rattraperait son cœur et son instinct.

— Tu as vécu un enfer, bébé. Accorde-toi un peu de temps et laisse les choses se faire naturellement.

— Mon corps a changé aussi, remarqua-t-elle avec un soupir. Je n'ai plus dix-huit ans, Aiden. J'ai des vergetures et une énorme cicatrice de césarienne. Sans parler de quelques kilos au niveau du ventre, dont je n'ai jamais pu me débarrasser.

Je tournai la tête pour la regarder.

— Et tu crois que ça me pose un problème ? Oh que non ! Ça m'excite, plutôt.

Elle avait eu mon enfant et elle en porterait la marque pour toujours. Comment pourrais-je ne pas trouver ça sexy ? Bon, pas le fait qu'elle ait souffert – seule – pour faire naître notre fille dans ce monde. Mais de voir les signes qu'elle avait porté mon enfant constituerait un aphrodisiaque, pour moi – non pas que j'en avais besoin de plus en ce moment.

Skye me donna une petite tape amusée sur le bras.

— Tu dis n'importe quoi, lança-t-elle avec un rire nerveux.

— Je suis parfaitement honnête, grommelai-je.

Nous entrâmes dans le casino et nous dirigeâmes vers l'ascenseur. J'avais vu Skye bâiller plusieurs fois, et la journée avait été longue.

— Prête à monter ?

Elle hocha la tête, parce que le casino était bruyant.

Une fois que nous fûmes entrés dans l'ascenseur, un silence se fit, parce que c'était un ascenseur semi-privé qui menait directement aux penthouses.

Elle s'appuya contre le mur du fond et me regarda d'un air curieux.

— Tu étais sérieux pour les vergetures et la cicatrice ? Parce qu'elles ne sont pas jolies. Ni les kilos de grossesse dont je n'ai jamais réussi à me débarrasser.

J'appuyai sur le bouton de l'étage supérieur, puis me tournai vers elle.

— Débarrassons-nous de ça tout de suite. Montre-moi, demandai-je, le sexe aussi dur qu'un gros diamant.

Je tendis la main, attrapai le bas de sa robe de soirée qui lui arrivait au-dessus du genou et commençai à la relever.

— Qu'est-ce que tu fais ? s'exclama-t-elle avec un rire tout en essayant d'écarter ma main d'une tape.

Je continuai de la soulever.

— Je jette un œil à ces cicatrices disgracieuses que tu crois ignobles.

Une fois la robe remontée jusqu'à sa poitrine, je pris une brusque inspiration.

Non seulement je voyais les marques laissées par l'accouchement, mais Skye ne portait que des bas lui remontant jusqu'aux cuisses, ainsi qu'un string minuscule sous la tenue légère.

— Seigneur, Skye !!! Tu essaies de me tuer ? grognai-je en tombant à genoux.

— Arrête. Aiden. On est dans un ascenseur, dit-elle d'un ton à la fois amusé et mortifié.

— J'ai envie de voir ces cicatrices de près, marmonnai-je tout en enfouissant mon visage contre la peau douce de son ventre. Elles ont l'air très sexy, à mes yeux.

— Lève-toi, dit-elle en pouffant de rire.

Je l'ignorai et fis courir mes lèvres sur les quelques pâles vergetures, avant de passer ma langue le long de la cicatrice de césarienne.

— C'est très érotique, dis-je, la voix étouffée parce que mon visage était toujours contre sa peau.

Elle était chaude et soyeuse.

Skye était belle partout, et si elle avait pris du poids, c'était partout où il fallait.

— On est presque arrivés ! dit Skye d'un ton paniqué tout en tentant de rabaisser sa robe.

Je me levai et la laissai retomber juste avant que les portes s'ouvrent.

Je lui pris la main et l'étreignis alors qu'un couple âgé entrait dans l'ascenseur semi-privé.

Ses joues avaient pris une teinte rouge adorable et, gênée, Skye me lança un regard réprobateur.

Mais elle souriait toujours.

Et quand nous nous fûmes tous les deux éloignés de l'ascenseur pour retourner dans le penthouse, nous éclatâmes tous les deux de rire.

CHAPITRE 21

Skye

— Ils auraient pu te voir à genoux sous ma robe, dis-je alors qu'il verrouillait la porte de notre suite derrière nous.

Je faisais de gros efforts pour prendre un ton sérieux.

Mais je savais que je m'étais démasquée quand j'avais ri tout en prononçant ce qui aurait dû être une réprimande. Je ne pouvais pas m'en empêcher. Pour être honnête, je savais qu'Aiden ne m'aurait jamais exposée à qui que ce soit. Malgré tout, ce n'était pas passé loin.

Aiden avait réussi une chose, cependant. Il avait fait disparaître toute ma nervosité à l'idée de lui révéler mon corps changé. Et maintenant, tout ce que j'avais envie de faire, c'était de le déshabiller, *lui*.

Seigneur, j'avais si désespérément besoin de lui que c'en était presque insoutenable.

Une chaleur avait submergé mon sexe quand il avait soulevé ma robe. Ce n'était plus le corps d'une fille de dix-huit ans.

J'avais vécu un accouchement, et ça avait laissé des traces.

Il me cloua contre le mur, son corps échauffé plaqué au mien.

— Pourquoi ne pas m'avoir dit que tu ne portais presque rien sous ta robe ? Tu as les fesses nues.

Je n'étais pas vraiment du genre à porter des strings. Mais...

— J'ai mis ça pour toi. Tu n'avais pas besoin de le savoir avant qu'il soit temps pour toi de le découvrir.

— Heureusement que je ne savais pas, grommela-t-il. On n'aurait jamais quitté cette chambre.

Il ne fit aucun commentaire sur les changements de mon corps. Même si j'avais du mal à croire que mes cicatrices l'excitaient vraiment, je ne pensais pas non plus qu'elles le dérangeaient. Il n'en avait l'air que plus obsédé par mes sous-vêtements sexy.

Il enfouit son visage dans mes cheveux.

— Seigneur, tu sens si bon. Une odeur de fraises.

Je souris.

— C'est juste du déodorant. Je n'aime pas trop les parfums prononcés.

— C'est si sexy, grogna-t-il tout en s'écartant pour me regarder. Tout ce qui te compose me rend fou, Skye.

Je sentis son excitation quand il frotta ses hanches contre mon bassin.

— J'ai envie de toi, Aiden. À tel point que j'ai du mal à le supporter, lui avouai-je tout en croisant son regard.

Je ne voulais plus cacher ce que je ressentais. J'étais tout aussi excitée que lui... peut-être même plus.

— J'ai besoin de te sentir. J'ai besoin que tu me baises.

Une chaleur en fusion envahit ses yeux.

— Tu as besoin que je te fasse jouir, déclara-t-il.

Je hochai la tête de manière saccadée.

— S'il te plaît. J'ai l'impression de ne plus avoir éprouvé ça depuis une éternité.

Il enfouit ses mains dans mes cheveux, puis baissa la tête et recouvrit ma bouche de la sienne avec une force bienvenue.

Il n'y avait rien de subtil dans mon attirance pour Aiden.

Elle avait toujours été dévorante.

Je gémis contre ses lèvres, savourant la sensation et le goût de son baiser avide.

Je haletai quand il finit par reculer, avant de se laisser tomber à genoux.

— Tu as déjà vu les cicatrices, dis-je d'une voix plaintive. S'il te plaît.

J'étais plus que prête à le supplier de me baiser. J'avais besoin de le sentir en moi.

Mon corps trembla et je me trémoussai quand sa langue commença à nouveau à courir le long de mes cicatrices, mais je sursautai quand, d'un geste vif et puissant, il me débarrassa de ma culotte.

Je manquai de m'enflammer quand je réalisai qu'il comptait poser sa bouche ailleurs, et c'est sans la moindre réserve qu'il plongea dans ma vulve humide.

La première fois que sa langue vint explorer mon intimité, je me mis à chanceler, et laissai échapper un gémissement de plaisir que je n'avais encore jamais entendu quitter mes lèvres.

C'était nouveau.

Étranger.

Et c'était si sexy que je me sentis emportée ailleurs, à une autre époque.

C'était une promesse qu'il n'avait jamais eu le temps de concrétiser.

Il y a des années, il m'avait répété qu'il avait envie de me goûter, mais par nécessité, nos ébats étaient toujours rapides et droit au but.

Mon ex-mari ne connaissait que la brutalité et son visage ne s'était jamais approché de cette zone de mon anatomie.

Mais Aiden était là, maintenant, et apparemment, il appréciait chaque minute de ce moment.

J'écartai un peu plus les jambes pour lui donner un meilleur accès.

Et quand il enfouit complètement son visage dans mon sexe tressaillant, je poussai un cri tant le plaisir était intense.

Il me goûtait comme un homme privé de moyen de subsistance pendant bien trop longtemps. Comme s'il était affamé et que j'étais la seule source de nourriture disponible.

— Oh Seigneur. Aiden, grognai-je.

Un million de sensations explosèrent de mon corps, et l'intensité des sensations qu'il provoquait en moi était presque effrayante.

Mais j'étais plus désespérée qu'effrayée.

— Encore, suppliai-je. S'il te plaît.

Il obtempéra et fit glisser sa langue mouillée sur mon clitoris. Puis il la retira et me lécha de bas en haut.

— Aiden. J'ai besoin de jouir. S'il te plaît.

La chaleur et la pression qui grandissaient entre mes jambes étaient immenses. J'avais besoin de la soulager.

Je me sentais avide et complètement perdue. J'enfonçai les mains dans ses cheveux et plaquai son visage tout contre mon sexe vulnérable.

J'avais besoin…

De plus de pression.

Plus de chaleur, pour brûler plus fort jusqu'à l'orgasme.

De plus… d'Aiden.

— Oui ! hurlai-je quand je sentis la pression s'accumuler.

J'appuyai la tête contre le mur et fermai les yeux, submergée par un plaisir si puissant que j'arrivais à peine à rester debout.

Ses grandes mains m'agrippaient les fesses avec force, mais je m'en moquais. C'était agréable, de sentir ses doigts accrochés à moi comme s'il ne voulait jamais bouger d'ici.

Il en profita pour m'attirer un peu plus contre son visage. La pression et la sensation de sa langue titillant mon clitoris étaient presque insupportables.

Je refermai le poing dans ses cheveux quand je sentis les premières vagues d'orgasme puissantes me consumer.

Je n'avais aucun contrôle ; je ne pouvais que profiter du voyage.

Aiden léchait les fluides qui s'écoulaient de moi tandis que je connaissais un orgasme si puissant qu'il me secoua des pieds à la tête. C'était la chose la plus érotique que j'avais jamais entendue. Il continua de me sucer comme s'il était déterminé à absorber jusqu'à la dernière goutte de moi, alors que mon orgasme se réduisait à de légers soubresauts, puis une sensation générale d'être en train de flotter.

— Baise-moi, ordonnai-je en tirant sur ses cheveux.

J'étais résolue. Je devais le sentir en moi, même s'il venait de m'offrir l'un des orgasmes les plus puissants que j'aie jamais connus.

Il se leva et je lui lâchai les cheveux. L'expression sauvage de son regard était si féroce que je sentis mes parois se crisper en réaction.

Il retira son pull et je me sentis saliver en voyant toute cette peau lisse tendue sur ses muscles.

J'avais envie de le toucher, mais j'avais encore plus envie de le voir nu.

Il retira ses chaussures, ses chaussettes, son pantalon et son caleçon avec des gestes frénétiques.

Je fis passer ma robe par-dessus ma tête, puis retirai mon soutien-gorge.

Quand nous nous unirons, je voulais que nous soyons peau contre peau.

— Je ne peux pas attendre plus longtemps, Skye, grogna-t-il, son corps nu me clouant au mur.

— Alors, n'attends plus. Baise-moi tout de suite, répondis-je, haletante d'impatience.

J'avais eu un aperçu de son sexe dur et énorme, et j'avais envie de le revendiquer. Je voulais sentir Aiden en moi.

— Enroule ces jambes sexy autour de ma taille, demanda-t-il tout en me soulevant par les fesses.

Dès que je lui obéis, il plongea en moi d'un mouvement désespéré.

Boum !

Mes fesses heurtèrent le mur, ses mains amortissant le choc.

Puis il fut là, en moi, autour de moi, m'enveloppant.

Je me tendis contre lui, ayant besoin de sentir chaque centimètre carré de son sexe, même s'il m'étirait déjà.

— Profite du voyage avec moi, bébé, dit-il d'une voix râpeuse à côté de ma tête. Reste avec moi.

Comme si je pouvais faire autre chose.

C'est alors que je compris qu'il ne voulait pas que j'aie peur. Il savait qu'il m'arrivait d'avoir des flash-back.

— Je ne pense à rien d'autre à part toi, dis-je, à bout de souffle. Contente-toi de me baiser, Aiden. J'ai besoin de toi.

— Seigneur ! J'ai besoin de toi aussi, Skye. Tellement, dit-il avec une férocité que je n'avais plus entendue chez lui depuis des années. Ça a toujours été comme ça. Et ça ne changera jamais.

Je resserrai les jambes autour de sa taille pour l'encourager à bouger.

— Alors, prends-moi.

Mon corps n'avait jamais appartenu à qui que ce soit d'autre à part lui, et ce serait toujours ainsi.

Il se retira presque de mon corps, avant de s'enfoncer à nouveau.

— Tu étais vouée à être à moi, grogna-t-il. Toi et moi. Ça a toujours collé.

— Je sais, haletai-je.

Ses doigts s'enfoncèrent dans la peau de mes fesses de manière possessive alors qu'il entamait un rythme frénétique qui me fit perdre tout contrôle.

J'étais *libre*, quand j'étais avec Aiden.

J'étais *déchaînée* quand j'étais avec Aiden.

J'étais *à nouveau moi-même* quand j'étais avec Aiden.

Sans retenue.

Je montai son sexe pendant qu'il me pilonnait.

De plus en plus fort.

De plus en plus vite.

Jusqu'à ce que nos corps soient poisseux de sueur.

Quand il se mit à se frotter contre moi chaque fois qu'il me pénétrait brutalement, j'eus l'impression de perdre tout contrôle.

J'avais envie de cette stimulation de mon clitoris dès qu'il me pénétrait.

— Oui. J'ai besoin de jouir, hurlai-je.

— Je vais te faire jouir, promit-il d'une voix rauque.

Il s'enfonça plus profondément en moi, et selon un angle qui le fit se frotter contre mon clitoris, si fort que j'explosai.

— Aiden ! m'écriai-je alors que mon corps implosait.

— C'est ça. Jouis pour moi, Skye. Je ne peux pas attendre plus longtemps.

Quelques instants plus tard, je me mis à jouir sans retenue. Je lui griffai le dos et lui mordis l'épaule, parce que je ne savais pas comment gérer la force extrême de mon orgasme.

Le corps d'Aiden se raidit et il grogna mon nom.

— Skye. Bébé. Bordel.

Son grand corps tressaillit et il jouit à son tour au plus profond de moi.

Il n'y eut plus que le son de notre respiration saccadée alors que nous nous ressaisissions. Je fus trop sidérée pour parler pendant au moins quelques minutes.

— Bordel de merde, finit-il par dire tout en appuyant son front sur mon épaule.

Je caressai son dos trempé de sueur.

— Quoi ?

— J'étais certain qu'on le ferait au lit, la première fois.

Il me fallut une minute pour réaliser que nous ne nous étions jamais retrouvés au lit ensemble, même si nous avions déjà couché ensemble.

Et nous n'avions pas eu le temps de rejoindre la chambre cette fois non plus.

Je m'en fichais. Je n'avais aucun contrôle, s'agissant de cet homme si frustrant, parce qu'il croyait qu'on n'avait pas fait les choses tout à fait comme il faut pour notre première fois depuis presque une décennie.

Je ne pus m'en empêcher.

J'éclatai de rire.

CHAPITRE 22

Skye

ous n'eûmes pas le temps d'atteindre le lit la deuxième fois non plus.

Aiden et moi avions décidé que nous avions tous les deux besoin d'une douche, et après avoir exploré le corps l'un de l'autre sous les multiples jets d'eau de la douche luxueuse, nous n'avions pas pris la peine d'essayer de rejoindre la chambre.

— On y est enfin, plaisantai-je tout en regardant toutes les provisions apportées par le service d'étage et désormais étalées sur le lit.

Nous avions tous les deux ressenti un petit creux nocturne, alors nous avions commandé à manger.

C'était drôle, qu'on mange sur le lit sur lequel on avait prévu de baiser.

Il attrapa quelques frites, les plongea dans le ketchup, puis les laissa tomber dans sa bouche avant de remarquer :

— Il était temps.

Je souris et mangeai une bouchée de mon hamburger. J'étais assise en tailleur et nue sur le couvre-lit, tandis qu'Aiden était étalé à côté de la nourriture.

J'avais dépassé ma nervosité concernant mon corps changé, et je n'avais plus aucun scrupule à me retrouver assise nue en face d'Aiden. Pour être honnête, je commençais à me dire que je l'excitais comme j'étais.

Tout ce à quoi je pensais, c'était qu'on avait de la chance d'avoir un grand lit double sur lequel disposer toute la nourriture qu'on avait commandée.

— Tu te plains ? le taquinai-je.

Il croisa mon regard et secoua lentement la tête.

— Jamais. Ça n'a pas vraiment d'importance, pour moi. Je me disais juste que tu avais besoin qu'on y aille lentement dans un fichu lit, pour une fois.

Je ricanai.

— Je crois qu'on ne sait pas comment y aller lentement. Et ça n'a pas d'importance pour moi non plus.

— Tu te rends bien compte qu'on n'a même pas pensé à se protéger, finit-il par remarquer. Tu es la seule femme capable de me faire oublier ça.

— Tu ne risques rien. Je suis clean. Et je prends encore la pilule.

— Tu n'as rien à craindre non plus, admit-il. J'ai été testé et je n'ai plus eu de relation depuis longtemps. Et jamais sans un préservatif.

Nous mangeâmes en silence pendant quelques minutes, puis il demanda :

— Qu'est-ce que tu préfères, Skye ? Dis-moi ce qui t'excite. Quels sont tes fantasmes ?

Comment pourrais-je lui avouer que tous les fantasmes coquins que j'avais jamais eus le concernaient ? Et que peu importait comment on en arrivait à la partie sexy et torride.

Je haussai les épaules.

— Je ne crois pas en avoir, mis à part celui de me faire sauter par toi. Les positions sont optionnelles. Je n'aime pas celle du chien, c'est tout. Ni... le sexe anal.

Il avait dû entendre le tremblement de ma voix, parce qu'il me lança un regard acéré.

— Pourquoi ? Il t'a fait du mal ?

J'avais terminé mon cheeseburger et je m'essuyai les mains avec la serviette.

— Tu sais que oui.

— Avec du sexe anal ?

Je hochai lentement la tête. J'avais décidé de tout dire à Aiden, à partir de maintenant. Nous avions des relations sexuelles. Il méritait de savoir.

— Oui. Ça faisait mal. Je crois qu'il aimait ça. Il me repoussait sur le lit tête la première et il le faisait quand même.

Une expression orageuse recouvrit son visage.

— On ne peut pas le pratiquer comme ça. D'accord, ça n'a jamais été mon truc, mais il faut du lubrifiant, et y aller doucement. Prendre le temps de s'y habituer.

— Ça ne s'est jamais passé ainsi, dis-je avec un frisson.

— C'est pour ça que tu n'es plus jamais tombée enceinte ? demanda-t-il d'un ton plus doux.

— Mon Dieu, non. C'était le genre d'agresseur à profiter de toutes les occasions. C'était juste ce qu'il préférait faire la plupart du temps. Je prenais la pilule tous les jours sans faute. Je cachais la boîte pour qu'il ne le sache pas. La dernière chose dont j'avais envie, c'était de tomber enceinte de son enfant.

— Tu sais que j'ai envie de tuer ce salopard ? demanda-t-il.

Je secouai la tête.

— Ne fais pas ça. Ne le déteste pas. Il n'en vaut pas la peine. Aucun d'eux n'en vaut la peine.

J'avais appris il y a longtemps à ne pas accorder à Marco le pouvoir de me faire ressentir quoi que ce soit, pas même de la haine. Il ne méritait aucune émotion venant de moi. Je ne pouvais rien faire pour faire disparaître le PTSD dont je souffrais encore, mais je refusais de m'autoriser consciemment à ressentir quoi que ce soit pour les criminels que j'avais été à jeter en prison. Ils m'avaient volé assez de ma vie.

— Peut-être pas, grogna-t-il. Mais *toi*, tu en vaux la peine. Je le déteste, lui et toutes les choses affreuses qu'il t'a fait subir. Mais ce salopard est en prison, alors je ne peux pas le tuer.

— Je ne te laisserais pas faire même s'il n'y était pas, répondis-je d'une voix douce. Je te perdrais, si tu faisais ça.

Je vis la tension se relâcher dans les muscles d'Aiden.

— Je n'irai nulle part, grommela-t-il.

À cet instant, j'eus envie de traverser le lit pour escalader son corps nu et sublime, et y rester pour le restant de mes jours.

Pour la première fois depuis longtemps, je me sentais… en sécurité. Et je savais que c'était grâce à Aiden.

— Tu sais que je ne te ferais jamais de mal, hein ? demanda-t-il.

Je jetai un champignon sauté dans ma bouche et le mâchai alors que son regard aussi acéré qu'un laser était rivé sur moi.

— Je n'ai pas peur de toi, Aiden. Je n'ai jamais eu peur. J'étais peut-être inquiète quand j'ai compris que tu n'étais pas au courant pour Maya, mais je n'ai jamais ressenti la moindre pointe de peur que tu me blesses physiquement.

— Je n'ai jamais eu l'intention de te blesser mentalement non plus, répliqua-t-il d'une voix forte.

— Je sais. Si je t'ai fait du mal, ce n'était pas intentionnel non plus, lui dis-je en toute franchise.

Il se laissa aller en arrière sur l'oreiller, ayant visiblement assez mangé.

— Tu veux savoir la vérité ?

— Oui, l'encourageai-je.

— Tu m'as brisé le cœur, quand tu es partie. Même si on n'a jamais parlé de notre avenir parce que je savais que tu voulais faire des études, et que tu étais si jeune. Mais même à l'époque, j'avais envie de t'épouser, Skye. Je savais que ça n'arriverait pas avant plusieurs années. Et ça me convenait, parce que j'étais prêt à attendre ; je savais que tu étais encore trop jeune.

Mon cœur rata un battement, avant de se mettre à palpiter. *Il savait déjà il y a des années qu'il voulait être avec moi ?*

Aiden ne m'avait jamais dit qu'il m'aimait, mais à bien y réfléchir, il me l'avait montré. Même si nous n'avions jamais parlé sérieusement de notre avenir ensemble, nous avions planifié tout ce que nous voulions faire en tant que couple. Quelle importance qu'on n'ait jamais évoqué le mariage ? Il m'avait dit qu'il allait revenir et qu'il nous considérait comme un couple. Parfois, les actes comptaient plus que les mots.

— Je suis désolée de t'avoir blessé, dis-je d'une voix tremblante d'émotion.

— Je n'ai jamais vraiment tourné la page, après toi, continua-t-il. Il m'a fallu plusieurs années avant de recommencer à sortir avec des femmes. Et ça n'a jamais été pareil, parce que ces femmes n'étaient pas toi.

— Je ne t'ai jamais oublié non plus, confessai-je.

— Alors, pourquoi m'avoir repoussé à ton retour de Citrus Beach ?

— Je n'étais pas prête à parler. J'étais encore en colère contre toi de ne pas être venue à mon secours, même si j'étais soulagée que tu ne l'aies pas fait parce que tu aurais pu te faire tuer. En vérité, j'étais surtout furieuse que tu n'aies pas reconnu ta fille et que tu n'aies jamais pris soin d'elle.

— Mais je n'étais pas au courant de l'existence de Maya, remarqua-t-il.

— Je ne savais pas.

— Je dois admettre que ça me fait encore mal de me dire que tu me croyais capable de t'envoyer promener avec mon enfant, dit-il d'une voix rauque.

— Dans ce cas, je te répondrais que j'ai été triste d'apprendre que tu t'imaginais que je serais partie comme ça pour l'argent. J'aurais préféré être pauvre avec toi qu'avec un autre juste parce qu'il était riche. Je me fichais de l'argent de Marco. Pour être honnête, je n'en ai jamais vraiment profité, de toute façon. Je ne voulais pas y toucher.

— Je comprends, maintenant, répondit-il. J'ai été stupide.

J'étirai les lèvres en un petit sourire.

— J'étais une idiote, moi aussi. Mais je suis contente qu'on en soit là aujourd'hui.

— Et je suis riche aussi, maintenant, plaisanta-t-il.

— Tu crois vraiment que j'en ai quelque chose à faire ? demandai-je. Je veux dire, je suis contente que tu n'aies plus de difficultés et que tu puisses enfin ouvrir ta propre entreprise. Mais l'argent ne compte pas tant que ça, pour moi, Aiden. Ça n'a jamais été le cas.

— Pour moi, avoir de l'argent est encore quelque chose de nouveau. Mais ça me permet de m'assurer que toi et Maya ayez toujours tout ce dont vous avez besoin et tout ce que vous voulez.

Il s'assit et tendit la main vers quelque chose sur la table de chevet.

— Ce qui me rappelle que je t'ai acheté quelque chose.

— Tu m'as déjà offert ce voyage, Aiden, tu n'as pas besoin de m'acheter des trucs…

— Je voulais que tu l'aies. Je l'ai vu alors que je parcourais les boutiques, et j'ai été obligé de l'acheter. Il m'a rappelé toi.

Ma main tremblait quand je pris la boîte oblongue.

— Qu'est-ce que c'est ?

Il sourit.

— Ouvre-la. Ce n'est pas grand-chose.

Je lui lançai un regard sceptique. Tous les trucs gentils qu'Aiden faisait pour moi comptaient à mes yeux. Il ne s'en rendait peut-être pas compte, mais personne ne s'était jamais assez soucié de moi pour m'offrir des cadeaux. Le seul que j'avais reçu, c'était le collier de sa mère, et ce bijou comptait plus que tout, pour moi.

Avec prudence, j'ouvris le couvercle de la boîte, et sus immédiatement pourquoi il avait acheté ce qu'elle contenait.

Je soulevai doucement le bracelet délicat de son cocon de coton doux et le caressai des doigts.

— Il est assorti au collier, dis-je d'un ton émerveillé.

— Pas tout à fait, rectifia-t-il. Il y a des différences, mais ils pourraient former une paire. Ce bracelet a été fait pour aller à ton poignet. Je l'ai su dès que je l'ai vu.

— Je n'ai jamais rien vu d'aussi beau, dis-je dans un souffle.

Le bracelet avait le même côté vintage que le collier, et chaque pierre était la copie parfaite de celles du seul bijou que je possédais.

Encore maintenant, alors que j'étais toute nue, je sentais l'or froid de la chaîne délicate sur ma peau. Je retirais rarement le cadeau qu'Aiden m'avait offert de mon corps. Je l'avais toujours vu comme un talisman qui me rappelait que la vie n'était pas toujours aussi dure qu'à l'époque où je vivais dans une famille du crime organisé.

Le collier m'avait aidée à traverser des périodes très difficiles.

— Je n'ai jamais vu une personne aussi belle que toi. La place de ce bracelet est à ton poignet. Tout comme le collier devrait toujours être contre ta peau, dit Aiden d'une voix bourrue.

Il me regardait droit dans les yeux.

Et j'eus la sensation que quelque chose remuait, en moi.

Son cadeau me rappellerait toujours que même quand nous n'étions pas ensemble, il pensait à moi, et se demandait ce que je pourrais aimer ou pas.

Cela me donnerait l'impression qu'il n'y aurait jamais un instant durant lequel Aiden ne pensait pas à moi ou à notre enfant.

Je laissai échapper un petit soupir.

Aiden était le meilleur homme que j'aie jamais connu, et c'était sûrement pour ça que j'étais à nouveau tombée complètement amoureuse de lui.

À moins que je n'aie *jamais cessé* de l'aimer.

— Je l'aime tellement, dis-je tout en lui tendant pour qu'il l'accroche à mon poignet. Merci.

Il fixa l'attache en un temps record, compte tenu de ses gros doigts et de la finesse du bijou.

Quand ce fut fait, il hocha la tête.

— Il a été fait pour toi, ça ne fait aucun doute.

Je regardai le bracelet, puis fis quelque chose que je n'avais plus fait depuis de très, très longues années.

Une larme coula sur ma joue.

Puis une autre.

Je ne tentai pas de cligner des paupières pour les arrêter. Je ne pourrais les refouler, cette fois.

Soudain, je me retrouvai pressée contre l'épaule d'Aiden.

Cet homme de qui j'étais amoureuse m'avait à nouveau propulsée dans le monde des émotions.

Pour la première fois depuis longtemps, je pleurai.

CHAPITRE 23

Aiden

e ne savais pas si j'aurais dû être alarmé ou heureux de voir Skye craquer enfin, et se reconnecter avec ses émotions.

Tout ce que je pouvais faire, c'était la serrer contre moi pendant qu'elle sanglotait comme si c'était la fin du monde.

J'avais *envie* qu'elle se sente à nouveau en vie, qu'elle ait le sentiment d'avoir le droit d'exprimer ses émotions.

Mais je n'aimais vraiment pas la voir pleurer.

Ça me brisait le cœur.

Même si je savais que ce qu'elle ressentait n'était pas de la peine.

— Tout ira bien, bébé. Je te le promets.

— Je sais, répondit-elle d'un ton larmoyant. Je ne suis pas triste. Je suis heureuse. Parfois, tu es si gentil.

Je tressaillis, parce que quel genre d'homme a envie d'être considéré comme quelqu'un de « gentil » ?

Pour être honnête, je préférerais qu'elle me considère comme son étalon.

J'avais acheté ce bracelet sur un coup de tête. Il était assorti au collier qu'elle possédait, et j'avais eu le sentiment qu'elle devait l'avoir aussi. Et ce n'était pas comme si j'étais à court d'argent.

Pour moi, ce bracelet n'était qu'une babiole, rien de plus. Il me rappelait le collier, et j'espérais qu'il la ferait sourire.

Mais bon sang ! Je ne me serais jamais attendu à ce qu'elle s'effondre pour lui.

— Je suis aussi un connard, parfois. Tu te souviens ? dis-je pour la faire arrêter de pleurer.

Elle émit un son entre le rire et le sanglot, puis s'écarta et croisa mon regard.

Puis elle sourit et me regarda comme si j'étais son héros.

Je remerciai l'instinct qui m'avait mené à ce bracelet et qui m'avait rendu Skye. Bon sang, j'accepterais même d'être « gentil » si c'était ce qu'elle voulait. J'essaierais, en tout cas.

J'essuyai délicatement les larmes sur ses joues.

— Tu vas bien ? demandai-je.

— Très bien, répondit-elle en hochant vigoureusement la tête.

Je soulevai mes fesses nues du lit et déposai tous les plateaux et les assiettes vides sur la commode, avant de l'attirer sous les couvertures avec moi.

J'avais juste envie de la serrer contre moi et de lui faire réaliser qu'à partir de maintenant, il ne passerait jamais un seul jour sans que je sois là pour elle.

Maintenant que le barrage de ses émotions avait rompu, je voulais qu'elle sache qu'elle pouvait me les confier en toute sécurité.

Skye et Maya étaient toute ma vie, et je voulais le lui faire ressentir.

— Tu seras toujours en sécurité avec moi, Skye, dis-je d'une voix rauque que j'eus du mal à reconnaître tout en attirant son corps doux contre le mien.

J'étais déterminé à réparer chaque jour qu'elle avait souffert aux mains d'un fou, tout ça parce que mon frère avait tout fait foirer pour nous deux.

— Je sais, répondit-elle d'une voix assoupie. Je ne peux pas te promettre que je n'aurais plus de crise ou de flash-back. Mais ce ne sera jamais à cause de toi.

— Je ne suis pas en sucre, bébé, répondis-je. Je peux encaisser ce qui arrivera. Je veux juste que tu te sentes en sécurité.

— C'est le cas. Et c'est la meilleure sensation au monde, murmura-t-elle. Je suppose que quand on passe des années à avoir peur, on apprécie de ne plus avoir à regarder par-dessus son épaule pour vérifier que personne ne veut nous tuer.

— Tu faisais encore ça ? Même quand tout a été terminé et que tout le monde était en prison ? l'interrogeai-je.

Elle enfouit son visage contre mon torse.

— Parfois, oui. Mais plus trop, maintenant. Les vieilles habitudes ont la vie dure. C'est comme mon incapacité à pleurer ou à montrer à qui que ce soit ce que je ressens. Toutes mes faiblesses ont toujours été utilisées contre moi, Aiden. C'est dur, de se débarrasser de ce genre de mécanisme de défense, même quand il n'est plus nécessaire.

Je comprenais, d'une manière un peu tordue. J'avais passé toute ma vie à faire attention au moindre centime que je gagnais. Et je me surprenais encore à me demander si je pourrais m'offrir quelque chose, avant de me souvenir que j'avais de l'argent. Certaines choses étaient ancrées dans notre cerveau et il n'était pas facile de changer ces habitudes.

Sauf que dépenser de l'argent ne me tuerait pas. Les habitudes de Skye devaient être plus difficiles à changer.

— Qu'est-ce qui est prévu pour demain ? s'enquit-elle.

Je savais qu'elle essayait de changer de sujet, et je n'avais pas l'intention d'insister plus ce soir.

— Ce que tu voudras. Ce sont tes vacances.

— Mais je veux que tu t'amuses aussi, insista-t-elle.

J'avais été en elle.

Et je l'avais baisée jusqu'à ce qu'elle hurle mon nom.

Tout ce qui se passerait d'autre à part la capacité de la toucher n'avait aucune importance.

— On peut monter dans les attractions de la ville, proposai-je. Ou faire un tour dans le centre-ville. On peut aussi aller visiter le barrage Hoover, ou voir un spectacle. À toi de me dire ce que tu as envie de faire, parce que je suis déjà heureux, dis-je.

— J'aimerais beaucoup monter sur la grande roue, dit-elle avec envie.

— D'accord, acquiesçai-je. Mais ça ne nous prendra pas toute la journée.

Elle frotta son corps doux contre le mien et laissa échapper ce qui ressemblait à un ronronnement, avant de répondre :

— Je ne suis pas sûre qu'on sortira de ce lit très tôt.

Bordel de merde. Ça ne me dérangerait pas si elle voulait rester ici jour et nuit, mais j'avais remarqué qu'elle était endolorie, sous la douche. Alors je devrais forcer mon sexe à rester sage.

— Je vois bien que tu as mal, dis-je d'un ton grave.

— Mais c'est une douleur agréable, répondit-elle d'un ton séducteur.

Je plaçai délicatement ma cuisse entre ses jambes, puis passai les bras autour de sa taille.

— Dors, ou tu risques de regretter ce que tu as demandé, l'avertis-je.

Je n'avais pas besoin de beaucoup de repos entre deux séances d'ébats. Pas avec elle. Mon sexe était déjà prêt à repartir en quelques minutes, quand j'étais avec elle.

Mais je n'avais pas envie qu'elle souffre pour que je prenne du plaisir.

— Dors, ordonnai-je en lui donnant une petite tape sur les fesses.

Ma capacité de retenue avait des limites.

— Je t'ai déjà remercié pour le bracelet et pour ce voyage ? demanda-t-elle à voix basse.

Ses paroles étaient étouffées contre mon torse.

Elle m'avait remercié. Environ *un million de fois.*

— Oui.

— Eh bien, merci encore. Je crois que j'avais vraiment besoin de ça. J'avais peut-être juste besoin de quitter un peu la Californie.

Je n'y avais jamais pensé, mais elle vivait encore assez près de l'endroit où elle avait vécu toutes ces mauvaises expériences ; les trajets entre Citrus Beach et San Diego étaient courants. Même si la ville côtière était en expansion, il restait encore un certain nombre d'attractions qu'on ne trouvait que là-bas.

Je n'avais jamais envisagé qu'elle puisse avoir envie de partir, de repartir à zéro ailleurs.

— On pourrait déménager, proposai-je. Recommencer ailleurs.

J'étais un milliardaire. Tout était possible. Nous pourrions aller vivre aux Caraïbes, si ça pouvait l'aider à oublier toutes les horreurs qui lui étaient arrivées en Californie.

— J'y ai déjà songé, admit-elle. Mais ce serait fuir.

— Ça n'a rien de déraisonnable de ne pas vouloir vivre dans l'État où tu as vécu un enfer.

— Mais je n'ai pas vraiment envie de déménager, Aiden. J'aime ma vie à Citrus Beach. Tu as ta famille ici, et j'ai mes amis. Il y a aussi le restaurant et ta nouvelle entreprise.

— Je m'achèterai mon propre jet et on pourra faire des allers-retours.

— Ce n'est pas nécessaire, répondit-elle fermement. Marco n'est même pas emprisonné ici. Ils l'ont transféré dans une prison de haute sécurité du Colorado, avec sa famille. Et je me suis rendu compte que déménager ne me rendrait pas heureuse. Pourquoi devrais-je quitter un endroit que j'aime à cause de la proximité de certains mauvais souvenirs ? Ils s'effaceront avec le temps. Surtout maintenant que j'en ai tant d'autres avec lesquels les remplacer.

C'était logique.

— OK. Si tu veux rester.

— C'est le cas. Tout bien considéré, je ne veux pas quitter Citrus Beach. J'ai grandi là-bas. J'y ai beaucoup de bons souvenirs avec Jade, ou même avec toi.

— Comme celui du parc ? demanda-t-il d'un ton amusé.

Toutes les relations sexuelles que nous avions eues étant jeunes avaient eu lieu dans le parc de la ville.

Ma fille avait été conçue là-bas, et maintenant nous l'y emmenions faire de la balançoire et jouer sur les jeux de bascule avec ses amis.

— C'est l'un de mes endroits préférés, confirma-t-elle tout en frottant sa tête contre mon épaule comme pour se mettre plus à l'aise.

— Je sais que tu n'as pas eu la vie facile, mon cœur, mais c'était un bon endroit où grandir.

— Si on met de côté ma mère folle, j'ai adoré ça, acquiesça-t-elle.

Je songeai soudain à un détail dont nous n'avions jamais discuté.

— Que savait ta mère au sujet de Marino ?

— Je ne suis pas sûre, avoua-t-elle avec hésitation. Je crois qu'elle savait que sa fausse agence religieuse n'était qu'une façade pour attirer des femmes et des enfants mineurs dans le trafic d'êtres humains. Je ne vois pas comment elle aurait pu l'ignorer. Mais je suis certaine qu'on lui a lavé le cerveau pour lui faire croire qu'elle sauvait leur âme, d'une certaine manière. Elle était folle, Aiden. Mais je ne l'ai jamais vue impliquée dans aucun des autres crimes dont je parlais au FBI.

— Tu n'as jamais parlé de tout ça avec elle ?

Je connaissais déjà plus ou moins la réponse, vu que Skye n'avait jamais pu faire confiance à sa mère.

— Je n'osais pas, répondit-elle. Même si elle n'était pas impliquée, je n'aurais jamais réussi à la convaincre que j'avais raison et que la famille Marino était diabolique.

— Quand est-ce qu'elle est morte ?

— Environ six mois avant le raid du FBI et l'arrestation de tout le monde. Je ne sais pas si elle aurait été impliquée, si elle avait été encore en vie. Même si elle était cinglée, elle enfreignait la loi et aidait la famille Marino dans leur trafic d'êtres humains. Qu'elle ait conscience du mal qu'elle faisait ou pas.

Je plaçai mon visage contre ses cheveux, parce que j'étais accro à son odeur.

— Je suis tellement désolé que personne n'ait jamais été là pour toi.

J'avais eu toute une famille pour me soutenir chaque fois que j'en avais eu besoin. Skye n'avait jamais pu faire confiance à personne. Pas même à sa mère.

— J'avais Jade, protesta-t-elle. Je ne lui ai pas parlé beaucoup tant que j'étais mariée, parce que je ne pouvais pas. Et je ne voulais surtout pas qu'elle sache ce qui se passait, parce que ça aurait pu mettre sa vie en danger. Mais elle s'est toujours souciée de moi. Elle était, et est toujours, la meilleure amie qu'une femme puisse avoir.

— Tu m'as aussi, maintenant.

— Je sais. L'important n'est pas la quantité de personnes qui tiennent à toi, tu sais ? C'est la qualité, dit-elle avec ferveur.

J'émis un petit rire.

— Et tu crois que Jade et moi sommes des gens de qualité ?

— Tout à fait.

— Tu te rends bien compte que le reste de ma famille va bientôt apprendre à te connaître, et qu'ensuite ils seront là pour toi aussi ?

— Je pense pouvoir m'en accommoder, répondit-elle d'une voix un peu plus faible.

Je l'embrassai sur le front, avant de fermer les yeux parce que je savais qu'elle était en train de s'endormir.

C'était rassurant de savoir que s'il devait m'arriver quoi que ce soit, ma famille n'hésiterait pas à prendre soin de Maya et Skye.

C'était bon de savoir que le fait d'avoir une tonne de frères, de sœurs et de cousins n'était pas *toujours* une plaie.

CHAPITRE 24

Skye

J'étais un peu mélancolique, quand nous nous réveillâmes au matin de notre dernière journée à Las Vegas.

Chaque instant que j'avais passé avec Aiden avait été un cadeau, pour moi.

Je me sentais enfin changer, me métamorphoser dans la femme que j'avais envie d'être.

D'accord, j'étais aussi un peu à fleur de peau, parce que je n'étais pas habituée à ce que mes émotions soient aussi proches de la surface. Et j'éprouvais un tout petit peu d'appréhension. Mais ces sentiments se dissipaient très vite.

Je préfère être une femme qui pleure et ressent une joie sincère qu'un néant émotionnel.

Et l'homme qui m'avait emmené faire ce voyage avait constitué le catalyseur dont j'avais besoin pour sortir de ma carapace protectrice et recommencer à vivre.

Aiden me faisait me sentir en sécurité.

Il me faisait me sentir adorée.

Et il me donnait le sentiment d'être la femme la plus fascinante et la plus belle qu'il ait jamais rencontrée.

Cette attention était enivrante, et elle m'était montée à la tête.

Le fait qu'il m'achète ce bracelet n'avait constitué que le sommet de l'iceberg, l'instinct où je n'avais pu contenir ce que je ressentais plus longtemps. Et je ne l'avais pas regretté une seule seconde.

Ces quatre derniers jours avaient été le paradis, parce que j'avais réussi à éprouver pleinement toutes mes émotions tant qu'on était ensemble.

Nous avions visité toutes les attractions et montagnes russes démentes de la ville. Ensuite, il m'avait fait une surprise et offert un voyage en hélicoptère au-dessus de la ville et du barrage Hoover.

Hier soir, nous étions allés à un spectacle comique hilarant.

Les jours s'étaient écoulés en un éclair, à ma grande stupéfaction.

Ce jour était notre dernier. Nous repartions à la maison demain.

Nous n'avions rien prévu de particulier, mais j'avais très envie de jouer aux machines à sous et de visiter la gigantesque piscine de notre hôtel avant le dîner.

— Qu'est-ce que tu fais, ma belle ? demanda Aiden tout en entrant dans le grand salon de notre suite.

Je levai les yeux vers lui de l'endroit où je me trouvais, assise sur le canapé.

— Je me disais que j'allais être triste de partir. Ces derniers jours ont été incroyables. Je crois que j'ai été beaucoup trop gâtée.

Il me fit un clin d'œil, qui fit rater un battement à mon cœur.

— Tu le mérites. Mais ce séjour a été très court.

— Ça ne me dérange pas de repartir. Maya me manque.

J'avais parlé à ma fille tous les soirs, mais les conversations vidéo n'étaient pas la même chose que de la serrer dans mes bras pour lui dire bonne nuit.

— À moi aussi, admit-il d'un ton bourru.

— Alors on est prêts à descendre ? demandai-je en me levant du canapé.

Il enroula ses bras autour de ma taille et je me penchai pour m'emplir les poumons de son parfum.

Aiden sentait l'air frais, le bois de santal et une touche de menthe, un parfum qui me venait à l'esprit chaque fois que je pensais à lui. Son odeur était unique et si addictive que j'avais envie de rester ici pour toujours.

— Tu es prête à t'attaquer aux machines à sous ? demanda-t-il avec une pointe de malice.

— Oui. On n'a pas passé tant de temps que ça dans le casino. J'espérais qu'on irait à la piscine un peu plus tard. J'ai besoin de faire un peu d'exercice. J'ai mangé comme un cochon.

Le sexe semblait m'ouvrir l'appétit. Je m'étais goinfrée de tous les plats sur lesquels j'avais pu mettre la main depuis notre arrivée en ville.

— C'est l'une des attractions de Vegas. La nourriture, plaisanta-t-il. Et tu ne risques pas de prendre du poids. On fait du sport toutes les nuits.

Je ricanai, parce qu'il avait raison. Nous nous exercions à l'aérobic au lit tous les soirs sans exception.

— Pas assez, répondis-je.

Même si j'adorais chacune de ses caresses, il était impossible qu'elles aient suffi à éliminer toutes les calories que j'avais prises avec tous les desserts riches et les plats décadents que j'avais mangés.

— Je serais plus qu'heureux de t'en faire faire plus, me dit-il à l'oreille d'une voix râpeuse.

Il referma les mains sur mes fesses et les pinça à travers le short que je portais.

Mon cœur s'enflamma alors qu'il posait une main contre mon dos, tout en plongeant l'autre dans mes cheveux.

J'ouvris la bouche juste à temps pour qu'il la recouvre de la sienne.

Et d'un coup, j'étais prête à l'action.

Il ne suffisait pas de grand-chose, avec Aiden. Une caresse, et je mourais d'envie qu'il me baise.

J'enroulai les bras autour de son cou et m'étirai pour me rapprocher de lui, mes tétons déjà durs frottant contre son torse alors que je me trémoussais.

Il n'eut aucune pitié pour moi, et je n'en désirais aucune.

Je cédai et il s'empara de ma bouche comme s'il ne s'en lasserait jamais. Il me mordilla les lèvres alors que nous reprenions notre souffle, puis il m'embrassa à nouveau.

— Aiden, haletai-je quand il relâcha enfin ma bouche et se mit à goûter la peau sensible de mon cou.

Il me mordilla le lobe d'oreille.

— Dis-moi ce que tu veux, Skye.

— Toi, murmurai-je. Je ne veux que toi.

— Tu m'as, mon cœur, répondit-il d'une voix rauque dans mon oreille. Tu m'auras *toujours*.

Il tendit la main vers le bas de mon débardeur et le fit passer par-dessus ma tête d'un geste expert.

— Tu es si belle, Skye.

Nous retirâmes nos vêtements de manière effrénée, nous empressant tous les deux de déshabiller l'autre.

Une fois notre objectif enfin atteint, nous nous contentâmes de nous admirer l'un l'autre, la respiration lourde de désir.

Je ne pouvais détourner les yeux de la silhouette nue d'Aiden, la perfection de son corps alors qu'il se tenait devant moi sans la moindre trace d'embarras.

Je m'étais habituée à ce qu'il m'observe nue. Toute la pudeur que j'aurais pu avoir s'était envolée.

Mais j'étais sans voix chaque fois que je le voyais nu, et il n'hésitait pas une seconde avant de se mettre aussi nu que le jour de sa naissance.

Mon souffle se coinça dans ma gorge quand il s'avança légèrement et prit mes seins entre ses paumes, caressant négligemment mes tétons durcis.

— Parfaite, déclara-t-il.

Une chaleur s'accumula entre mes cuisses, suivie d'un flot d'humidité chaude. Je m'adossai à la chaise de bureau derrière moi et laissai aller ma tête en arrière.

— Aiden, dis-je dans un soupir plein de désir. J'ai besoin de toi.

— À quel point ? demanda-t-il d'une voix bourrue.

Je gémis quand il me mordilla délicatement le téton, avant d'apaiser la douleur d'un coup de langue.

— Beaucoup, répondis-je avec un grognement. Vraiment beaucoup.

Tout le désir sexuel dont était capable mon corps s'était éveillé dès qu'il m'avait embrassée comme si j'étais aussi nécessaire que de manger et de boire, pour lui.

Il m'attira vers lui, puis me fit me retourner face au miroir du grand bureau. Puis il passa les bras autour de moi par-derrière.

— Regarde-moi, Skye.

Je croisai son regard dans le reflet, et le soutins avec fermeté.

Lentement, il posa mes mains sur le bureau jusqu'à ce que je sois pliée en deux dessus.

— Ça te convient ? demanda-t-il d'une voix rauque, ses yeux brûlants rivés aux miens.

Je le voyais.

Je le sentais.

Comment cela aurait-il pu ne *pas* me convenir ?

C'est alors que je compris ce qu'il essayait de faire.

Je détestais les relations sexuelles par-derrière.

Mais aucune partie de moi n'était hésitante, tant que je pouvais le voir.

Je hochai lentement la tête tout en restant penchée en avant.

— Oui. Ça me convient largement.

Il tentait d'effacer mes mauvais souvenirs, et j'allais faire tout mon possible pour le laisser faire.

Il se plaça derrière moi et caressa mes fesses, sans jamais dévier son regard du mien.

Il m'écarta les jambes, puis plongea dans la peau frémissante de mon sexe ; je faillis en oublier de respirer.

— Oui, sifflai-je. S'il te plaît.

— Tu mouilles tellement pour moi, mon cœur, grogna-t-il alors que ses doigts cherchaient et trouvaient mon clitoris. Je veux enfoncer mon sexe en toi si profondément que je ne voudrais plus jamais en ressortir.

Il caressa le petit nœud de nerfs, une expression intense sur le visage.

Je me mordis la lèvre alors qu'il caressait mon clitoris humide plus fort, me rapprochant un peu plus du précipice. Après ces quelques jours de relation, il savait sur quels boutons appuyer pour me faire jouir si fort que j'en voyais des étoiles.

Je baissai la tête sur le bureau, parce que je ne pouvais la maintenir levée plus longtemps. Mon corps hurlait d'un désir si profond que je n'étais pas sûre de pouvoir le supporter.

— Non, ordonna Aiden. N'arrête pas de me regarder.

Il attrapa une touffe de mes cheveux et tira délicatement pour m'encourager à le regarder.

Il veut que je sache avec qui je suis. Il ne veut pas que j'oublie que c'est lui qui est en train de me prendre par-derrière.

Je n'aurais jamais cru ça possible, mais cela me donna encore plus envie de le sentir jouir en moi.

Je n'avais pas peur ; j'avais besoin de *lui*.

Une partie de mes cheveux m'était tombée devant les yeux, mais je voyais encore sa silhouette musclée alors qu'il m'attrapait par les hanches et se propulsait en avant, si fort que j'aurais basculé en avant, et serais tombée au sol si je n'avais pas pu me retenir au bureau.

Nos yeux étaient rivés les uns aux autres quand il commença à me pilonner par-derrière.

Ce n'était pas une position des plus intimes, mais c'était très sexy. Être avec lui de cette manière me semblait différent. Plus profond. Plus brutal.

Je me mis à osciller en rythme avec ses coups de reins, poussant en arrière quand il poussait en avant. J'entendais notre peau claquer l'une contre l'autre de manière érotique.

— Encore, demandai-je tout en poussant contre ses hanches.

J'avais tellement envie de lui que mon corps ne serait satisfait que si je pouvais sentir chaque coup de reins.

Et c'est ce que je fis, quand il cessa de se réfréner et me donna la férocité dont j'avais besoin.

Je fermai les yeux alors qu'il s'enfonçait en moi avec une force époustouflante, et à un rythme inlassable qui n'aurait pas dû être possible.

— Oui, Aiden. Oui, hurlai-je sans me soucier de savoir si on risquait de m'entendre.

J'étais près. Si près. Et j'avais juste envie de jouir.

Dès qu'il tendit une main et trouva mon clitoris, je craquai.

Mon orgasme fut à la fois fulgurant et déchaîné.

Aiden trouva satisfaction immédiatement après moi, et soutint mon corps tremblant pendant son orgasme.

Il enfouit son visage dans mon cou et nous restâmes ainsi, aucun de nous ne bougeant. Les seuls sons audibles dans notre suite étaient ceux de notre respiration forte.

Tout mon corps tremblait et, l'espace d'une minute ou deux, je dus me retenir au bureau pour ne pas tomber.

Il me redressa et s'écroula sur le canapé, mon corps au-dessus du sien.

Je savais que je devais l'écraser, mais il ne se plaignit pas.

Il fallut encore quelques minutes avant que mon cœur cesse de galoper dans ma poitrine et que ma respiration ralentisse enfin.

— Je ne regarderai plus jamais la position du chien de la même manière, lui dis-je, m'efforçant toujours de reprendre mon souffle.

Je l'entendis émettre un petit rire alors que je me laissais glisser à côté de lui, une jambe toujours passée sur son corps allongé et alors qu'il avait toujours les bras autour de moi.

— Ce n'était pas vraiment la position du chien, répondit-il d'une voix amusée.

— Alors je serais ravie de te laisser m'en apprendre plus à ce sujet-là aussi.

J'étais convaincue que je n'oublierais jamais avec qui j'étais, quand j'étais avec Aiden. La sensation de son corps, le plaisir qu'il pouvait m'apporter, tout cela était bien trop puissant pour être confondu avec quoi que ce soit d'autre.

Je t'aime. Je t'aime tellement.

J'avais tellement envie de prononcer ces mots que c'était presque douloureux de les réfréner.

Mais nous n'avions pas encore parlé d'amour.

Et je n'étais pas sûre qu'il soit prêt à l'entendre.

Nous étions encore en train d'essayer de déterminer ce que serait notre futur ensemble.

Je sursautai quand sa main entra en contact avec ma fesse.

— Ne t'endors pas, m'avertit-il. On a des machines à sous à conquérir, ce matin.

Je ris.

— Et si je te disais que j'avais bien plus envie d'apprendre ce qu'est la position du chien que d'aller voir les machines à sous ?

— Je te répondrais qu'on ira plus tard, répondit-il aussitôt.

Je lui mordillai l'oreille, puis répondis :

— Je crois qu'on devrait *vraiment* y aller *plus tard*.

Il se leva du canapé et me fit me remettre debout. J'enroulai mes bras autour de son cou pour garder l'équilibre.

— Après le déjeuner, peut-être ? suggéra-t-il.

— Peut-être, oui, acquiesçai-je.

Je me fichais de savoir si on rejoignait un jour les machines à sous.

Pas alors que je pouvais avoir Aiden pour moi toute seule.

Pour finir, nous les oubliâmes et ne refîmes surface qu'à l'heure du dîner.

La. Meilleure. Des. Journées.

CHAPITRE 25

Aiden

Il me fallut deux semaines, après notre retour de Las Vegas, pour m'admettre à moi-même que même si cela prenait une éternité, j'attendrais que Skye se sente prête à m'épouser.

Bien sûr, c'était ce que je voulais et, comme n'importe quel type borné, je voulais avoir ce que je voulais.

J'avais un très joli diamant en train de creuser un trou dans ma poche depuis plus d'une semaine, maintenant.

Et je ne lui avais toujours pas posé la question.

La vérité, c'était que je voulais qu'elle ait envie de s'engager avec moi, tout autant que je voulais lui offrir tout ce que j'avais à donner.

Je voulais qu'elle me fasse entièrement confiance. Et bon sang, je ne pouvais pas lui en vouloir d'avoir besoin de temps pour faire confiance à qui que ce soit, après ce qu'elle avait traversé.

Tant que je ne *sentirais* pas qu'elle était prête, je me contenterais du fait d'être avec elle.

J'avais enfin réalisé qu'au fond, le mariage n'était qu'un bout de papier. Ce qui importait vraiment, c'était notre relation.

Le mariage ne l'empêcherait pas de s'en aller une nouvelle fois.

C'était à moi d'empêcher ça. Et je ne comptais pas tout foutre en l'air.

Ces dernières semaines, j'avais eu le sentiment que Skye, Maya et moi formions une vraie famille.

Je n'avais pas besoin d'un morceau de papier pour le prouver.

Je sortis de la cuisine, regrettant l'absence de Skye, partie récupérer Maya à l'école.

Elle n'était partie que depuis un quart d'heure, et elle me manquait déjà.

Ça devenait bien trop naturel, d'entrer et sortir de son bureau à la maison à longueur de journée, vu que le sien était juste à côté du mien.

Elle avait passé beaucoup de temps à m'aider. Skye avait des compétences dans des domaines dans lesquels je ne savais rien, en particulier s'agissant de l'organisation. Et elle s'était avérée une aide inestimable pour m'aider à y voir plus clair.

Les travaux commençaient bientôt pour la construction d'une usine de traitement juste aux abords de la ville, et j'avais déjà acheté deux bateaux de pêche. J'étais sur la bonne voie pour lancer mon entreprise dans un temps raisonnable.

Je souris en voyant le sandwich que Skye m'avait fait, posé sur le comptoir de la cuisine.

Elle me faisait profiter d'une nouvelle création chaque jour.

Et chaque jour, elle trouvait quelque chose de meilleur que la veille.

C'était l'un des trucs les plus incroyables, chez Skye. Elle n'était pas du genre à abandonner, et elle ne se contentait jamais de quelque chose de médiocre. Elle n'arrêtait pas d'essayer de se dépasser, de trouver quelque chose d'encore meilleur, même si ce qu'elle avait fait la veille était excellent.

Son projet de transformer le restaurant en traiteur haut de gamme était une idée géniale. Les gens qui allaient sur la plage l'été pourraient prendre quelque chose à emporter, mais il y aurait toujours un espace assis agréable où les clients pourraient se détendre, s'ils n'étaient pas pressés de rejoindre la plage.

Je regardai la note écrite à la main qu'elle avait laissée à côté de l'assiette de sandwich.

Sandwich à la Pizza hawaïenne et au fromage grillé avec de la sauce. N'oublie pas de mettre la sauce. Ça sera meilleur.

Je n'avais aucune idée de ce qu'il y avait dans ce mélange, mais le pain italien toasté avait l'air délicieux.

Je le pris et mordis un morceau. Je sentis le goût de l'ananas, mais surtout du fromage et du jambon.

Comme d'habitude, il était meilleur que celui que j'avais goûté hier, et je ne pensais pas qu'elle réussirait à faire mieux que celui à la pomme et au porc effiloché au barbecue.

Je trempai le sandwich dans la sauce, et découvris que la prochaine bouchée était encore meilleure lorsqu'elle était imbibée. J'aurais dû écouter son conseil la première fois.

Je vidai l'assiette en l'espace de quelques minutes et la mis dans le lave-vaisselle, tout en me félicitant à nouveau d'avoir reçu le boulot de goûteur officiel pour le menu sur lequel travaillait Skye.

C'était assez ridicule, qu'elle considère que le fait de manger ses créations constitue une aide ou un sacrifice de ma part.

C'était un passe-temps que j'appréciais énormément.

Une autre réussite, mon cœur.

Ce sandwich devait sans le moindre doute rester sur le menu. Tout comme les cinq autres que j'avais goûtés ces cinq derniers jours.

J'étais en train de parcourir le courrier qu'Hastings avait déposé à la maison quand ma fille et sa mère passèrent la porte.

— Alors, qu'est-ce que tu en penses ? demanda-t-elle aussitôt.

Maya accourut vers moi comme un train fou et je la pris dans mes bras.

— Le meilleur à ce jour, répondis-je à Skye.

Elle leva des yeux au ciel.

— Tu dis toujours ça.

— Parce que c'est vrai. Tu te surpasses tous les jours. Ton restaurant-traiteur va être un grand succès.

Elle me regarda d'un air rayonnant.

— J'espère. Tu ferais mieux de l'espérer aussi, vu qu'on est partenaires.

Je n'avais pas envie de détruire ses illusions en lui rappelant que je pouvais largement me permettre de perdre cet argent si l'entreprise ne décollait pas. J'avais désespérément envie que son restaurant soit un succès parce que c'était important pour *elle*.

Pour être honnête, je savais que ça marcherait, parce que Skye ne connaissait pas le sens du mot « échec ». Elle allait travailler d'arrache-pied jusqu'à ce que tout tourne comme elle le voulait.

À un moment donné, je savais que je devrais la prévenir de ne pas trop travailler. Mais pour l'instant, elle respectait notre marché et s'arrêtait à une heure raisonnable pour qu'on puisse passer nos soirées avec Maya.

Ma fille me serra dans ses bras, déposa un baiser sur ma joue, puis me demanda poliment de la reposer, parce qu'elle voulait aller s'entraîner au piano.

Je la regardai détaler, puis refermai les bras autour de Skye.

— Tout ira bien. Ne te prends pas trop la tête. Tu as un très beau design pour les lieux et je te garantis que le menu sera très bien reçu. Il est unique et différent.

Elle passa ses bras autour de mon cou et m'embrassa avant de répondre :

— Je l'espère. J'aurais sûrement dû me contenter de refaire la décoration et de rouvrir, mais je pense vraiment que le café avait *besoin* d'un changement. Il était démodé, et le problème ne venait pas seulement de la décoration. Le menu était vieux et éculé. Nous sommes dans une ville de plage. Les gens recherchent quelque chose d'unique, quelque chose qui se démarque.

— Tu devais faire de cet endroit quelque chose qui te ressemblait vraiment. Je sais qu'il est dans ta famille depuis longtemps, mais il n'y avait aucune raison pour ne pas le transformer en quelque chose dont tu avais envie.

Elle hocha la tête.

— Il est resté le même pendant bien trop longtemps. Comment ça se passe pour toi ?

— À merveille, répondis-je. Le chantier va commencer dans les temps. Et j'ai déjà acheté des bateaux. Ils seront livrés la semaine prochaine. Je vais devoir trouver des fournisseurs pour les produits que je ne peux pas trouver ici. Mais j'ai le temps. Je ne m'attends pas à ce que tout se construise en une nuit. Quand Eli sera revenu, je lui demanderai quelques conseils.

— Ils seront de retour samedi, me rappela-t-elle. J'ai l'impression que Jade est partie depuis une éternité.

— Je suis d'accord, acquiesçai-je en hochant la tête. Je serai content de revoir Eli aussi. Il pourra m'aider un peu avec la partie commerciale de ce nouveau projet. Je m'y connais pour ce qui est du côté opérationnel, mais je ne sais rien des détails de la partie commerciale.

— Ça doit te paraître dingue, parfois, non ? demanda-t-elle. Je veux dire, tu pêchais pour d'autres gens, et maintenant tu vas ouvrir ta propre entreprise.

Pour être franc, je trouvais ça surréaliste. Si quelqu'un m'avait dit quelques années auparavant que je finirai milliardaire et que j'essaierai de bâtir ma propre grande entreprise de fruits de mer, je leur aurais répondu qu'ils étaient fous.

Mais c'était vraiment en train d'arriver.

— Parfois, j'ai encore du mal à le croire, lui confiai-je. Comment un pauvre comme moi a-t-il pu se retrouver avec une vie comme celle-là ?

— Mais tu as travaillé dur toute ta vie, Aiden. Si quelqu'un mérite cette vie, c'est bien toi.

— Un tas de gens travaillent dur, et ils ne deviennent jamais aussi riches, grommelai-je. En fait, très peu de gens dans ce monde sont aussi riches que nous le sommes. Et la grande majorité de ceux qui le sont était riche à la naissance.

— Ils n'ont pas travaillé comme tu l'as fait. Tu as tout sacrifié pour garder ta famille unie.

— Le reste de ma famille aussi.

Elle me sourit.

— C'est bien ce que je dis. Ils sont tous pleins aux as, maintenant.

— Petite maligne, répliquai-je en lui rendant son sourire.

Je la lâchai avec réticence et elle alla récupérer le sac à dos de Maya et ses affaires d'école pour les ranger.

Je recommençai à parcourir le courrier pendant qu'elle quittait la pièce pour tout ranger dans la chambre de Maya.

Je jetai la plupart des lettres que j'avais reçues à la poubelle. Depuis que j'avais acheté une maison coûteuse, je recevais des propositions pour un tas de trucs, des prêts immobiliers aux cartes de crédit.

Le truc intéressant quand on était riche, c'est qu'on recevait beaucoup de courrier.

Il y a un an ou deux, je craignais de ne pas avoir assez d'argent pour acheter mes courses.

Maintenant, je recevais des offres préapprouvées pour un nombre incalculable de cartes de crédit à haut plafond, de prêts immobiliers et des marges de crédit – comme si j'avais besoin de *ça*.

C'était assez dément, pour un type qui savait juste pêcher pour gagner sa vie.

Je continuai de jeter des trucs jusqu'à être arrivé au bas de la pile.

Le dernier courrier attira mon attention, parce qu'il concernait quelque chose que j'avais plus ou moins oublié.

Maya et moi avions fait un test de paternité peu après que Skye m'avait informée que Maya était ma fille.

J'avais l'impression que ça datait d'il y a une éternité.

C'était devenu si futile que je n'avais même plus songé à ce test jusqu'à ce que je tombe sur ce courrier.

J'allais le jeter à la poubelle, sans l'ouvrir.

Maya était ma fille.

Je n'en doutais pas une seconde, et aucun membre de ma famille non plus. Elle ressemblait tellement à Brooke et Jade quand elles avaient son âge.

Et… elle me ressemblait.

Ma progéniture me menait par le bout du nez, mais j'étais certain qu'elle ne le savait pas, parce que c'était une bonne fille. J'avais eu la chance de me voir offrir la meilleure des enfants. Bon sang, elle avait même de bonnes manières, et je pouvais remercier Skye pour ça. Elle ne tenait pas ça de moi.

Je n'aurais su dire comment c'était arrivé, mais je m'étais si habitué à être son père que je ne pouvais plus m'imaginer une vie sans Maya et Skye. Tant de petites choses nous avaient rapprochées, tous les trois.

Les dîners de famille entre nous.

Écouter Maya nous lire Harry Potter toutes les nuits, à Skye et moi.

Les câlins affectueux de Maya me faisaient me sentir comme le père le plus chanceux du monde.

Nos week-ends, et le fait de planifier toutes les activités qui composeraient tous nos samedis et nos dimanches.

J'avais presque peine à croire qu'elles n'avaient pas toujours été là, toutes les deux, parce que j'avais le sentiment qu'on était ensemble depuis toujours.

Elles étaient tout mon monde, maintenant.

Je n'avais pas besoin de la preuve d'un fichu laboratoire pour savoir que Maya était ma fille. Elle *l'était* déjà depuis l'instant où je l'avais vue.

Mais pour une raison que je n'aurais su expliquer, j'hésitai avant de jeter les résultats du test.

J'avais payé pour les obtenir. Je devrais au moins lire ce que le laboratoire avait à dire, non ?

J'étais certain que ma réticence à m'en débarrasser était due à tous les problèmes que m'avait valus le fait de jeter un courrier sans l'ouvrir et sans le lire, par le passé.

La lettre de Skye.

Ne pas la lire avait changé le cours de ma vie.

Je n'étais pas du genre superstitieux, mais j'ouvris quand même l'enveloppe.

J'étais heureux, alors je décidai de me contenter de lire les résultats, plutôt que d'énerver les dieux du destin *juste au cas* où ils existeraient.

J'étais bien trop heureux pour pousser ma chance.

Il y avait beaucoup de jargon médical que je ne comprenais pas vraiment, alors je parcourus les résultats de laboratoire en diagonale jusqu'à trouver quelque chose que je pouvais comprendre et en finir une bonne fois pour toutes.

Il y avait quelque chose appelé « indice de paternité combiné ».

Et une probabilité de paternité.

Un tableau de données de marqueurs ADN.

Et enfin, il y avait une conclusion.

Je compris l'une des lignes sans mal, et elle me fit me figer net.

J'étais *écarté* en tant que père biologique de Maya.

Je lus cette phrase encore et encore, comme si elle allait changer comme par magie.

Impossible. Ça ne peut pas être vrai.

Malgré tous mes efforts, je ne pouvais faire en sorte que les mots sous mes yeux se modifient, alors je tentai d'encaisser une vérité que je ne pouvais accepter, même si j'avais les données scientifiques juste sous les yeux.

L'enfant que j'en étais déjà venu à aimer et adorer n'était *pas* ma fille.

CHAPITRE 26

Skye

— Je meurs de faim. Je me disais qu'on devrait mettre des hamburgers à cuir sur le grill, et je préparerai une salade de pommes de terre, proposai-je à Aiden en revenant dans la cuisine. Ça te va ?

Je sortis les hamburgers du frigo. Aiden ne me répondit pas, alors qu'il se tenait juste derrière moi.

Je laissai tomber la viande sur l'évier et me retournai.

Il était dans la même pièce que moi.

Mais son esprit était à des kilomètres d'ici.

Son corps était tendu, ses paumes appuyées sur le comptoir, et il avait la tête baissée, occupé à regarder quelque chose que je ne reconnus pas.

— Aiden, tu vas bien ? demandai-je, inquiète.

Il ne répondit rien.

Je craignis d'abord qu'il ait reçu de mauvaises nouvelles au sujet d'un membre de sa grande famille.

— Aiden, répétai-je plus fort. Tu me fais peur. Qu'est-ce qui ne va pas ?

Quand il tourna enfin la tête, ses beaux yeux bleus étaient froids, ce qui me terrifia, parce que je n'avais jamais vu une expression aussi glaciale sur son visage.

— Dis-moi ce qui ne va pas, l'implorai-je.

— Quand est-ce que tu comptais me dire que Maya n'était pas vraiment ma fille biologique ? demanda-t-il d'une voix gutturale.

Je m'avançai vers lui et posai la main sur son biceps, parce que je n'avais aucune idée de ce qu'il essayait de me dire, mais que je voulais apaiser l'expression furieuse, froide et confuse sur son visage.

J'avais besoin qu'il me parle, parce que ce qu'il me demandait n'avait aucun sens.

— Qu'est-ce que tu racontes ? demandai-je doucement.

Il écarta vivement son bras de ma main.

— Je dis que j'ai reçu les résultats du laboratoire pour le test de paternité. J'ai été écarté en tant que père biologique. *Écarté.* Il n'y a aucune chance pour que Maya soit ma fille.

— C'est de la folie. Ce n'est même pas possible, répondis-je tout en tendant la main vers le comptoir pour prendre les résultats du labo.

Je gardai le silence un instant, alors que je parcourais tous les détails techniques, mais je baissai rapidement les yeux au bas de la dernière page pour lire la conclusion.

Ce que je vis me stupéfia tout autant que cela avait sûrement stupéfié Aiden. Je dus relire la phrase plusieurs fois pour m'assurer d'avoir bien compris.

Il avait raison.

Il *était* écarté en tant que père biologique de Maya, ce qui était la preuve irréfutable qu'elle n'était pas sa fille biologique.

— Ce n'est pas possible, Aiden. Il a dû y avoir une erreur, dis-je d'un ton horrifié.

Il me transperça d'un regard furieux et aussi acéré qu'un laser.

— Vraiment ? Ou bien est-ce que je constituais une bonne cible pour faire office de père, vu que je suis riche, maintenant, et que je vis ici, à Citrus Beach ?

J'eus l'impression qu'il venait de me gifler. *Fort*. Et il ne m'avait même pas touchée.

— C'est blessant, lui dis-je d'une voix tremblante.

— Oui. Eh bien, c'est *blessant* de me dire que j'aime Maya comme si c'était ma fille, mais qu'elle ne l'est pas. Elle ne l'a jamais été, à en croire ce test ADN. Et l'ADN ne ment pas, Skye. Dis-moi juste pourquoi tu as fait ça. Pourquoi avoir inventé toute cette histoire ? Est-ce que c'était pour l'argent ? Parce que c'est la seule chose qui a vraiment changé à mon sujet.

— Je n'ai rien inventé. Et ça n'a jamais été une question d'argent. Je te l'ai dit, répondis-je platement. Je te le jure.

Je ne pouvais pas vraiment lui en vouloir d'être en colère, mais il *devait* savoir que Maya était *vraiment* sa fille. Il le fallait. C'était peut-être difficile de contredire un test ADN, mais dans son *cœur*, il devait savoir la vérité.

Le problème, c'était qu'il ne pensait qu'avec son cerveau, à cet instant, et il avait raison, les tests en laboratoire mentaient rarement.

Seuls les gens faisaient ça.

Il avait donc aussitôt sauté à la conclusion la plus évidente. Et qu'est-ce que je pouvais bien dire pour ma défense, mis à part la vérité ? Qui lui semblerait sûrement très peu probable, à cet instant.

— Comme son anniversaire est en mai, ça veut dire que tu as dû m'oublier très vite. À moins qu'elle ne soit vraiment la fille de Marino ? demanda-t-il avec colère.

Je pris une grande inspiration et m'efforçai de ne pas m'énerver aussi. Ça ne m'avancerait à rien, à cet instant.

— Je ne me serais jamais mise avec lui s'il n'y avait pas eu Maya. Tu le sais, Aiden. Je t'ai dit que j'étais enceinte d'elle quand j'ai accepté de partir avec lui, parce que je n'avais nulle part où aller.

— Conneries ! s'exclama-t-il d'un ton frustré tout en reprenant les résultats de labo pour les lever devant lui. Tu essaies de me dire que je devrais te croire plutôt que le test ? Je suis peut-être trop crédule te concernant, mais je ne suis pas stupide.

Il n'avait *jamais* été trop crédule ni stupide, mais ce n'était sûrement pas le bon moment pour l'en convaincre.

Pour être honnête, je ne comprenais pas ce qui avait pu se passer, ni pourquoi il avait reçu le mauvais résultat. Mais je connaissais la vérité, même s'il n'avait clairement pas envie de l'entendre à cet instant.

— Tout ce que je peux dire, c'est que c'est une erreur, répondis-je doucement. Je ne sais pas ce qui s'est passé, mais tu sais que je n'ai jamais été avec personne avant toi, et je n'ai été avec personne non plus après. On doit appeler le laboratoire.

Il arborait une expression tourmentée.

— Tu sais combien de types doivent faire ça, en espérant qu'il y a une erreur dans le test ?

Je comprenais qu'il soit en colère, mais je refusais de le laisser continuer de se servir de moi comme d'un punching-ball verbal. Il finirait par se détester pour ça, plus tard, parce qu'Aiden était comme ça.

Je posai les mains sur mes hanches et insistai :

— Il y a une erreur. Ça ne fait pas le moindre doute. La seule chose que j'ai envie de savoir, c'est comment ils ont pu se tromper.

— Je ne peux pas continuer comme ça, Skye, dit-il en laissant tomber les papiers sur le comptoir.

Sans dire un mot de plus, il se dirigea vers la porte du garage et sortit.

Quelques minutes plus tard, j'entendis la porte du garage s'ouvrir et se refermer, puis le bruit du moteur de son pick-up qui s'éloignait.

Je pris une grande inspiration, puis la relâchai. Des larmes s'échappèrent de mes yeux. La douleur de ce qu'il m'avait dit me tordait les entrailles. Oui, je comprenais que sa colère soit justifiée, mais ça me tuait qu'il ne m'ait même pas écoutée, ni envisagé qu'il ait pu y avoir une erreur.

Fichues émotions. Tout était plus simple quand je n'arrivais pas à les laisser remonter à la surface.

Maintenant que j'avais dépassé ça, j'étais fichue.

La douleur que je ressentais après avoir regardé Aiden partir était presque trop dure à supporter.

Je repris les papiers et regardai les coordonnées du laboratoire. *Ils ferment à dix-sept heures.*

Je n'avais aucune chance d'obtenir des réponses ce soir.

Et que se passerait-il s'ils me disaient qu'il n'y avait pas eu d'erreur ?

Je savais que c'était faux, mais pas Aiden.

Et je ne savais pas si j'arriverais à le convaincre de repasser le test dans un autre laboratoire.

— Maman, papa est parti ? J'ai vu son pick-up depuis la fenêtre de la salle de musique, dit ma fille d'un ton anxieux en entrant dans la cuisine.

Je balayai mes larmes avant de me tourner vers elle.

— Oui. Mais je suis sûre qu'il va revenir.

À un moment ou un autre.

Pour l'instant, je n'avais aucun moyen de le raisonner.

— Où il est parti ? C'est l'heure du dîner.

Je lui souris.

— Le dîner arrive. Je comptais faire des hamburgers. Ça te dit qu'on aille les faire chez tante Jade ? J'ai une clef.

Ma meilleure amie m'avait dit de ne pas hésiter à profiter de sa maison quand je le voulais, pendant son absence. J'allais la prendre au mot. Je n'avais pas vraiment envie de rester là et de me disputer avec Aiden à son retour. J'étais certaine qu'il n'allait pas décompresser aussi facilement.

Il avait le cœur brisé, et c'était compréhensible, parce qu'il croyait que sa fille n'était pas vraiment du même sang que lui. Et rien de ce que je pouvais faire à cet instant ne le convaincrait du contraire.

— Pourquoi est-ce qu'on irait là-bas ? La maison de papa est plus jolie.

Seigneur ! Personne ne m'avait jamais dit comment expliquer les disputes à un enfant de huit ans. Et la situation était si différente de l'époque où elle n'avait qu'une belle-famille qui l'ignorait en permanence.

Mais je ne mentirais jamais à Maya. D'accord, peut-être juste un peu au sujet du père Noël et du Lapin de Pâques, mais elle devenait assez grande pour connaître la vérité sur ces choses-là, de toute façon.

— Il s'est passé… quelque chose. Et ton père est un peu en colère contre moi. Mais il finira par s'en remettre. Il a reçu une fausse information. C'est tout. Je ne lui en veux pas d'être en colère, mais je ne pourrais pas obtenir la bonne information avant demain.

Ça devrait suffire, hein ? Je ne rejetais pas la faute sur Aiden et je ne disais rien de mal sur lui.

— Maman, tu peux juste me dire que vous vous êtes disputés, toi et papa. Les parents de mes amis se disputent tout le temps. Je pense que c'est normal.

Je la regardai en fronçant les sourcils.

— Tu crois ?

Elle haussa les épaules.

— Quand on aime quelqu'un, il peut quand même vous mettre en colère, hein ? Mes amis disent que leurs parents s'énervent à cause de l'argent, parfois, ou d'autres trucs stupides.

Je la regardai grimper sur un tabouret du bar de la cuisine. Ses yeux étaient presque au niveau des miens, et elle n'avait pas l'air trop inquiète.

— C'était assez ridicule, c'est vrai, mais je pense qu'il a besoin d'un peu de temps pour entendre raison, expliquai-je.

J'étais émerveillée à l'idée que parfois, les enfants soient capables de simplifier des choses qui paraissaient si compliquées aux yeux des adultes.

Elle hocha la tête.

— Alors on peut aller chez tante Jade. Ce sera amusant. On pourra revenir ici demain ? Je pense que papa nous manquera à toutes les deux.

J'avais les larmes aux yeux. Ma fille avait raison. Aiden allait nous manquer à toutes les deux. Je ne pouvais qu'espérer qu'il ne repousse pas Maya hors de sa vie avant d'avoir eu la confirmation qu'elle était vraiment sa fille.

— Je ne sais pas. On verra ce qu'en dit ton père, d'accord ?

Il était hors de question que je laisse savoir à ma fille que son père avait remis en doute le fait qu'elle soit sa fille biologique. Elle en serait dévastée, si elle avait le sentiment qu'il la rejetait de quelque manière que ce soit.

— Il ne restera pas en colère, assura-t-elle de manière raisonnable. Il ne le reste jamais longtemps.

— C'est parce que tu ne lui as jamais donné de raison d'être en colère contre toi. Tu es une bonne fille, ma puce.

Elle avait beau être curieuse et poser un tas de questions, ma fille était loin d'être une peste. J'avais rarement eu besoin de taper du poing sur la table avec elle, et Aiden était si patient qu'elle n'avait jamais vu son père aussi énervé. Une autre raison pour laquelle il valait mieux que je reste chez Jade pour l'instant.

Maya idolâtrait Aiden.

Et je n'avais pas envie que ça change.

— Je dois prendre mon sac à dos ? demanda-t-elle.

Je hochai la tête.

— Mets tes habits pour l'école dedans, et tout ce dont tu auras besoin pour demain.

Je déciderai des détails plus tard. Aiden et moi devrions nous parler à un moment donné.

Le laboratoire n'était pas loin d'ici. Si nécessaire, j'irais à San Diego après le départ à l'école de Maya, et je découvrirais pourquoi les résultats avaient été faussés.

Et je savais que c'était le cas.

Je n'avais été qu'avec deux hommes dans ma vie.

Aiden.

Et les viols que j'avais endurés de la part de mon mari.

J'étais donc certaine qu'il était le père, vu que j'étais enceinte avant même d'envisager d'accepter la proposition de mariage de Marco.

J'avais mal au cœur rien que d'imaginer la peine qu'Aiden devait ressentir en ce moment.

C'était peut-être dur de me croire alors qu'il avait le résultat du test ADN sous les yeux.

Mais ça me dévastait quand même de me dire qu'il avait douté de moi, même s'il avait une bonne raison d'être sceptique.

J'aurais juste aimé qu'il écoute son cœur.

CHAPITRE 27

Aiden

— S'il te plaît, ne me dis pas que tu as pu croire même une seconde que Maya n'était pas ta fille, dit Seth d'une voix calme.

Il me tendit ma bière, avant de se laisser tomber sur son canapé avec sa propre bouteille.

Quand j'étais partie de chez moi, je n'avais aucune idée d'où j'allais. Pour une raison que je commençais désormais à remettre en question, j'avais longé la plage pour me rendre chez mon frère.

Même si j'étais en colère contre Seth, je lui avais toujours tout confié, et c'était en vertu d'un instinct naturel que j'étais arrivé sur son porche.

Je n'arrivais toujours pas à digérer les résultats du laboratoire. Je ne pensais pas que Skye aurait pu mentir sur un sujet aussi important. En fait, de ce que j'en savais, elle n'était pas du tout le genre de femme à raconter des mensonges.

— Je suis écarté en tant que père, Seth. C'est écrit noir sur blanc sur les papiers. Je suppose que j'aurais dû les apporter pour te les montrer, mais tu vas devoir me croire sur parole. Je l'ai vu de mes propres yeux. Plusieurs fois. *Écarté*, ça veut dire que je ne peux en aucun cas être le père biologique. C'est un test ADN, pour l'amour du ciel. Comment pourrait-il se tromper ?

Il haussa les épaules et but une gorgée de sa bière.

— Les erreurs, ça arrive. Rien n'est jamais sûr à cent pour cent, quand ce sont des êtres humains qui font le travail. Réfléchis une minute, Aiden. Maya ressemble à toi en miniature. Il est impossible de nier qu'elle ressemble comme deux gouttes d'eau à Brooke et Jade, quand elles avaient son âge.

— Une coïncidence, grommelai-je. On a tous les cheveux noirs.

— Il n'y a pas que *ses cheveux*. Il y a aussi les traits de son visage, et tu le sais. C'est une Sinclair, ça ne fait aucun doute. Crois-moi, si je pensais que ce n'était pas le cas, je te l'aurais dit. Mais aucun de nous ne l'a jamais remis en question, parce qu'elle te ressemble trop.

— Alors, dis-moi ce que tu penserais, à ma place, répliquai-je. Ça ne t'aurait pas ébranlé, toi ?

— Bien sûr que si, répondit-il. J'aurais sûrement cru les résultats du test. Mais j'essaie de te faire te calmer et comprendre que même si la possibilité est infime, le test *pourrait* se tromper.

— Et quelles sont les probabilités pour que ce soit le cas ?

— Proches de zéro, répondit-il d'un ton détaché. Mais ça peut arriver. Et dans ce cas particulier, tu devrais au moins le prendre en considération, sachant sa ressemblance frappante avec un Sinclair.

Je rejetai la tête en arrière et avalai la moitié de ma bouteille de bière, avant de répondre :

— J'aime déjà Maya comme si c'était ma fille. Alors qu'est-ce que je fais, maintenant ?

— L'amour n'est pas une question d'ADN, remarqua-t-il avec une franchise inhabituelle. Je suppose qu'un enfant peut être le tien sans forcément avoir tes gènes.

— Je l'aime toujours autant, confessai-je. Le problème, c'est surtout que Skye m'ait menti. Bon sang, elle n'était pas obligée de faire ça. Si elle m'avait montré de l'intérêt à son retour à Citrus

Beach, je serais sorti avec elle. Ça fait peut-être de moi un idiot, mais j'aurais pu tomber amoureux d'elle et de Maya à leur retour. Elle n'avait pas besoin de mentir.

— Je n'ai pas l'impression que c'est une profiteuse, remarqua Seth d'un ton songeur. Elle veut juste que son affaire fonctionne. Et tu as dit toi-même qu'elle t'aidait à tout organiser pour Sinclair Fruits de Mer. Je n'essaie pas de la défendre, parce qu'elle a sûrement menti. Je te dis juste honnêtement ce que j'ai vu depuis que vous vous êtes mis ensemble. Elle n'a pas dépensé ton argent dans tous les sens, si c'était ce qu'elle cherchait vraiment.

Et si elle me l'avait demandé, je le lui aurais donné. Je lui aurais donné tout ce qu'elle voulait. Mais Skye n'a jamais laissé entendre qu'elle voulait de l'argent.

Cette observation rendait toute la situation tellement plus compliquée. Je n'avais aucune idée de ce que pouvaient être ses motivations.

Je vidai ma bière.

— Elle m'a aidé, c'est vrai, admis-je. Et ses idées pour le restaurant sont phénoménales. Elle a même insisté pour qu'on soit partenaire sur le papier, pour sécuriser mes investissements.

— Elle travaille dur. Elle est honnête en affaires. Et c'est une bonne mère. Tu as l'impression qu'elle essaie de se servir de toi ? remarqua Seth.

— J'appellerai le laboratoire demain matin, dis-je d'une voix plate. S'il le faut, je referai le test rien que pour vérifier les résultats.

— Ils sont peut-être vrais. Qu'est-ce que tu feras, si c'est le cas ? demanda-t-il.

— Je n'en ai aucune idée, admis-je. Je ne peux plus imaginer ma vie sans elles. Mais si je ne peux pas faire confiance à Skye, je ne pourrais pas rester avec elle. Ces mensonges me détruiraient. Mais ça me brisera le cœur, si je perds le droit de jouer mon rôle de père pour Maya.

— Elle était peut-être désespérée, suggéra Seth. Tu as bien dit qu'elle vivait dans un appartement assez délabré. Et si elle voulait juste une meilleure condition pour sa fille ?

— À mes dépens ? l'interrogeai-je. Elle aurait juste pu sortir avec moi jusqu'à ce que je l'épouse.

Sachant comme j'étais fou d'elle, il n'aurait pas fallu long-temps avant que je lui suggère de venir vivre avec moi.

— La plupart des parents seraient prêts à tout pour s'assurer que leur enfant a de quoi manger. Il n'y avait pas grand-chose qu'on n'aurait pas été prêts à faire pour garder notre famille unie, remarqua Seth.

Je réfléchis à cela un instant. Je devais bien admettre que la famille était une grande motivation. Je savais ce que c'était, de vouloir une vie meilleure pour ses proches. C'était la raison pour laquelle j'avais travaillé comme un dingue pour que mes frères et sœurs reçoivent une éducation.

— Elle aurait dû me demander mon aide.

Seth ricana.

— Après t'avoir abandonné pour un autre homme ? Je suis certain qu'elle ne s'attendait pas à recevoir un accueil chaleureux.

— Je l'aurais aidée, affirmai-je. Je ne les aurais jamais laissés mourir de faim, elle et sa fille, même si elle m'avait larguée.

— Je crois que tu dois te préparer aux deux possibilités. Soit elle t'a menti parce qu'elle était désespérée, ce qui est le scénario le plus probable. Soit quelqu'un a merdé avec les résultats du test.

Je pris une grande inspiration, puis la relâchai. Je devais penser de manière rationnelle. Mon frère avait raison sur ce point. Mais toutes mes pensées raisonnables s'étaient envolées de ma tête quand j'avais posé les yeux sur les résultats du labo. J'avais eu le sentiment que mon monde entier s'écroulait.

Maintenant, mon instinct me disait que Skye ne m'aurait jamais menti à moins d'avoir été acculée. Et c'était peut-être le cas. Oui, elle vivait avec moi, mais elle ne m'avait encore jamais demandé un seul dollar pour le moindre achat personnel. Bon sang, elle n'avait même rien accepté pour Maya. Et pour être tout à fait honnête, je lui devais des années de pension alimentaire. La seule raison pour laquelle je n'en avais jamais payé, c'était parce que je pensais être toujours là pour prendre soin d'elle et de Maya.

— Cela n'a pas vraiment d'importance, que Maya n'ait pas le même ADN que moi, finis-je par dire à mon frère. Je serai fier de l'appeler ma fille.

— Alors, parle à Skye et montre-toi raisonnable, répondit-il.

Je regardai Seth, et une ampoule s'alluma soudain dans ma tête.

— Tu l'aimes bien.

Il hocha la tête.

— Je l'aime bien parce qu'elle te rend heureux. Et Maya aussi. Et je sais déjà que tu es fou d'elle. Tu ne m'avais encore jamais frappé, même si je l'avais mérité, à certains moments. Seul un type fou amoureux ferait ça.

— Tu le méritais vraiment, cette fois, maugréai-je. Et je ne m'excuserai pas.

Seth afficha un sourire narquois.

— Pas la peine de t'excuser. Contente-toi de te rabibocher avec Skye. Ta sale tronche est en train de me déprimer.

Il était sûrement temps pour moi de rentrer à la maison. Ça faisait déjà plusieurs heures que j'étais là, à déverser mes états d'âme sur Seth.

— Je vais lui parler.

Il hocha la tête.

— Je n'ai pas envie que tu sois avec quelqu'un qui prendra pour habitude de te mentir, ou avec une femme qui ne s'impliquera pas autant que toi dans cette relation, d'un point de vue émotionnel. Mais je n'ai pas non plus envie que tu foutes tout en l'air encore une fois parce que tu n'avais pas tous les faits. Récupère toutes les informations avant de péter les plombs.

Skye aurait-elle pu être assez désespérée pour inventer des trucs rien que pour loger Maya dans de meilleures conditions ? Pour donner à sa fille une meilleure vie ? Et si c'était le cas, pouvais-je vraiment l'en blâmer ?

— Elle a vraiment réagi comme si c'était une erreur, dis-je d'un ton songeur tout en me levant. Elle avait l'air aussi surprise que moi.

Je commençais tout juste à me remettre à réfléchir assez rationnellement pour me pencher sur *sa* réaction. Elle n'avait pas eu l'air coupable et n'avait pas hésité avant d'affirmer que Maya était ma fille sans l'ombre d'un doute.

Seth me suivit jusqu'à la porte.

— Écoute ce qu'elle a à dire, Aiden. Laisse-la exprimer son point de vue et suis ton instinct jusqu'à ce que tu aies pu faire faire un autre test. Ne prends pas de décision qui t'empêchera de revenir en arrière tant que tu ne connaîtras pas la vérité.

— C'est ce que j'ai l'intention de faire, répondis-je. Comment ça se passe avec l'écolo qui ne veut pas que tu développes le terrain près de l'eau ?

— Pas bien, répondit mon frère d'un ton mécontent. Elle va intenter une action en justice pour tout arrêter. Et comme elle est avocate, elle a des connexions. Et elle sait comment écrire des e-mails cinglants. Je déteste les écologistes.

Je souris malgré mes soucis, tant Seth avait l'air renfrogné. Ce n'était pas tous les jours que quelqu'un réussissait à l'agacer à ce point.

— Tu ne détestes pas ta petite sœur, alors qu'elle est conservatrice. Et n'exprime pas ton opinion devant Jade, l'avertis-je. Elle risquerait de te donner un coup de poing au visage. Tu sais qu'elle se rangerait du côté de ton écolo.

— Avec un peu de chance, tout ça sera terminé avant son retour, répondit-il. Appelle-moi demain pour me dire comment ça s'est passé.

Je hochai la tête, puis sortis de la maison, soudain pressé de résoudre le mystère et de comprendre pourquoi Skye m'avait menti, maintenant que j'arrivais à nouveau à penser clairement.

Quand j'arrivai chez moi, j'étais bien plus calme qu'à mon départ de la maison.

Si j'arrivais à persuader Skye de me dire la vérité, j'étais prêt à l'écouter et à me mettre à sa place. J'étais prêt à me battre pour nous, tant qu'elle me promettait de ne plus jamais me mentir.

Bon sang ! Il y avait forcément une raison pour son manque de sincérité.

Et Maya *serait* ma fille. Je n'étais pas si intéressé de savoir si elle partageait les mêmes gènes que moi ou pas. Seth avait raison. L'amour n'avait rien à voir avec l'ADN. J'étais sûr de déjà l'adorer bien plus que son vrai père – qui et où qu'il puisse être. Si ce n'était pas Marino, il ne s'agissait sûrement pas d'un homme prêt à prendre ses responsabilités.

La maison était plongée dans la pénombre et la première chose que je remarquai quand je m'engageai sur l'une des places de garage, c'est que la vieille voiture cabossée de Skye avait disparu.

Où est-ce qu'elle a bien pu aller à cette heure ?

Je jetai un œil à l'horloge et me rendis compte qu'il n'était pas aussi tard que j'en avais l'impression. La soirée avait déjà été très longue, pour moi. Mais ça ne ressemblait pas à Skye, de partir si tard alors que Maya avait école le lendemain.

J'entrai dans la maison par le garage et allumai.

J'entendis quelque chose que je n'avais plus connu depuis longtemps, et me rendis compte que je n'aimais vraiment pas ce son.

Tout était plongé dans le silence.

Je montai les marches en courant, deux par deux, et découvris que la chambre de Skye était vide. J'allai dans ma chambre, parce qu'il arrivait souvent qu'elle dorme ici depuis notre retour de Las Vegas.

Le lit était fait et Skye n'était nulle part en vue.

Je courus jusqu'à la chambre de Maya dans l'espoir qu'elle s'y soit endormie.

Mon cœur se mit à cogner dans ma poitrine quand je trouvai la chambre de ma fille vide, elle aussi. Le lit était encore fait et elle n'avait pas du tout dormi dedans.

— Et merde, jurai-je tout en redescendant. Où elle est, bon sang, et pourquoi être partie ?

J'avais eu des paroles assez dures avec elle, mais je ne lui avais jamais donné la moindre raison de craindre une confrontation avec moi.

Mais elle ne m'a jamais vu aussi en colère que tout à l'heure.

C'est alors que je vis la note.

Il n'y avait que quatre mots, écrits au dos du papier sur lequel elle avait noté le nom du sandwich que j'avais testé plus tôt dans la journée.

Maya est ta fille.

Elle avait laissé le bracelet que je lui avais donné, ainsi que le collier de ma mère, à côté de la note.

Je les ramassai et les triturai entre mes mains, remarquant que les pierres étaient froides.

Où est-ce qu'elle est partie, putain ?

Et où était ma fille ?

Le fait qu'elle ait laissé les bijoux derrière elle signifiait-il quelque chose ? Elle ne voulait peut-être rien avoir à faire avec moi ?

Je reposai le bracelet et le collier sur le comptoir.

Je dois les retrouver.

Un instinct protecteur farouche m'envahit, me faisant oublier ma colère.

Je ne savais pas du tout où elle aurait pu aller au pied levé. Elle avait rendu son appartement, alors peut-être dans un motel bon marché ?

Cette idée ne me plut pas du tout. D'accord, Citrus Beach était une petite ville et il n'y avait pas souvent de crimes, mais je n'aimais pas l'imaginer dans un endroit où elle et Maya ne seraient pas totalement en sécurité.

Mais puisque je ne connaissais pas sa situation financière, c'était peut-être tout ce qu'elle pouvait se permettre.

Je m'en voulais de ne jamais avoir demandé à Skye si elle avait assez d'argent sur son compte personnel.

Elle n'avait jamais dit qu'elle manquait d'argent, mais je doutais qu'elle l'ait fait même si c'était le cas. Skye et Maya ne manquaient de rien, ici, mais je ne savais pas du tout quelle somme d'argent elle avait en banque.

Je l'avais encouragée à fermer le restaurant, qui ne lui rapportait donc plus d'argent. Plus depuis des semaines.

Je pris mes clefs et sortis de la maison quelques secondes plus tard.

CHAPITRE 28

Skye

Le lendemain matin, je bus plusieurs tasses de café pour aider mes yeux à s'ouvrir.

J'avais donné à manger à Maya et l'avais mise au lit assez tôt, la veille au soir. Mais même si j'étais partie me coucher peu de temps après, je n'avais pas réussi à dormir.

Vers midi, je me sentais encore complètement épuisée, et plus qu'un peu énervée à cause de toute la caféine que j'avais consommée.

Et pire que tout… Aiden me manquait.

Étais-je en colère qu'il ne m'ait pas écoutée quand je lui avais affirmé que Maya était sa fille ? *Oui.* J'étais blessée.

Mais est-ce que je comprenais son hésitation à me croire sur parole ? *Un peu.*

J'avais mal au cœur, mais mon cerveau comprenait tout à fait *pourquoi* il était en colère.

J'aurais juste aimé qu'il ne soit pas aussi certain que je lui avais menti. C'était ses accusations qui me blessaient le plus.

J'aurais bien mieux compris qu'il soit juste… perdu.

Il n'avait même pas eu le temps de *vraiment* accepter sa situation de père d'une enfant de huit ans, alors découvrir soudain que Maya n'était peut-être pas sa fille biologique avait dû être difficile.

Il m'avait tout de suite cru quand je lui avais parlé de la lettre que je lui avais laissée, même si Seth avait confirmé ma version des faits en confessant l'avoir prise.

Mais il était difficile d'accepter que la science puisse se tromper.

En réalité, pouvait-il encore considérer qu'il me connaissait ? Nous avions connu un bref amour d'été, qui s'était terminé de manière désastreuse. Et nous n'avions renoué le contact que quelques semaines plus tôt.

Malheureusement, il n'avait pas fallu longtemps avant que mon cœur et mon corps admettent ce que je ressentais pour Aiden, et parfois, il fallait du temps avant de faire totalement confiance.

Je n'avais pas *aussitôt* fait confiance à Aiden.

Et il avait dû accepter un tas de choses qui avaient changé sa vie.

Alors de manière rationnelle… je ne devrais pas être trop dure avec lui.

Mais ça ne voulait pas dire que je n'étais pas triste qu'il ait refusé d'écouter la vérité.

Je me levai de la table et allai prendre un autre café à la cuisine. Je travaillais sur le design du nouveau restaurant et je voyais flou à cause du manque de sommeil.

J'allais devoir me contenter de me bourrer de caféine.

J'essayais de travailler depuis le départ de Maya à l'école, mais mon cerveau n'arrivait pas à se concentrer.

Je savais que j'allais devoir parler à Aiden. Je ne pouvais pas rester chez Jade éternellement, même si je m'y sentais bien.

La maison de ma meilleure amie n'était pas aussi grande que celle d'Aiden. C'était plutôt un cottage adorable décoré sur le thème de la plage.

Je mis une dosette dans sa cafetière et attendis que le café soit prêt.

J'allais devoir me trouver un autre appartement, et puiser dans mes ressources déjà à sec, mais je trouverais une solution. J'en trouvais toujours. Vu que le restaurant ne rapportait plus d'argent en ce moment, ça allait être compliqué pour moi et Maya, mais ce n'était pas comme si on n'était pas habituées à nous débrouiller avec ce qu'on avait.

Mais je ne pouvais pas me permettre de ne pas travailler à rendre le restaurant à nouveau fonctionnel.

Je devais me concentrer.

Quoi qu'il se passe entre Aiden et moi, la dernière chose dont j'avais envie, c'était que Maya perde à nouveau son père. Elle aimait déjà tellement Aiden, et elle serait dévastée s'il sortait de sa vie. Alors j'irais bientôt chez Aiden et tenterais de le convaincre au moins de s'engager à maintenir sa relation avec Maya en attendant de pouvoir refaire le test.

Je laissai échapper un long soupir tout en mettant du lait et du sucre dans mon café. J'avais juste envie de retourner au lit et de mettre mes couvertures par-dessus ma tête. De faire comme si hier soir n'était jamais arrivé.

Je voulais… Aiden.

Il était devenu mon lieu sûr où me réfugier. Pas sa maison. Lui. Et ça avait été un enfer de ne pas pouvoir lui parler quand je me sentais au plus bas. Ou même quand je me sentais bien.

C'était une torture de ne pas l'avoir auprès de moi… point.

Je tentai de cligner des paupières pour réfréner les larmes dans mes yeux, mais mes émotions étaient désormais à fleur de peau. Ce petit tour psychologique ne fonctionnait plus.

Aiden avait ouvert cette porte, et je ne pouvais plus la refermer.

Je l'aimais, et j'étais complètement fichue.

Pour être honnête avec moi-même, je devais admettre que je l'avais *toujours* aimé. Je l'aimerais sûrement toujours. Nous étions liés d'une manière qu'on ne rencontrait pas tous les jours.

Je le savais, parce qu'il était le seul homme que j'aie jamais aimé. Le seul qui puisse me faire me sentir aussi mal. Le seul qui puisse aussi me rendre heureuse.

J'essuyai les larmes qui coulaient sur mon visage et m'efforçai de rester forte. J'allais devoir me ressaisir, pour ma fille.

Elle aurait besoin que je sois là pour elle, si son père ne l'était plus.

Je sursautai en entendant quelqu'un frapper à la porte de l'arrière de la maison.

Je posai mon café et partis dans cette direction, en me demandant si je devrais seulement aller ouvrir.

J'étais dans la maison de Jade. C'était sûrement l'un de ses amis ou une connaissance.

Mais quelque chose m'attira vers la porte du fond, et j'ouvris quand même.

Aiden !

Il était là.

Il était réel.

Mon cœur battait la chamade alors que je le dévisageais comme s'il s'agissait d'une illusion.

Son visage las donnait l'impression qu'il venait de traverser l'enfer.

— Tu es là, dit-il en passant la porte. Seigneur ! Je ne suis venu vérifier ici que par désespoir.

— J... Jade a dit que je pouvais venir chez elle si je voulais. Et je n'avais pas d'autre endroit où aller, expliquai-je.

— Ta voiture est dans le garage ? devina-t-il.

— Oui.

— Tu étais si proche et je ne le savais pas ?

Il se mit à rire. Et ce n'était pas parce qu'il était amusé. Il donnait plus l'impression de se moquer de lui-même.

— Aiden, qu'est-ce qui t'arrive ?

Il avait l'air épuisé, et je commençais à m'inquiéter.

— J'ai fait le tour de la ville au moins trois fois, Skye, grogna-t-il. J'ai fouillé tous les logements à la recherche de ta voiture. C'était la seule manière de découvrir où tu étais passée. Pourquoi être partie ?

— Tu étais en colère, répondis-je. Et je ne voulais pas que Maya soit perturbée si tu faisais une gaffe et disais quelque chose au sujet du test.

— Je me suis comporté comme un idiot, Skye. J'aurais dû rester. J'aurais dû en parler avec toi. Au lieu de ça, je me suis retrouvé à rebattre les oreilles de mon frère pendant deux heures.

Il est allé voir Seth.

Je n'avais pas cru une seule minute qu'il ait pu partir se consoler avec une autre femme, mais j'étais soulagée de savoir qu'il était dans un endroit innocent.

— Assieds-toi, dis-je en posant une main sur son épaule pour le guider. Je vais te faire un café. Il faut qu'on parle.

— J'en ai déjà trop bu, répondit-il en se passant une main sur le visage.

Mais il laissa quand même tomber ses fesses sur une chaise à la table, avant d'ajouter :

— Je te cherche depuis hier soir.

Je pris mon café et lui apportai une bouteille d'eau sortie du frigo, avant de m'asseoir en face de lui.

— Toute la nuit ? répétai-je.

Pas étonnant qu'il ait l'air de ne pas avoir dormi. Il ne s'était sûrement pas couché du tout.

Il hocha la tête, me dévorant des yeux comme si j'étais un genre de trésor précieux.

— Et toute la matinée. J'ai eu peur qu'il te soit arrivé quelque chose. Ne me refais jamais ça. Je l'ai sûrement mérité pour m'être comporté comme un abruti, mais tu viens de m'enlever dix ans de ma vie. Maya va bien ?

J'acquiesçai de la tête.

— Oui. Elle est à l'école.

— C'est ma fille, s'empressa-t-il de dire. Je me moque de ce que dit ce test, je le sens, ici.

Il se frappa deux fois la poitrine et reprit :

— Peu importe qu'on ait les mêmes gènes ou pas. Je m'en fiche. Et je sais que tu devais avoir une bonne raison pour dire que c'était ma fille. Dis-moi tout, Skye. Explique-moi ce que je ne t'ai pas donné l'occasion de m'expliquer hier soir. Je n'aurais jamais dû partir. On surmontera tout ça si tu me promets de ne plus me mentir.

Il compte vraiment m'accorder une nouvelle chance ? Il est prêt à considérer Maya comme sa fille alors qu'il pense qu'ils n'ont aucun lien biologique ?

J'étais stupéfaite, et mes larmes se remirent à couler librement sur mes joues.

— Tu es aussi amoureux de moi que je le suis de toi ? demandai-je avant d'avoir pu me retenir.

— Je suis fou amoureux de toi, Skye, répondit-il, les yeux écarquillés. Ridiculement amoureux. On doit arranger les choses, ou je ne pourrais plus jamais avoir une vie normale. Je t'aime à ce point-là.

Je me mis à sangloter comme une enfant.

— Je t'aime aussi.

Aiden se leva, me souleva de ma chaise, puis nous emmena au salon. Il s'assit sur le canapé et m'installa sur ses genoux.

Je pleurai des larmes de soulagement sur son épaule, le laissant porter le poids de toute la douleur qui me rongeait.

Il me caressa le dos tout en murmurant des paroles de réconfort incohérentes dans mon oreille.

Des années de douleur, de peur et de peine se déversaient, et je ne pouvais les arrêter. Je pleurai jusqu'à ce que toutes ces émotions négatives aient complètement disparu.

Et Aiden se contenta de me soutenir.

C'était dingue, qu'il soit prêt à m'accepter même si je lui avais menti au sujet de Maya.

Mais quand je me fus calmée, je ne pus le laisser continuer à croire qu'elle n'était pas sa vraie fille.

— J'ai appelé le laboratoire, dis-je d'une voix faible après avoir pleuré pendant plusieurs minutes d'affilée.

— Alors tu as les résultats du test ? demanda-t-il. Je voulais les appeler, mais je n'ai pas réussi à trouver les papiers, et je n'en avais pas grand-chose à faire, vu que j'étais inquiet pour toi et Maya.

Je m'écartai pour voir son visage.

Tout ce dont j'avais toujours rêvé était présent dans ses yeux.

Son dévouement.

Son désespoir.

Et son amour inconditionnel.

— Maya est bien ta fille biologique, Aiden. Le laboratoire pense avoir échangé les échantillons et les avoir mal étiquetés. Un autre type les a appelés aussi. Un homme à qui on a annoncé que les ADN correspondaient alors qu'ils n'auraient pas dû. Il est sûr que l'enfant n'est pas le sien, mais il avait juste besoin d'un document pour le confirmer. Tes échantillons sont arrivés le même jour. Les résultats que tu as reçus devaient être les siens. Et lui a reçu le tien. Tu devras refaire un test, et lui aussi. Mais je te jure sur ma vie que je n'ai jamais été avec personne d'autre que toi. Et que j'étais déjà enceinte quand je suis partie à San Diego. Elle ne peut en aucun cas être l'enfant de quelqu'un d'autre.

Je voyais qu'il m'écoutait, cette fois, et que son regard était tourmenté.

— Putain ! jura-t-il. Comment un truc pareil peut-il arriver ? Et comment pourrais-je me racheter après t'avoir fait une telle chose. Je t'ai traitée de menteuse, Skye.

Je haussai les épaules.

— L'erreur est humaine. Et si tu m'aimes, je te pardonne. Je ne réagis pas toujours de manière rationnelle, moi non plus, quand il s'agit de toi. Et ça m'a vraiment touchée, que tu acceptes Maya même en étant persuadé qu'elle n'était pas ta fille biologique.

— C'est une enfant parfaite. Comment aurais-je pu faire autrement ? Je l'aime, elle aussi.

Je manquai de faire une autre crise de sanglots, mais parvins à m'obliger à la réfréner, cette fois.

— Alors tu me crois, cette fois ?

Il hocha la tête.

— J'ai les idées claires, maintenant. Je n'aurais jamais dû douter de toi. Dis-moi ce que je peux faire pour me racheter. S'il te plaît, dit-il d'une voix râpeuse.

Je sentais au fond de mon cœur qu'il ne doutait pas de ce que je lui avais dit.

— Contente-toi de me dire à nouveau que tu m'aimes, insistai-je. Parce que je t'aime tellement que ça fait mal.

Il me fit glisser délicatement de ses genoux, se leva et fouilla dans la poche de son jean.

Quand il trouva ce qu'il cherchait, il s'agenouilla à côté du canapé.

— Je t'aime, Skye. Sûrement plus que je ne pourrais jamais l'exprimer en mots. J'ai besoin de toi dans ma vie, pour toujours. Épouse-moi et épargne mes souffrances, pour l'amour du ciel, dit-il d'une voix rauque.

Il ouvrit la boîte qu'il tenait et me la tendit.

Elle contenait le plus beau diamant solitaire que j'aie jamais vu.

J'étais à court de mots.

— Tu n'es pas obligé de faire ça pour essayer de te faire pardonner d'avoir dit des choses que tu n'aurais pas dues. Je me suis sentie blessée, mais je comprends pourquoi c'est arrivé, dis-je, à bout de souffle.

— Cette bague est dans ma poche depuis notre retour de Las Vegas. J'ai envie que tu sois mienne depuis tout ce temps. Et c'est toujours ce que je veux. Peut-être encore plus que quand je l'ai achetée.

— Je suis déjà tienne.

— Alors j'ai peut-être *besoin* d'être rassuré, admit-il d'une voix rauque. Tu n'es pas obligé de te mettre à planifier le mariage, mais portes ma bague. Un jour, quand tu seras prête, on se mariera. Je sais que tu as vécu un enfer. Et je ne t'en veux pas de ne pas vouloir d'un autre mari. Mais je te jure que je m'efforcerai d'être tout ce qu'il n'était pas.

Il ne le savait peut-être pas, mais Aiden était *déjà* tout ce que mon premier mari n'était pas.

J'ouvris la bouche, mais je ne savais pas comment lui dire qu'il n'y aurait toujours aucune comparaison entre eux deux.

Aiden était le seul homme que j'avais jamais aimé, et que j'aimerais jamais.

— Je t'aime, dis-je, parce que je ne pouvais exprimer en mots tout ce que je ressentais.

— Je t'aime aussi, mon cœur. Mais tu veux bien te dépêcher de dire oui ?

J'éclatai de rire.

— Oui. Je veux bien t'épouser.

Je n'avais plus peur du mariage. Pas avec lui. Jamais avec Aiden.

— Dieu merci, dit-il avec un gros soupir soulagé.

Il prit la bague et jeta la boîte de côté.

Elle m'allait parfaitement, quand il me la glissa au doigt, et j'eus l'impression étrange qu'il venait de se passer quelque chose qui aurait dû arriver il y a très longtemps.

Comme si un tort venait d'être réparé dans le monde, et que tout était enfin dans l'ordre des choses.

CHAPITRE 29

Skye

—Tu ne sais pas comme ça me fait plaisir de voir cette bague à ton doigt, dit-il d'un ton rauque tout en se rasseyant sur le canapé et en m'attirant sur ses genoux.

Je frémis en voyant l'anneau d'or blanc et le diamant scintillant sur ma main.

— Je crois que si, protestai-je. Je suis prête à t'épouser, Aiden. Dès qu'on aura eu les résultats du test…

— Ils n'ont aucune importance, m'interrompit-il. Je sais déjà ce qu'ils diront. Je sais que tu ne me mentais pas, Skye. Et si tu l'avais fait, tu m'aurais dit la vérité aujourd'hui, et tu aurais eu une très bonne raison pour avoir fait ça. Je ne sais pas ce qui m'a pris. Je suppose que l'idée que tu aies pu me trahir comme ça m'a projeté dans un genre de quatrième dimension. Je suis toujours rationnel, sauf quand il s'agit de toi.

— C'est oublié, dis-je avec franchise.

Aiden et moi ferons tous les deux des erreurs, et il avait de bonnes raisons d'éprouver des réserves au sujet de notre relation.

Pour être honnête, j'étais parfois tout sauf raisonnable en ce qui le concernait, moi aussi.

L'amour que nous éprouvions l'un pour l'autre était assez fou. Les émotions fortes rendaient parfois irrationnel. Mais il s'était ressaisi et avait réfléchi à la situation, même s'il ne l'avait pas fait *sur-le-champ*.

— Tu ne devrais pas oublier, grommela-t-il.

— Alors tu veux que je te torture ? le taquinai-je.

— Ça m'aiderait peut-être à me pardonner d'avoir pété les plombs, répondit-il. J'ai prononcé des mots que je ne pourrais jamais reprendre. Tu ne le méritais pas.

— L'amour ne sera pas toujours parfait, Aiden. Nous aurons des désaccords. Nous nous aimons trop pour ne pas nous disputer de temps en temps. Nous ne sommes plus des enfants. Tu es borné. Je suis indépendante. Ces deux traits de caractère sont voués à entrer en collision de temps en temps. Mais tout ce que tu as bien fait surpasse de loin un jour où tu as mal réagi.

— Dis-moi ce que je peux faire pour me faire pardonner, demanda-t-il.

— Embrasse-moi, insistai-je.

— Bébé, ça n'a rien d'une torture, répliqua-t-il tout en me faisant baisser la tête.

Une chaleur humide submergea mon entrejambe dès que je sentis ses lèvres douces, chaudes et soyeuses toucher les miennes.

J'étais perdue, et je n'en avais rien à faire.

L'homme qui avait toujours été voué à m'appartenir était désormais mon fiancé, après avoir attendu presque une décennie.

Je ne voulais pas perdre une minute de plus.

Je levai enfin la tête, même s'il m'était douloureux de me séparer de lui.

— Baise-moi, Aiden. Montre-moi que tout ça est réel, parce que je ne suis pas sûre d'arriver à croire que c'est vraiment en train de m'arriver.

La vérité, c'était que j'avais du mal à concevoir qu'il puisse m'aimer autant que je l'aimais.

Je me retrouvai couchée sur le dos sur le canapé avant d'avoir pu cligner des yeux, le corps musclé d'Aiden au-dessus de moi.

Je l'accueillis en enveloppant mes jambes autour de sa taille.

— Crois-le, bébé, dit-il d'une voix rauque et pleine d'émotion. Toi et moi, on aurait dû être comme ça il y a des années. Et je ne céderai plus jamais ton joli cul. Je serais prêt à traverser un anneau de feu pour te retrouver, si tu essayais de t'enfuir.

J'emmêlai mes mains dans ses cheveux, puis savourai la sensation de sa proximité.

— Je n'irai nulle part, lui promis-je, des larmes dans les yeux.

— Ne pleure pas, mon cœur, demanda-t-il. Je ne veux plus jamais te voir pleurer.

Il posa à nouveau la bouche sur la mienne et ma poitrine se serra alors qu'il explorait ma bouche avec tant de soin que je *sus* que tout était réel.

Son baiser était brutal, et il me dépouilla de toutes les défenses qu'il me restait.

J'avais besoin de nous voir nus tous les deux, de sentir notre peau brûlante fusionner comme si nous ne nous séparerions plus jamais.

Quand il leva enfin la tête, je gémis de protestation.

— J'ai besoin de te voir nue, grogna-t-il.

Toutes les hormones féminines que je possédais réagirent à cette demande.

Il se leva et je m'empressai de l'imiter.

Je tendis la main vers le tee-shirt qu'il portait dans une frénésie de désir.

Il m'aida à le retirer, puis fit passer mon tee-shirt par-dessus ma tête et le jeta au-dessus du sien sur le sol.

— Attends, dis-je doucement. S'il te plaît.

Il me lança un regard perplexe.

— Laisse-moi te toucher, insistai-je.

Aiden se faisait toujours un devoir de me faire jouir autant de fois que possible. C'était un mâle alpha, et ça me plaisait. Mais cela voulait dire que j'avais rarement l'occasion de vraiment le toucher et lui donner du plaisir en retour.

Il prenait toujours la direction des opérations.

— Pour une fois, laisse-moi juste te toucher dans un murmure, la voix faible alors que j'observais toute cette peau douce sur ses muscles bien développés.

La lueur chaude dans ses yeux me brûla, mais il resta immobile, comme s'il attendait que je fasse le premier pas.

Je tendis la main vers les boutons de son jean et les ouvris, les yeux rivés aux siens alors que je faisais courir mes paumes le long de son torse et de ses abdos en tablettes de chocolat.

Aiden était magnifique, de son corps à vous faire baver aux traits forts et masculins de son visage, en passant par ses beaux yeux bleus.

— J'adore te toucher, dis-je tout en suivant des doigts la ligne de poils sexy qui disparaissait sous son jean ouvert.

— Tu as toujours été le type le plus canon que j'aie jamais vu.

Je fis courir ma main le long de la bosse dure sous le jean qu'il portait et l'entendis prendre une brusque inspiration.

C'était le seul encouragement dont j'avais besoin pour me laisser tomber à genoux, puis tirer son jean et son caleçon jusqu'à ses pieds.

Je le laissai les écarter d'un coup de pied, puis refermai la main autour de son membre.

— Skye, dit-il d'un ton sauvage.

— Attends, dis-je, sachant qu'il perdait patience.

Je sentais la testostérone émaner de son corps et m'appeler.

Il y avait quelque chose de puissant dans le fait de savoir que j'allais pouvoir le mettre dans tous ses états comme il le faisait avec moi.

J'avais envie de le goûter, et de le faire bien, car je n'avais encore jamais fait ça.

Le sexe d'Aiden avait beau être aussi dur qu'un diamant, j'adorais la douceur soyeuse qui le recouvrait, et laissai mes doigts glisser le long de son membre avant de me pencher en avant.

Je laissai mon instinct prendre le contrôle, sortis la langue et léchai la perle humide tout au bout.

Je fermai les yeux et savourai son goût, son essence, avant d'avaler autant de son sexe que possible.

— Je crois que je viens de mourir, grogna-t-il.

Encouragée, j'enroulai la main à la base de son sexe et suçai tout en reculant.

Après ça, je me perdis dans le rythme, savourant chaque son de plaisir qu'il émettait et la sensation de ses mains agrippées dans mes cheveux de manière désespérée.

Je fus surprise de le sentir reculer brusquement.

— Tu dois t'arrêter, Skye, ou je vais jouir dans ta bouche, dit-il d'une voix râpeuse.

Je levai les yeux vers lui.

— Ce serait si grave que ça ?

— Ce serait un rêve érotique qui se réalise, bébé. Mais j'ai besoin d'être en toi tout de suite. J'ai besoin de sentir que c'est réel, moi aussi. Que tu es réel.

Il me fit me lever et me retira lentement mes vêtements, les laissant tomber au sol un par un.

Fascinée, je le regardai faire jusqu'à ce que je sois aussi nue que lui.

— J'ai besoin de toi, dis-je, les mots s'échappant de ma bouche malgré moi.

Il se laissa tomber sur l'énorme canapé en cuir.

— Je suis là. Je serai toujours là. Viens par ici.

Quand je fus assez proche du canapé, il me fit asseoir sur lui. Je laissai échapper un soupir de satisfaction et le chevauchai.

— Monte-moi, ma belle, dit-il d'une voix rauque.

Nos regards se rivèrent l'un à l'autre et une communication silencieuse passa entre nous, me clouant sur place.

Il voulait que je garde le contrôle. Que je prenne ce que je voulais.

Et je n'hésitai pas avant de prendre son sexe et d'en positionner le gland soyeux face à mon intimité.

M'abaisser sur lui fut l'une des sensations les plus incroyables que j'avais jamais ressenties.

Aiden me remplissait, m'étirait, me faisait me sentir entière, et c'était à couper le souffle.

J'étais si mouillée que je le pris jusqu'aux bourses sans grande difficulté.

— C'est tout à fait ce dont j'avais besoin, haletai-je. De ça. De toi. De nous.

Il plaqua les mains sur mes hanches.

— Monte-moi avant que je perde la tête.

Il y avait de la tension dans l'expression de son visage, mais aussi de l'amour et de la passion. Et je me nourris de ces émotions.

Je me soulevai, puis m'abaissai à nouveau. Le rythme lent et sensuel se transforma bientôt en un besoin effréné d'aller plus vite. De le prendre plus profondément.

— Aiden, gémis-je.

Il étreignit mes hanches plus fort et commença à se soulever chaque fois que je m'abaissais.

Je lâchai prise quand le rythme fiévreux devint insensé et que mon corps me supplia de le satisfaire.

Aiden m'immobilisa et me pilonna par en dessous, chaque coup de reins plus brutal que le précédent.

Quand il changea légèrement de position de manière à ce que chaque mouvement applique une pression sur mon clitoris, je craquai.

Mon orgasme me transperça si fort que je parvins à peine à rester droite.

— Oui, sifflai-je. Je t'aime. Je t'aime tellement.

À ces mots, il m'attira à lui pour un baiser délirant, et nos bouches se rejoignirent comme si nous risquions de mourir si nous ne le faisions pas.

Il étouffa les gémissements que je ne pouvais réfréner pendant que tout mon corps tressautait sous l'effet de l'orgasme.

Quelques secondes plus tard, il jouissait au plus profond de moi, puis son corps s'apaisa.

Quand je m'écartai pour poser la tête sur son épaule, il dit d'une voix bourrue :

— Je t'aime aussi, Skye.

J'étais à bout de souffle et mon cœur galopait dans ma poitrine, mais je souris contre sa peau en sueur.

Il me caressa le dos de haut en bas et nous ne dîmes rien, les seuls sons dans la pièce étant ceux de notre respiration frénétique alors que nous nous ressaisissions tous les deux.

— Quand Jade a dit que je pouvais profiter de sa maison, finis-je par dire, je suis certaine qu'elle ne voulait pas dire qu'on pouvait s'en servir pour ça.

Aiden rit, un son si grave et fort qu'il sembla raisonner dans toute la pièce.

— Je vais nettoyer le canapé. Ou je lui en achèterai un autre. Et je doute que ça la dérange.

— Je ne lui dirai rien, m'empressai-je de dire.

Il était hors de question que j'avoue à ma meilleure amie que j'avais couchée avec son frère sur son canapé en cuir.

— Rentrons à la maison. On a un lit tout à fait confortable là-bas, suggéra-t-il d'une voix sexy de baryton qui me fit me relever en vitesse.

J'étais convaincue. Je ne comptais pas utiliser le lit de Jade pour autre chose que dormir.

— J'ai une maison, maintenant, murmurai-je. Je ne sais pas vraiment ce que ça veut dire, Aiden.

Une maison était censée être un endroit où on se sentait en sécurité. Je n'avais jamais connu ça, même chez ma défunte mère. C'était peut-être pour ça que j'avais soudain hâte de rentrer chez Aiden.

C'était ma maison parce que nous étions heureux, là-bas.

Il enroula ses bras autour de moi et m'attira contre lui.

— Je ne me sentirai jamais chez moi tant que tu ne seras pas avec moi. Je t'aime, Skye. Je suis tellement désolé de ce qui s'est passé.

Je secouai la tête.

— Pas la peine. Nous ferons tous les deux des erreurs, Aiden. Contente-toi de ne pas trop m'en tenir rigueur si je fais un truc complètement irrationnel à l'avenir.

Je passai les bras autour de son cou et savourai la sensation de son corps nu contre le mien.

Il secoua la tête.

— Je ne referai jamais plus cette erreur. Mon objectif est de m'assurer que tu es heureuse.

— Mission accomplie, le taquinai-je. Je le suis déjà.

— Tu vas le devenir encore plus, insista-t-il avec un sourire.

Il m'embrassa, et je fondis contre lui.

Je n'arrivais pas à imaginer une vie plus heureuse qu'à cet instant.

CHAPITRE 30

Seth

J'en avais marre que les femmes se jettent à mon cou.

OK. Je l'admets. Ce n'est pas le genre de truc que dirait un type normal, mais j'étais dans des circonstances très différentes de celles d'un homme moyen.

D'abord – j'étais un nouveau riche, après avoir été pauvre toute ma vie.

Ensuite – je travaillais comme un dingue pour prouver que je méritais d'être milliardaire.

Et enfin – j'avais toujours été trop occupé pour sortir avec des femmes.

Sans parler du fait que je n'avais plus rencontré aucune femme qui m'ait donné envie de lui proposer un rendez-vous depuis environ un an.

Cette période sèche était peut-être due au fait que je savais que toutes les femmes qui m'approchaient ne s'intéressaient qu'à mon argent. Et j'avais une tonne d'argent. Je savais qu'aucune d'elles ne m'aurait regardé à deux fois, à l'époque où j'étais employé du bâtiment.

— Vous êtes Seth Sinclair ? demanda une voix féminine.

Je grimaçai en levant les yeux sur la jolie brune qui tenait une tasse de café – ce qui n'avait rien de surprenant, vu qu'on était dans un café. Mais son sourire était bien trop artificiel et plein d'espoir.

— Oui, répondis-je d'un ton abrupt en espérant qu'elle comprendrait le message.

Je reportai mon regard sur l'ordinateur portable devant moi. J'espérais obtenir ma dose de caféine et travailler un peu en même temps.

— Je peux m'asseoir ici ? demanda-t-elle avec beaucoup trop d'enthousiasme.

Je la regardai sans rien répondre.

Seigneur ! Ma mère, morte depuis longtemps, maintenant, avait élevé ses fils pour être polis. Ce n'était pas si facile que ça, pour moi, de me comporter comme un connard – même si tous mes frères et sœurs auraient contesté. Ils affirmeraient que j'étais le plus gros crétin parmi eux. Mais je trouvais *vraiment* difficile de me montrer impoli avec une femme.

— Désolée, je suis en retard, dit une deuxième femme tout en bousculant la femme aux cheveux sombre qui attendait toujours ma réponse.

Je regardai la sublime rousse s'asseoir à ma table comme si elle y avait tout à fait sa place.

— Pardon, au temps pour moi, dit la femme aux cheveux sombres.

Elle avait parlé d'un ton cassant, mais se retourna et s'éloigna.

Je reportai mon attention sur la rousse, maintenant que la brune était partie.

Ma nouvelle compagne de table retira le sac qu'elle avait à l'épaule et en sortit un ordinateur, qu'elle posa sur la table avant de l'ouvrir.

Elle se mit au travail sans prononcer un mot, le cliquetis rapide des touches m'indiquant qu'elle s'affairait furieusement sur je ne savais quel projet.

Bizarrement, elle n'avait pas l'air d'avoir envie de discuter.

Alors, pourquoi s'être assise à ma table comme si je la connaissais ?

Je parcourus le café du regard. Il y avait un tas de tables disponibles, ce qui rendait son geste encore plus déroutant.

Mais la *raison* pour laquelle elle était assise ici avait-elle la moindre importance ? Cette femme m'avait offert exactement ce que je voulais.

J'avais une femme à ma table, ce qui voulait dire que personne d'autre ne chercherait à m'approcher.

Et de toute évidence, elle n'était pas intéressée par moi.

Parfait.

Je bus une gorgée de mon café extra-large et me remis au travail sur mon ordinateur.

Le problème, c'était que je n'avais soudain plus la tête à travailler – ce qui ne me ressemblait pas du tout.

Développer mon entreprise était ma priorité.

Je bouillonnai un instant, puis perdis patience.

OK. Je *devais* savoir.

— Pourquoi avoir décidé de vous asseoir à ma table ?

Elle n'arrêta pas de travailler, la tête baissée sur son ordinateur, alors qu'elle répondait :

— Je voulais vous aider. Pas la peine de me remercier.

Je fronçai les sourcils.

— Vous vouliez m'aider ? répétai-je, ignorant sa pique sarcastique.

— Il était clair que vous aviez besoin d'une diversion. J'avais besoin de m'asseoir et de travailler.

Je fermai mon ordinateur, puis tendis la main pour abaisser son écran et voir son visage.

Elle me regarda en fronçant les sourcils, ce que je trouvai vaguement amusant.

— Je dois travailler, répéta-t-elle d'un air dégoûté.

— Faites-moi plaisir une seconde, demandai-je. Dites-moi pourquoi vous pensez que j'avais besoin d'aide ?

— Vous aviez l'air d'avoir désespérément besoin d'échapper à ce sosie de mannequin. J'ai lu la panique sur votre visage.

— Je ne panique pas, rétorquai-je avec calme.

— Ça vous rassurerait si je vous disais que vous aviez l'air... perturbé ?

— Oui.

— Bien. Dans ce cas, vous aviez l'air perturbé. Je peux me remettre au boulot, maintenant ?

— Alors vous avez juste pris sur vous de venir à mon secours ? demandai-je en ignorant sa requête.

— Oui, répondit-elle d'un ton sec.

— Vous faites ça souvent ?

— Quasiment jamais. Vous étiez une exception. J'ai déjà assez de problèmes comme ça. En général, je laisse les autres gérer leurs soucis tout seuls. Mais vous aviez vraiment l'air un tout petit peu désespéré.

Je me renfonçai sur ma chaise. Cette femme était attirante. OK, elle était peut-être même belle. Pour être honnête, j'aurais même pu dire qu'elle était *époustouflante*.

Ses yeux noisette étaient vifs et inquisiteurs, et même si ses cheveux flamboyants étaient relevés et attachés à l'arrière de sa tête, de petites mèches encadraient son visage aux traits magnifiques.

Elle portait une tenue de gagnante : jupe noire à coupe évasée, chemisier blanc et veste sombre assortie. Je n'avais pas vu ses pieds, mais j'étais prêt à parier qu'elle portait des talons.

Qui aurait cru qu'une femme en costume pouvait être aussi attirante ?

Et cette femme était vraiment sexy. Quelque chose me disait qu'elle le serait quoiqu'elle porte.

Ce que je préférais peut-être le plus chez elle, c'était son absence d'intérêt pour moi.

— J'ai aussi mes difficultés, dis-je d'un ton songeur. Et en général, je ne me mêle pas des affaires des autres.

— Vous devriez essayer, parfois, suggéra-t-elle. Ça vous fait oublier vos propres histoires, pour un temps. Ça soulage le stress. Alors, quelles sont vos difficultés, aujourd'hui ?

Je haussai un sourcil.

— Vous voulez vraiment le savoir ?

— Pas vraiment, répondit-elle. Mais je suis assise à votre table. Alors lancez-vous.

Je dus me réfréner de sourire. Cette femme était d'une honnêteté brutale. Mais elle m'intriguait. Et je n'avais plus connu ça depuis longtemps.

— Je suis dans le bâtiment, et une écolo emmerdeuse m'empêche de bâtir un site parce que c'est le lieu de nidification de je ne sais quels oiseaux en danger. Si le site n'est pas construit, ça risque de me faire perdre des millions de dollars.

Elle secoua la tête.

— Ça a l'air horrible, remarqua-t-elle. Alors vous êtes dans le bâtiment ?

J'acquiesçai de la tête.

— Je suis Seth Sinclair. Le propriétaire de Sinclair Properties.

Elle n'eut pas du tout l'air impressionnée.

— J'ai entendu parler de vous. Vous avez hérité de plusieurs milliards de dollars, c'est ça ? On en a parlé dans toute la presse locale. Vous êtes de la famille des Sinclair de Boston, hein ?

Elle avait toujours l'air imperturbable, ce que je trouvais déstabilisant. La plupart des femmes changeaient aussitôt d'attitude quand elles apprenaient qui j'étais et tout l'argent que j'avais.

Cette femme était un peu une énigme. Je n'arrivais même pas à déterminer à quoi elle pensait.

— Ce sont mes demi-frères et mes cousins, expliquai-je.

— Alors, pourquoi vouloir construire sur un site qui abrite des espèces menacées ? demanda-t-elle.

— Parce qu'il m'appartient, répondis-je.

— J'ai tendance à me dire que les oiseaux étaient sûrement là en premier, répondit-elle.

— Je perdrai des millions de dollars si je ne construis pas. Je ne vais pas faire don d'un terrain côtier de cette valeur.

— Je doute que cet argent vous manque, remarqua-t-elle. Et si vous connaissez autant de difficultés, pourquoi ne pas simplement le céder ? Il existe un tas d'autres endroits où bâtir. Mais on ne peut pas faire réapparaître des animaux disparus.

Je laissai échapper un soupir exaspéré.

— Vous parlez comme ma sœur, Jade.

— Je ne la connais pas personnellement, mais elle me semble une femme incroyable, répondit-elle. Elle a fait un travail exceptionnel dans la conservation génétique. En fait, je dois dire que j'admire beaucoup votre sœur. Alors ça ne me dérange pas de parler comme elle.

J'observai la femme alors qu'elle rangeait son ordinateur.

— Ne vous dépêchez pas de partir à cause de moi, dis-je, ébranlé de voir la femme repartir aussi vite qu'elle était apparue.

— J'ai fait ma bonne action de la journée.

— J'appréciais assez notre conversation.

Elle me lança un regard perplexe.

— Pourquoi ? Je ne suis clairement pas d'accord avec vous.

Je haussai les épaules.

— C'est peut-être pour ça qu'elle me plaisait autant.

— Vous n'avez aucun ami avec des opinions différentes des vôtres ?

Je secouai la tête.

— Pas vraiment. En fait, je n'ai pas beaucoup d'amis.

Mes meilleurs amis étaient mes frères. Je n'avais jamais disposé de beaucoup de temps pour socialiser. Ma famille avait toujours été ma priorité, et j'avais toujours travaillé dur pour m'assurer qu'on ne soit jamais séparés.

— Quelle surprise, lança-t-elle d'un ton sarcastique tout en fermant son sac d'ordinateur. Un homme aussi généreux que vous devrait être entouré d'amis.

— Vous vous moquez de moi, remarquai-je, surpris.

— Écoutez, je ne vous connais pas. Mais j'ai l'impression que vous êtes le genre de type qui accorde plus de valeur à l'argent qu'à votre environnement. J'ai donc beaucoup de mal à vous prendre au sérieux.

— Ce n'est pas que je me fiche des oiseaux, répondis-je en toute honnêteté. Mais je trouve assez ridicule de perdre des millions de dollars pour eux.

Elle se leva et boutonna sa veste de costume.

— Je dois y aller. J'aimerais pouvoir dire que c'était un plaisir de vous rencontrer, mais ce n'était pas vraiment le cas.

Je tressaillis à cette insulte.

— Je ne comprends pas pourquoi vous êtes si résolue à défendre un tas d'oiseaux, grommelai-je.

— Peut-être parce que je m'appelle Riley Montgomery, rétorqua-t-elle en passant son sac sur son épaule. Je constitue une grande part de votre *problème exaspérant*.

Je la regardai, bouche bée, alors qu'elle s'éloignait sans un mot de plus.

Je ne pouvais détourner les yeux de ses fesses ondulantes et sexy alors qu'elle disparaissait.

Quand je clignai enfin des yeux, elle avait disparu.

Je souris, même si elle s'était bien fichue de moi.

Et elle était la dernière femme qui aurait dû faire durcir mon sexe, mais je ne pouvais nier que c'était le cas.

— Ça alors, dis-je dans un souffle.

Je venais de me faire descendre par une écolo exaspérante.

Skye

QUELQUES SEMAINES PLUS TARD...

—Ouvre-le, dis-je à Aiden.

Nous étions assis à la table de sa cuisine et cela faisait deux semaines que j'étais devenue sa fiancée.

J'étais impatiente de régler la question de la filiation de Maya, même si Aiden avait affirmé qu'il n'avait plus le moindre doute.

Ces dernières semaines avaient été si incroyables, mais pour moi, ces résultats de laboratoire incorrects planaient toujours autour de nous comme un nuage noir inquiétant au-dessus de ma tête.

Maya et Aiden avaient refait un test, et le laboratoire les avait effectués en priorité.

Et maintenant que les résultats étaient là, j'avais hâte de révéler les vrais résultats.

Je voulais fermer cette porte pour de bon et passer à autre chose.

— Je sais déjà ce qu'ils vont dire, dit-il en me souriant. Celui-là est un succès assuré.

Il indiqua du doigt son assiette vite.

— Oublie le dernier sandwich une minute, répliquai-je en levant les yeux au ciel.

— Je ne peux pas, protesta-t-il. Il faut que tu le mettes au menu.

— Aiden, dis-je d'un ton d'avertissement.

Il haussa les épaules.

— Si ça t'intéresse tant que ça, tu peux l'ouvrir. Je suis absolument certain de ce que ça dira. Il n'y a aucun suspense pour moi.

Je me mordis la lèvre, tentée.

— Ce sont tes résultats.

— Eh, dit-il d'un ton inquiet. Tu as l'air ébranlée. Tu vas bien, mon cœur ?

Il ne plaisantait plus, maintenant qu'il voyait la tension sur mon visage.

— Contente-toi de l'ouvrir. Je suppose que j'ai juste envie de laisser tout ça derrière nous.

— C'est *déjà* derrière nous, Skye. Mais si ça te perturbe à ce point, je vais regarder.

Il prit l'enveloppe scellée sur la table et l'ouvrit.

Il lui fallut quelques minutes avant d'en arriver au résultat du test, et cela me rendit folle.

— Ça dit que je suis le père de Maya, avec une fiabilité de 99,999 %, annonça-t-il en me tendant les papiers. Tu es contente, maintenant ?

Je baissai les yeux sur le résultat, puis lui souris.

— Oui. Merci de ne pas douter des résultats. Mais je n'aurais pu être tranquille tant que tu ne les avais pas vus toi-même.

— En tout cas, c'est assez hallucinant de le voir écrit noir sur blanc, même si je ne suis pas encore habitué à l'idée d'être père. C'est normal de s'inquiéter à ce point ? demanda-t-il en fronçant les sourcils.

Je hochai la tête et lui adressai un sourire.

— Bienvenu chez les parents. J'étais morte de peur, durant sa première année. Je paniquais chaque fois qu'elle pleurait. Mais ça commence à aller mieux. Et c'est plus facile quand on a un enfant qui a la tête sur les épaules.

Il sourit.

— Elle est vraiment incroyable. Elle me surprend tous les jours.

Il prit un ton plus sérieux et demanda :

— Tu as déjà envisagé d'en avoir un autre ?

Je levai vivement les yeux vers lui.

— Tu veux d'autres enfants ?

— Ça dépend de toi.

Je n'avais jamais vraiment envisagé d'avoir d'autres enfants jusqu'à ce qu'il le mentionne. Quelques mois plus tôt, ça ne me serait même pas venu à l'esprit.

Mais maintenant, je me disais que ce serait une expérience incroyable, que je pourrais partager avec Aiden dès le départ, cette fois. Et j'aimais les enfants. Je ne m'étais encore jamais demandé si j'en voulais plus, c'est tout. Je n'aurais jamais cru avoir une autre relation sérieuse avec un homme.

Il sera là chaque fois que j'en aurais besoin, à chaque étape.

— Je crois que ça me plairait, répondis-je. Quand j'étais plus jeune, j'ai toujours eu envie d'une grande famille.

— Tu as déjà hérité de ça, remarqua-t-il d'un ton amusé.

Je lui lançai un regard réprobateur.

— Ce n'était pas ce que je voulais dire, et j'adore ta famille. Mais j'étais fille unique. Je me sentais très seule, parfois. Et j'adore les enfants. Maya serait aux anges si elle pouvait avoir un petit frère ou une petite sœur. Si je me souviens bien, elle nous en a déjà fait la requête.

Une expression délicieusement malicieuse sur le visage, il répondit :

— Dans ce cas, offrons en lui quelques-uns. Je suis prêt à commencer à m'entraîner tout de suite.

Je laissai échapper un rire joyeux.

— Pas si vite, monsieur. Je veux me marier avant de retomber enceinte, et tu dois encore t'habituer au fait d'avoir une fille.

Il tendit la main et joua avec ma magnifique bague de fiançailles.

— Quand tu seras prête.

— Je suis prête, Aiden. C'est quand tu veux. Maintenant que tu as vu les résultats, je suis prête à laisser mon passé derrière moi, parce que le présent est extraordinaire et que mon futur le sera aussi. Je préfère de loin me concentrer là-dessus que sur mon passé. Allons à la mairie et faisons-le.

Il se leva et m'attira avec lui avant de me faire tournoyer jusqu'à me donner le vertige.

— Je vais me marier, s'écria-t-il.

Quand il arrêta de me faire tourbillonner, je lui donnai une tape amusée sur le bras.

— Je t'avais dit que j'étais prête.

— Mais je ne crois pas t'avoir vraiment crue jusqu'ici, répondit-il d'une voix rauque.

Je savais pourquoi il avait eu ce sentiment. Sûrement parce que j'étais anxieuse tant que les résultats du labo n'étaient pas arrivés.

— Tu peux le croire, assurai-je, lui répétant les mots qu'il me disait chaque fois que je me sentais bouleversée.

— On ne fera pas ça à la mairie, insista-t-il. J'ai attendu presque une décennie pour avoir ça.

— Moi aussi, dis-je tout en écartant une mèche de cheveux de son front. Mais je suppose que je n'ai jamais cru que ça arriverait un jour.

— Tu peux le croire, répéta-t-il avec un sourire.

— Tu te rends bien compte que si on fait un mariage normal, il n'y aura personne du côté de la famille de la mariée ?

— Bébé, *tout le monde* sera de ton côté. Et c'est une tradition stupide, de toute façon. Les gens peuvent s'asseoir où ils veulent.

Ma famille est aussi la tienne, maintenant, que tu le veuilles ou non.

— Je le veux, m'empressai-je de répondre. Maya et moi sommes seules depuis assez longtemps comme ça. Nous avons toujours été là l'une pour l'autre, mais j'ai toujours *regretté* qu'elle n'ait pas aussi une autre famille. Ta fille adore ses nouveaux oncles, tantes et cousins. Elle est plus heureuse qu'elle ne l'a jamais été.

J'adorais l'expression enjouée sur le visage de Maya quand elle parlait de sa famille.

Aiden et moi avions pris soin de ne pas lui parler de la raison de notre dispute, et ma fille ne nous avait jamais posé la question. Elle était juste heureuse que tout soit revenu à la normale à ses yeux.

Il resserra ses bras autour de ma taille.

— Alors, visons la fin de l'été. Plus tôt, si possible. J'aimerais qu'on entame notre nouvelle vie ensemble au plus vite. On a tous les deux assez attendu, et je veux que tu puisses te concentrer sur l'avenir. Tu as bien trop souffert par le passé, bébé.

Comment pourrais-je expliquer à Aiden qu'il avait plus que compensé toutes les angoisses dont j'avais pu souffrir entre les mains de mon ex-mari et de sa famille ? Je serais prête à tout recommencer, si c'était ce qu'il fallait pour me retrouver où j'étais en ce moment. Dix années d'enfer en échange d'un bonheur total pour le restant de ma vie ? J'accepterais ce marché en un clin d'œil, si cela signifiait que je pouvais enfin épouser le seul homme que j'aie jamais aimé.

— La fin de l'été, ça ne nous donnerait que quatre mois pour tout planifier, remarquai-je.

— C'est bien suffisant, quand on a une tonne de membres de la famille pour nous aider, répondit-il avec un sourire.

— Jade devrait m'apporter son aide. Je lui parlerai étant donné qu'elle a déjà des connexions avec des professionnels du mariage, et ensuite je commencerai à tout organiser, promis-je.

Il posa son front contre le mien.

— Ensuite, je pourrais me mettre au travail et m'efforcer de te mettre enceinte, dit-il d'une voix taquine. Mais je compte m'entraîner beaucoup avant ça, histoire de faire ça à la perfection le moment venu. Je pense que j'ai envie de vous avoir pour moi tout seul pendant un moment, toi et notre fille.

Je laissai échapper un rire surpris.

— Je ne risque pas de m'en plaindre, plaisantai-je.

J'avais envie d'un autre enfant, mais comme lui, j'avais besoin d'un peu de temps avant d'être prête à agrandir notre famille. Je voulais que notre fille soit assurée de sa place dans notre vie, et je savais qu'Aiden voulait essayer de rattraper tout ce qu'il avait manqué dans la vie de Maya.

— Je regrette de ne pas avoir été présent à la naissance de Maya, dit-il en me caressant les cheveux. Mais je serai là la prochaine fois.

Je soupirai et posai la tête sur son épaule, savourant la chaleur de son corps collé au mien.

Je refusais de me lamenter sur tout ce qu'on avait manqué ensemble. J'étais trop heureuse de la façon dont tout avait fini par s'arranger.

— Je t'aime, Aiden. Je suis si heureuse que tout se soit terminé comme ça, même si ça a pris bien trop longtemps.

— Je crois que je t'ai toujours attendue, Skye. Personne d'autre n'aurait pu me rendre heureux, dit-il d'une voix pleine d'émotion.

— Je suis contente que tu aies attendu, lui murmurai-je à l'oreille.

Personne d'autre n'aurait pu me rendre heureuse non plus. De toute ma vie, il n'y avait jamais eu que lui.

— Je crois que je n'avais pas le choix. J'étais aussi amoureux de toi à l'époque qu'aujourd'hui.

— Pourquoi ne jamais me l'avoir dit ?

— Tu devais le savoir.

— Mais tu ne l'as jamais dit. Je t'ai dit que je t'aimais avant ton départ, mais tu ne me l'as jamais répété.

— Ah non ? s'étonna-t-il.

Je secouai la tête contre son épaule.

— Non. J'ai eu légèrement le cœur brisé que tu ne me l'aies jamais répété. Je croyais que c'était parce que c'était trop tôt.

— C'était peut-être parce que je savais que je n'avais rien à t'offrir, répondit-il d'un ton grave. Je n'étais qu'un pauvre pêcheur, Skye. Quel genre de vie est-ce que tu aurais eue, avec moi ?

Je m'écartai pour pouvoir le regarder dans les yeux.

— Une vie heureuse, répondis-je. Aiden, je me moquais de tout ça. L'argent n'apporte pas le bonheur.

Il secoua la tête.

— Ça aide pas mal.

— Tu étais déjà l'homme incroyable que tu es aujourd'hui, à l'époque.

— Tu crois vraiment que j'aurais pu continuer longtemps sans le dire ? me taquina-t-il. Au bout d'un moment, on aurait fini ensemble, parce que je n'aurais jamais eu envie de te quitter. J'aurais juste travaillé plus dur, et je t'aurais laissé grandir jusqu'à ce que tu comprennes bien dans quoi tu t'engageais. Et seulement ensuite, je t'aurais épousée. Je suis peut-être un peu buté sur le fait de m'assurer que tu bénéficies de ce que tu mérites à mes yeux. Mais je n'étais pas assez stupide pour te laisser partir.

— Je ne comptais aller nulle part, ni à l'époque ni maintenant. Je me fichais de l'argent. Je te voulais juste… toi, murmurai-je en resserrant les bras autour de son cou.

Mon cœur se serra d'allégresse, parce que cet homme magnifique était enfin à moi pour toujours.

Un miracle que je n'aurais jamais cru voir arriver.

— Tu es coincée avec moi, maintenant, mon cœur, plaisanta-t-il. Je ne te lâcherai plus jamais.

Nos regards se croisèrent, et une connexion se créa entre nous alors que nous échangions des messages sans prononcer un mot.

C'était toujours comme ça, avec Aiden. Nous savions toujours ce que l'autre pensait.

— Emmène-moi dans ton lit, Aiden. Maya ne sera pas à la maison avant deux heures.

Il m'adressa ce sourire paresseux qui faisait toujours accélérer mon cœur d'impatience.

— On dirait que tu deviens autoritaire, remarqua-t-il.

— Ça te pose un problème ? répliquai-je d'un ton de défi.

J'étais devenue bien plus audacieuse sexuellement, et j'étais certaine que cela ne le dérangeait pas du tout.

— Non. Pas du tout, répondit-il en me soulevant et en me prenant dans ses bras. Je pense pouvoir le supporter.

J'étais sûre qu'il pouvait supporter tout ce que je ferais, et c'était l'une des raisons pour lesquelles je l'aimais autant.

— Je t'aime, Aiden, dis-je sans pouvoir m'en empêcher.

J'aurais pu le dire un million de fois que ce ne serait toujours pas assez.

— Je t'aime, répondit-il.

Toute la sincérité qui s'exprimait dans ces mots se refléta dans ses yeux magnifiques.

Je savourai ces trois petits mots alors qu'il me portait vers la chambre, des mots qu'il ne m'avait *pas* dits quand nous étions plus jeunes.

J'étais une adulte, maintenant, et je ne me lasserais jamais de les entendre.

~ *Fin* ~

Remerciements

J'espère que vous avez tous aimé l'histoire d'Aiden et Skye, autant que j'ai aimé l'écrire.

Comme toujours, j'aimerais remercier toute l'équipe de Montlake pour avoir soutenu *Milliardaires malgré eux*, et mon éditrice principale, Maria Gomez, d'avoir cru en cette série.

Un grand merci à mon groupe de lecture et à mon équipe, Jan's Gems, pour m'avoir aidée à faire connaître cette série.

J'aimerais remercier ma propre KA team et mon incroyable mari, Sri, pour tous leurs efforts pour promouvoir chacun de mes livres.

Pour finir, un énorme merci à vous, mes lecteurs, pour votre soutien. Je vous suis extrêmement reconnaissante de me permettre de continuer à faire ce que j'aime à plein temps.

Un auteur mesure son succès en fonction de l'équipe de gens derrière lui. Je pense avoir beaucoup de chance de disposer d'autant de personnes à mes côtés.

Xxxxxxx Jan

J.S «Jan» Scott est une écrivaine à succès de romans torrides dans le domaine de la littérature sentimentale. Aux États-Unis, elle figure sur les listes des auteurs à bestsellers établies par le New York Times, le Wall Street Journal et USA Today. Elle est elle-même une grande lectrice de tous types d'ouvrages et de littérature variée. J.S écrit dans le genre de la romance contemporaine ainsi que de la romance paranormale. Ses histoires se caractérisent par la présence quasi systématique d'un mâle dominant et par une fin toujours heureuse, parce qu'elle refuse d'écrire ses livres autrement ! Elle vit dans la magnifique région des montagnes Rocheuses américaines aux côtés de son mari et de deux bergers allemands un peu trop gâtés.

Retrouvez-moi sur http://www.authorjsscott.com ou
http://www.facebook.com/authorjsscott
Vous pouvez également m'écrire à l'adresse suivante
jsscott_author@hotmail.com

Ou bien sur mon Tweeter @AuthorJSScott

9 798434 702485